KB128357

네 입술이
닿을 때

§ 네 입술이 닿을 때 §

2015년 11월 5일 초판 1쇄 인쇄
2015년 11월 10일 초판 1쇄 발행

지은이 § 민희서
발행인 § 곽중열
기획&편집디자인 § 신연제, 이윤아
발행처 § (주)조은세상

등록 § 2002-23호(1998년 01월 20일)
주소 § 경기도 연천군 미산면 청정로 1355
Tel § (02)587-2977
e-mail romance@comics21c.co.kr
블로그 http://goodworld24.blog.me

값 9,000원

ISBN 979-11-5832-336-3

민 희 서
장 편 소 설

네 입술이
닿을 때

GOOD WORLD ROMANCE NOVEL

(주)조은세상

CONTENTS

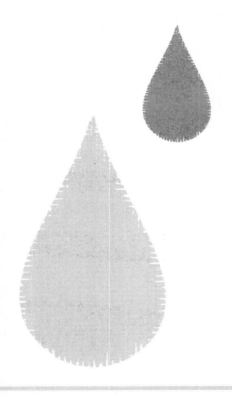

01.

타닥타닥, 물방울이 튀어 오르는 소리가 더 이상 들리질 않았다. 방금까지 들렸던 세찬 빗소리와 함께 요란한 차 소리도, 젖은 땅을 밟는 발소리도, 아무것도 들리지 않았다. 간간이 암막커튼 사이로 달빛이 힐끗힐끗 어른거릴 뿐이었다.

바스락거리는 소리가 참 청아하다. 실오라기 하나 걸치고 있지 않은 몸을 감싸는 이불 결이 부드럽고 따스했다. 자신을 안고 내려다보는 바로 그 눈빛처럼.

"열 있는 거 같아."

이마를 맞대어 콩 박으며 주원이 다정하게 물었다. 그저 정사의 열기 때문에 몸이 달아오른 것이라고 착각을 하고 있었나보다. 발갛게 달아오른 이 열기가 꼭 주원이 주는 것이라고만 생각을 했던 거 같다.

"약부터 먹자."

일어나려는 주원의 목을 두 팔로 감싸고 끌어안았다.

"싫어."

"김연우!"

짐짓 매섭게 말을 하는 거 같지만 나직하게 자신을 부르는 소리가 좋아 까르르 웃음을 지었다.

"이거부터 하고."

주원의 목을 자신 쪽으로 꽉 끌어안으며 연우가 귓가에 뜨거운 숨을 훅 불어넣었다. 빨개진 귓불이 귀엽기만 하다.

"하아……."

한탄과도 같은 한숨에 연우가 얼른 주원의 허리를 끌어안으며 재촉했다.

"얼른!"

"후회하지 마."

후회는 무슨. 야심찬 포부와 함께 주원이 연우의 하얀 허벅지를 벌렸다. 꼿꼿하게 솟아 있는 남성이 단번에 꿰뚫고 들어오는 그 느낌에 연우는 가느다란 신음을 뱉었다.

"윽……."

낮은 신음과 함께 마침내 밀고 들어온 남성이 연우의 안을 가득 채우자, 밭은 숨을 몰아쉬었다. 묵직하고 둔중한 통증과 함께 천천히 빠져나가고 강하게 맞부딪히는 그 느낌에 연우는 두 눈을 질끈 감았다.

언제 느껴도 참 생경한 느낌이었다. 도저히 적응할 수 없는 그 느낌. 그러면서도 자신의 위에서 자신을 소중하다는 듯 끌어안아주는 주원의 포근한 품이 좋아, 놓지 못하는 것인지도 모르

네 입술이
닿을 때

겠다.

안기고, 그리고 하나가 되고, 키스하고, 보듬어주고, 서로의 몸을 나누며 그리고 마음을 나누는 이 느낌이 항상 좋았던 건지도 모르겠다.

흘러내리는 그 땀방울조차도 사랑스럽고, 고귀하고 아름다울지도 모르겠다.

거칠게 움직이던 허리가 미동을 멈추고 마지막 파정을 하기 전까지, 서로의 동작에 맞춰 엉덩이를 들썩였다.

가쁘게 숨을 내뱉으면서 주원이 연우의 위에서 털썩 쓰러졌다.

"요새도 그래?"

주원이 짐짓 걱정스러운 말투로 물으며 연우의 뺨을 다정히 어루만졌다. 연우는 항상 이 시기면 불면증을 앓곤 했다. 평소에도 잠이 많지는 않았지만, 유독 이 시기만 되면 불면증이 더 심해졌다, 이럴 때면 수면시간이 보통 세 시간 미만이었다. 그마저도 악몽을 꿀 때면 몇 날 며칠을 뜬눈으로 밤새기도 했다.

걱정하는 주원에게 연우는 그것을 그저 열병 같은 것이라고 했다. 아픈 마음에 스치고 지나가는 열병. 하지만 주원은 그렇게 생각하지 않는다. 앓고 난 뒤에도 여전히 곪은 마음이 아직 아물지 못해 생기는 아픔으로밖에 보이질 않았다.

"괜찮아."

나른하게 웃고 있는 연우에게 주원이 느릿하게 입을 맞췄다. 가볍게 시작한 입맞춤이 진득진득하게 변했다. 타액이 넘나들고 느릿하게 혀가 얽혀들었다. 연우의 양 뺨을 큰 손으로 감싸며 부드럽게 어루만졌다.

"약 먹을래?"

"아니."

연우가 간결하게 대답했지만 이미 주원은 자리에서 일어난 후였다. 아마 그는 연우가 약을 먹는 것까지 확인할 것이다. 연우는 묵직한 몸을 겨우 일으켜 침대헤드에 등을 기대어 앉았다.

온몸을 두드려 맞은 듯 아팠다. 언제나 주원과 섹스를 하기 위해 오는 것은 아니지만 목적과 상관없이 항상 이렇게 되고 만다.

"먹어."

옷도 제대로 챙겨 입지 않은 주원이 물컵과 알약을 그녀에게 내밀었다. 연우는 약이 싫어 뾰로통한 표정을 지어보였다.

"안 돼. 그래도 먹어."

단호한 주원의 말에 연우는 그것을 받아들고 입 안에 털어 넣고 물까지 단숨에 비워냈다. 주원은 머리맡에 앉아 연우의 이마에 손을 다시 올리고 열을 체크하다 한숨을 내쉬었다.

"감기 다 옮겨놨겠네."

"그래서 싫어?"

연우가 물었다. 주원이 모호한 표정을 짓다 이내 사악한 미소를 지으며, 연우의 입에 쪽 입을 맞췄다.

"그렇다고 하면 네가 날 가만두겠어?"

"잘 아네."

만족스러운 대답은 아니었다. 하지만 우리 사이엔 충분한 대답이었다. 다시 누우려는 연우의 팔을 잡아당겨 주원이 그녀를 일으켰다.

"안 돼. 열 시야. 아줌마 걱정하셔."

주원은 바닥에 나뒹구는 옷가지들과 속옷을 챙겨, 연우에게 가져다주었다. 그리고 자신의 옷도 챙겨 입었다. 연우는 그런 주원의 옷을 입는 모습을 지켜보았다. 언제 저렇게 큰 거지? 자신은 전혀 크지 않고 제자리에 머물고 있었던 거 같은데, 주원은 자신과 머리 두 개나 차이가 날 정도로 훌쩍 커버렸다.

긴 다리에 청바지를 입고 바닥에 떨어진 니트를 주워 입는 주원을 가만히 쳐다보았다. 같은 음식을 먹으며 함께 크다시피 했는데 키나 체격이 한참 차이가 났다.

아무리 여자 남자가 다르고 유전자가 다르다지만, 같은 음식을 매일 먹는 사이인데 이건 너무하다 싶을 정도였다.

"바래다줄게."

어느새 옷을 다 챙겨 입은 주원이 말했다. 연우는 그제야 귀찮은 몸을 겨우 일으켜 느릿느릿 옷을 입었다. 서주원 때문에 온몸이 남아날 틈이 없었다.

청바지를 입는 허벅지 사이가 쓰리고 아팠다. 괜스레 심통이 나 주원의 등을 찰싹 때려버릴까 싶었지만 이내 거둬들였다. 과제를 하겠다고 방에 처박혀 있던 주원을 유혹한 것은 결국 자신이었다. 원인 제공을 했으니 불만을 표출할 자격이 없었다.

밤공기가 약간 서늘했다. 여름이 온 지가 한참이라고 생각했는데, 아직도 밤에는 선득선득한 찬기가 남아 있었다. 연우는 저도 모르게 두 팔을 비비며 몸을 감싸 안았다. 그런 그녀의 어깨 위로 점퍼 하나가 툭 걸쳐졌다.

연우는 자신의 어깨에 걸쳐져 있는 옷과 자신보다 머리 두 개는 차이가 나는 주원의 얼굴을 번갈아 보았다. 주원은 평소처럼 심드렁한 표정으로 앞만 바라보고 있었다.

연우는 입술을 삐죽거리며 픽 웃어버렸다. 그녀의 표정, 작은 행동 하나까지 주원은 놓치지 않았다. 목이 마르다 싶으면 주원이 먼저 물을 가져왔고, 춥다 싶으면 지금처럼 옷을 걸쳐주었다. 또 아픈가? 싶을 때면 주원이 먼저 약을 가져다주기도 했다.

어떻게 나 자신보다 더 잘 알 수 있을까. 참 신기한 재주를 지닌 아이였다.

"이제 가."

"먼저 들어가."

집 앞에 다다른 연우가 몸을 돌려 서서 주원에게 가라 말했지만 그는 가지 않았다. 그녀가 들어가는 것을 완전히 확인한 뒤 갈 모양이다.

"알았어."

연우는 주원의 고집을 꺾을 수 없다는 것을 이미 알고 있다. 그래서 쓸데없는 것에 힘을 빼지 않고 순순히 먼저 집으로 들어갔다. 남들이 보면 대단한 순애보를 가진 남자친구라 하겠지만 우리는 친구다.

그러니까, 사랑의 애정이 아닌 우리 사이에 존재하는 것은 그냥 우정이다. 우리는 섹스도 하고 키스도 나눈다. 하지만 그것을 꼭 연인이라 지칭하기는 무리가 있었다. 물론 서로 좋아하고 있지만 그것이 사랑이 아니라 그저 친구로서 좋아하는 감정이라는 게 문제였다.

주원을 뒤로한 채, 연우가 현관문을 열고 집 안으로 들어가 신발을 얼른 벗었다.

"이제 오니?"

"네."

엄마의 목소리를 뒤로하고 연우는 방으로 달려가 얼른 불을 켰다. 대문을 닫아도, 현관문이 닫혀도, 주원은 가지 않는다. 그녀의 방 안에 불이 켜지고 십 분이 지난 후에야 그 자리를 벗어난다. 누가 잡아가는 것도 아닌데 왜 저렇게 귀찮은 짓을, 그것도 여자친구도 아닌 친구에게 하는지 모르겠지만, 주원은 항상 그랬다.

그래서 연우는 현관문을 닫자마자 방 안으로 뛰어들어가 불을 켜곤 했다. 그래야 주원이 조금이라도 빨리 자리를 떠나니까.

–뛰지 마. 집 울린다.

핸드폰 화면에 뜬 주원의 메시지에 연우는 입술을 삐죽 내밀었다. 함께 한 세월이 세월이다 보니, 주원은 연우의 속속들이 잘 알고 있었다. 때로는 감추고 싶은 비밀까지 모조리 알아버리는 바람에 여간 피곤한 게 아니었다.

–시끄럽고, 집에나 가.

-내일 늦지 마라.

주원의 메시지를 마지막으로 연우는 휴대폰을 저만치 던져두고 침대에 발라당 누웠다. 허벅지가 아직도 아리고 주원이 애무했던 가슴이 브래지어에 스칠 때마다 아렸다.

왜 그리 가슴에 집착하는지, 이렇게 하면 가슴이 큰다나 뭐라나. 물론 그것은 사실이 아닌 것 같다. 주원과 자기 전에나 지금이나, 여전히 우리나라 여성의 표준사이즈인 A컵을 굳건히 지키고 있기 때문이다.

처음부터 우리가 키스를 나누고 섹스를 한 것은 아니었다. 우리가 만난 것이 6살 때였으니, 정말로 우리는 친구였다. 흔한 말로 정의를 내리자면 그저 소꿉친구였다.

주원과 처음으로 키스를 나눈 것은 고1 때다. 발단은 그저 단순한 호기심이었다. 그 당시 연우는 만화에 빠져 근처 만화방에 매일같이 출근하곤 했는데, 그때마다 보는 것은 항상 순정만화였다. 일본만화, 국내만화를 섭렵하며 모조리 읽던 시절이었다.

그날도 평소처럼 빌려온 만화를 침대에서 누워 감정이입까지 해가며 정독하고 있을 때였다. 제목이나 내용까지는 잘 기억은 안 나지만, 수위가 다소 높았던 만화였던 거 같다.

모든 것에 무지했던 연우에겐 나름 신선한 충격들을 안겨주는 수위의 장면도 족족 등장했다. 그런데 그것이 문제가 아니었다. 남녀 사이에 환상이란 환상을 모조리 안겨주는 사랑 이야기를 보며 연우는 흐음 소리를 내며 고개를 까우뚱거렸다.

네 입술이
닿을 때

여주인공과 남주인공이 입을 맞춘다. 달콤하고 황홀하게. 과연 어떤 느낌일까. 그런데 그것이 다른 만화책을 봐도 여지없이 같았다. 부드럽게 입술이 닿는 장면과 디테일하진 않지만 어느 정도 고수위를 짐작할 수 있는 다음 행위. 아무도 보지도 않고 그녀 자신도 아닌데, 얼굴이 시뻘게지고 괜스레 심장이 달음박질쳤다.

연우는 책을 저 멀리 던져버리고 자신의 입술을 매만졌다.

궁금하다. 어떤 느낌일까. 부드러울까, 아니면 촉촉할까. 부드럽게 맞닿은 입술의 온기는 또 어떨까. 정말 사탕처럼 달콤할까? 아니면 정말로 종이 댕댕댕, 울릴까?

갑자기 발동한 호기심이 화근이었다. 궁금한 것은 꼭 해결해야 직성이 풀린다. 연우는 그 요상한 만화책을 침대 밑 저만치 숨겨놓고 집을 나섰다.

당시 주원의 집은 바로 옆집이었다. 지금은 부모님이 모두 외국에 계셔서 근처 오피스텔에 살지만 그때까지만 해도 나가면 1분도 안 되는 거리에 주원의 집이 있었다.

"연우니?"

벨을 누르자 주원의 엄마가 반갑게 문을 열어주었다.

"안녕하세요."

"주원이 보러 왔어? 안 그래도 부르려고 했는데."

"왜요?"

연우가 두 눈을 동그랗게 뜨고 아줌마에게 물었다. 무언가 기대 중인 표정이었다. 아줌마는 음식 솜씨가 꽤 좋은 편이었는데,

대부분 그녀를 부를 일이라는 게 그 음식과 관련된 일이 많았다. 그녀가 좋아하는 것들을 해놓을 때면 어김없이 그녀를 불렀고, 그때마다 포식을 하고 집으로 되돌아가곤 했기 때문이다.

"너 좋아하는 부대찌개 끓여놨거든. 아줌마는 좀 나갔다 올게. 먹고 가."

"네. 다녀오세요."

연우는 갑자기 기분이 좋아졌다. 부대찌개라니. 주원을 꼬셔서 우동 사리까지 넣어서 먹어야겠다는 생각을 하고 콧노래를 부르며 2층으로 올라갔다. 노크 따위는 우리 사이에 존재하지 않는다. 연우는 우렁차게 문을 열어젖히고 방 안으로 침범했다.

문을 연 순간 연우의 입에서 혀 차는 소리가 들렸다. 저 공부벌레. 방금까지 학교에 있다 왔는데 오자마자 또 책을 펼쳐놓고 책상에 앉아 있었다.

연우가 온 것을 알면서도 주원은 별다른 제스처를 취하지 않았다. 하긴 하루에도 몇 번씩 이런 일이 있는데 그때마다 놀란다면 그것도 참 우스운 일이었다.

"야, 서주원."

"왜?"

"나 궁금한 게 생겼어."

주원은 책상에 시선을 고정한 채, 고개를 들지도 않았다. 이제 대답할 가치도 없다는 건가. 연우는 주원의 등짝을 후려치고 싶어 근질거리는 손을 다잡고 책상에 턱을 기대어 주원을 쳐다봤다.

네 입술이
    닿을 때

"나 궁금한 게 생겼다고!"

"뭔데."

"나 키스해보고 싶어."

당당하게 연우가 외쳤다. 주원은 조금 놀라는 표정조차 없이 시선을 다시 책상에 던졌다. 아마 대답할 가치조차 없다는 뜻이 겠지.

연우는 주원의 회전의자를 핑 돌려 자신을 바라보게 만들었다. 그리고 손으로 양 뺨을 부여잡고 주원의 두 눈을 똑바로 쳐다보았다.

"못 들었어? 나 너랑 키스해보고 싶다고."

"왜?"

"그냥 궁금해. 어떤 느낌인지."

주원은 가만히 연우를 바라보았다. 그 눈빛이 어땠는지 생생하게 아직도 기억이 난다. 주원의 눈은 짙은 갈색 눈동자였는데, 그 눈동자를 쳐다볼 때마다 참 묘한 기분이 들곤 했다. 심장이 간질간질 거리기도 했고, 눈을 뗄 수 없이 빨려들어 가는 거 같기도 했다. 연우의 손이 스르르 풀렸다.

아마 이때 주원이 그녀를 거부했다면, 지금의 상황이 조금은 변했을 것이다. 우리가 이렇게 스스럼없는 관계가 되진 않았을 것이고, 서로에게 누군가가 생겨 이렇게 여태까지 함께 할 일도 없었을 것이다.

"그래? 그럼 해보면 되겠네."

그 말을 끝으로 주원의 입술이 연우의 입과 맞닿았다. 맞닿은 부분은 뜨겁고 생각보다 더 부드럽고 촉촉했다. 연우는 두 눈을 깜빡거렸다.

입술이 닿은 그다음엔? 그다음엔 만화책에서 어떻게 했지?

여러 생각을 잠식시키기라도 하듯 연우의 양 뺨을 잡았던 주원의 손이 연우의 머리카락으로 들어갔다. 그러고는 텔레비전에 나오는 것처럼 입술을 빨아들였다.

그때의 느낌은 솔직히 말하면 좀 찝찝했다. 게다가 공교롭게 우리 둘 다 첫 키스였으므로 둘 다 굉장히 어설펐다. 호기롭게 말은 다 내뱉었지만, 맞닿은 입술이 언제쯤 떨어져야 좋을지도 모르겠던, 철없는 고등학교 소년 소녀였다.

그렇게 한참을 키스를 나누며 부둥켜안고 있었던 거 같다. 어디서 본 건 있어서 해보긴 했지만, 이게 그렇게 황홀할 정도로 좋은지도 모르겠다. 하지만 그 느낌과 온기만은 나쁘지 않아서 우리는 그 뒤로 종종 키스를 나누곤 했던 거 같다.

우리에게 키스는 그저 조금 특별한 인사 같은 느낌이었다.

※

날씨가 푹푹 찐다. 6월의 초여름 한낮의 무더위 속에서 연우는 시체모드였다. 부채질을 열심히 해봐도 발갛게 익어버린 살을 어쩌란 힘들었다. 잠시만 나와도 이 정돈데 이 뙤약볕 아래 온종일 있다고만 생각하면 끔찍하기 짝이 없었다. 거기다 배는 왜 이리도 고픈지 학생식당에 가기도 전에 아사하겠다.

"으, 더워. 더워."

"덥기는."

연우는 심드렁하게 대꾸하는 유라를 보고 존경의 눈빛을 보냈다. 그녀의 모든 것은 완벽했다. 그것이 신체조건이나 외모를 말하는 것이 아니라, 이 푹푹 찌는 무더위 속에서도 완벽한 메이크업을 하고 한 치 흐트러짐 없는 헤어스타일과 옷 스타일을 보며 말하는 것이다.

"어, 수지야."

유라가 수지라는 친구와 통화를 하는 사이 연우는 연신 손부채질을 해대며 무더위 속에 자그마한 바람이라도 만들려고 애를 썼다.

"어어, 그래. 오랜만이지? 다름이 아니라 너 소개팅 안 할래?"

손부채질을 하던 연우의 눈이 조금 커다래졌다. 아니, 왜 옆에 자신을 두고 오랜만에 연락한다는 그 친구에게 소개팅을 묻지? 이해할 수 없는 유라의 행동에 연우는 유라를 툭툭 쳤다.

"나 있잖아. 나. 내가 할래!"

당차게 연우가 말하자 유라가 얼른 스피커를 막고 나지막이 속삭였다.

"시끄러워. 넌 안 돼."

"왜? 왜 안 되는데?"

"넌 서주원이 있잖아."

서주원이라는 이름에 연우의 표정이 와락 구겨졌다. 주원이라고 치자면 남자로 치면 불알친구, 여자로 치자면 소꿉친구 정도의 아이 아니던가. 왜 다들 이렇게 생각하는지 연우 본인으로서는 참 아이러니한 일이 아닐 수 없었다.

"우린 친군데?"

"아무튼 안 돼."

유라는 전화 통화를 하면서 그녀보다 한참을 앞서 걸어갔다.

"어, 그럼 잘생겼지. 나 못 믿어?"

유라의 뒷모습을 보며 연우는 쳇, 바닥을 발끝으로 툭 찼다.

"왜 그러는데?"

누군가 정수리를 툭 친다 했더니, 주원이 어느새 그녀의 옆에 서 있었다. 연우는 눈을 찌푸리며 주원을 일별하고는 다시 유라의 뒷모습을 바라봤다.

"유라가 난 소개팅 안 시켜준데."

"흐음."

"젠장! 이러다 난 늙어 죽도록 혼자 살 거야."

연우는 툴툴대며 입술을 옴죽거렸다. 그 모습을 지켜보던 주원이 다시 입을 열었다.

"그렇게 원하면 소개팅해줘?"

주원의 물음에 연우는 고민조차 하지 않고 단칼에 대답했다.

"아니."

이상하게 또 막상 하려면 싫다. 하루에도 열두 번씩 변덕스럽게 마음이 바뀐다. 운명이란 것을 믿으면 안 되는 걸 알지만, 또 한편으로는 믿고 싶었다. 아직 철모르는 어린애가 아니라고 생각하지만, 가끔은 자신이 철이 없어도 너무 없어 보일 때가 있다. 오늘은 철모르는 어린애처럼 말도 안 되는 그 운명을 믿어보고 싶었다.

"운명을 믿어볼게."

연우의 말에 주원이 피식 웃었다. 그러고는 주원이 큰 손으로 연우의 뒤통수를 툭 쳤다.

"밥이나 먹으러 가자."

아프진 않지만 머리를 치는 건 왠지 기분이 나빴다. 주원을 날카롭게 째려봤지만 그는 연우에게 신경도 쓰지 않고 이미 저만치 앞에 가고 있었다.

젠장! 또 당했어!

학생식당 창가 쪽 구석에 겨우 자리를 잡고 앉았다. 연우가 자리를 잡고 앉으면 주원이 그녀의 것과 자신의 것을 가지고 자리로 오곤 했다.

항상 점심을 본의 아니게 둘이 먹게 된다. 유라는 주원의 친구인 민혁과 사귀는 사이인데, 둘만의 데이트를 방해하지 말라며 엄포를 놓은 덕분에 이렇게 우울한 영혼끼리 밥을 거의 같이 먹게 되었다. 결국 유라에겐 주원과 연우가 불청객이라는 소리였다.

연우는 턱을 괴고 앉아 창밖을 바라봤다. 뙤약볕에 눈이 어지러웠다. 아스팔트의 뜨거운 열기에 아지랑이가 이지러지듯 피어올랐다. 얼마 지나지 않아 주원이 그녀의 맞은편에 앉았다. 오늘의 메뉴는 돈가스였다. 주원은 간단하게 먹는다며 라면을 시키고 연우는 돈가스를 시켰다. 어차피 연우가 먹는 것은 반도 되지 않으니, 남은 것은 아마 주원의 몫일 것이다.

주원은 두 개의 접시를 자신의 앞에 놓고 돈가스를 가지런히 잘랐다. 그사이를 참지 못하고, 연우는 그것을 포크로 콕 집어 입 안에 쏙 넣었다. 바삭한 식감과 두툼하게 썰린 고기의 고소함이 입 안에 퍼진다. 돼지누린내가 나지 않는 것을 보니 오늘 바삭하게 잘 튀겨진 모양이었다.

"자. 먹어라."

주원은 뭐든 열심히 하는 성격이었다. 그것을 가끔 쓸데없는 데에 쓸 때가 있었다. 바로 지금 같은 경우다. 어차피 입으로 들어가면 맛이 변하는 것도 아닌데, 주원은 그것을 꼭 가지런히 네모반듯하게 썰어놔야 직성이 풀리곤 했다.

주원의 방만 봐도 그랬다. 연우가 주원의 집에 있는 물건들을 어질러놔도 항상 다시 가면 제자리에 그대로 있곤 했다. 그것이 참 한 치의 틈도 없었다.

주원이 그녀의 앞에 내밀어준 접시를 받아들고 포크로 콕 찍어 입 안에 가득 넣었다. 밥과 김치도 입 안에 넣고 우물거리며 행복한 미소를 지었다.

"이래도 아니라고?"

낯익은 목소리가 뒤에서 들렸다. 연우는 우물거리며 뒤를 돌아봤다. 벌써 점심을 다 먹은 듯 유라가 식판을 들고 그녀의 뒤에 서 있었다.

"응? 뭐가?"

우물우물 열심히 씹으면서 연우가 심드렁하게 물었다. 연우의 뺨에 무언가 묻었었는지 주원이 휴지로 쓱 그것을 닦아주었다. 그 두 사람의 모습에 유라가 혀를 쯧 찼다.

"아니다. 서주원 네 밥이나 먹어라. 이 어린 양 상대하지 말고."

"고맙다."

주원과 유라의 대화를 연우가 고개를 갸웃거리며 바라봤다. 도대체 무슨 소리지? 연우가 무어라 물어보기도 전에 유라는 민혁과 학생식당을 나가고 있었다. 주원은 유라의 말에 피식 웃음을 짓다 다시 젓가락질을 했다. 뭐지? 자신만 빼놓고 뭔가 자신의 욕을 한 느낌이다. 연우는 입술을 옴죽거리며 다시 포크질을 했다.

이 녀석을 만난 것이 16년 하고도 6개월이 지났다. 이사를 온 것도 친해진 계기도 허물없이 지내게 된 것도 모두 다 갑작스러웠다. 가장 갑작스러웠던 일을 꼽자면 고등학교 때 그녀가 자신의 방을 찾아왔을 때였다.

"나 키스해보고 싶어."

그때 그 도발에 넘어갔던 자신을 후회하곤 했다. 그렇지 않았다면 진즉에 떨어져도 떨어졌고, 이렇게 가까운 사이가 되지 않았을지도 모른다.

그 일이 있고서, 아니, 그 일이 있기 전부터 주원은 연우가 자신을 좋아한다고 굳건하게 믿고 있었다. 왕자병이 있던 것은 아니었지만, 연우의 행동들을 봐도 그녀는 자신을 좋아하는 것이 분명했다. 하지만 그 반응이 여느 여자애들과는 조금은 달랐다. 그래서 가끔은 내 착각이었나 할 때가 있었다.

키스를 나눈 지 얼마 되지 않던 날, 같은 반 여자아이가 고백을 해왔다. 그것이 참 난감하기만 했다. 말도 제대로 나눈 적 없던 여자애라 더 당황스러웠다.

"저기……. 좋아해."

그때 그도 철모르는 고등학생이었다. 여자아이의 고백에 괜히 어깨가 으쓱해지고 자신이 뭐라도 된 기분이 들곤 했었다. 지금 생각하면 자신의 행동이 굉장히 우습게 느껴졌지만 그때는 그랬었다.

"생각 좀 해볼게."

사실 거절할 생각이었다. 하지만 왠지, 그냥, 그렇게 대답하고 싶었다. 여자애가 상처받을까 걱정돼서 그런 말을 했던 것은 아니었다. 반에 들어갔을 때의 그 반응들을-예를 들자면 우레와 같은 친구들의 함성 같은 것들-좀 더 즐기고 싶었던 게 아닌가 싶다.

반에 들어가자 예상했던 대로 부러움과 조롱의 함성들이 쏟아졌다.

"왜 예쁜데 사귀어보지그래?"

"오~ 서주원~."

대부분 이런 반응들이었다. 어깨가 괜스레 으쓱해져 연우의 옆자리에 앉아 거드름을 피웠다. 봤지? 네가 좋아하는 사람이 바로 이런 사람이야, 라는 눈빛으로 연우를 쳐다봤다.

"들었어?"

"뭘?"

오른쪽 이어폰을 빼며 연우가 물었다. 연우는 모든 사람에게 좀 무관심한 사람이었다. 점심시간 대부분 그와 지내던가 혼자 책을 읽으며 놀곤 했다. 그러다 보니 같은 반 여자애 중에 친한 사람이 한 명도 없었다.

그래, 그러니 들을 일이 없었겠지.

"설아가 좋아한다고 하더라."

사실 자신의 입으로 말하기 쑥스러운 부분이 없지 않아 있었지만, 연우의 반응을 즐기고 싶어서 스스로 내뱉었다. 하지만 연우의 반응은 가히 충격적이었다.

"그래? 너는 어떤데?"

"나는 잘 모르겠어."

"잘 모르겠다는 게 싫지는 않은 거잖아. 그럼 한번 만나봐. 만나봐서 싫으면 그때 생각하면 되는 거지."

강한 충격이었다. 그가 생각했던 레퍼토리는 그 여자애의 험담을 늘어놓으며 사귀지 말라고 말릴 거라고 생각했었다. 고1 자존심에 커다란 돌을 던지듯 금이 가는 순간이었다.

"나 이거 계속 들어도 되지?"

"어, 그래."

떨떠름하게 자신의 자리로 돌아오며 주원은 입술을 꾹 깨물었다. 분명 연우는 자신을 이성으로 좋아하고 있다고 굳건히 믿고 있었기 때문에, 그녀의 말은 더 충격으로 다가왔다.

자신의 순정인 첫 키스까지 순순히 바쳤는데! 왜!

주원은 쓰디쓴 패배감을 느끼며 연우가 보라는 식으로 그 여자애랑 사귀었다. 솔직히 얼굴이 누군지, 말투는 어땠는지, 그런 거 따위 관심이 없었다. 오로지 김연우에게 복수하기 위해, 연우와 집에 가던 것도 점차 따로 가고, 주말에도 설아라는 여자애와 보냈다. 물론 즐겁지는 않았다. 오로지 온 신경이 연우가 어땠는지만 궁금했었다.

그러다 며칠이 지나자 연우 스스로가 다시 그의 방으로 찾아왔다.

"키스할까?"

침대 위에서 만화책을 뒤적이며 뒹굴던 연우가 물었다. 그때 이미 사나이의 순정은 짓밟힌 상태였으므로 주원은 그 부탁을 순순히 들어줄 생각이 없었다. 게다가 주원은 스스로가 생각하기에도 고지식한 성격이었다. 연우와 키스를 한다면 주원이 양심의 가책을 느끼게 될 것이다. 꼭 양다리같이 느껴지는 행위를 하고 싶지는 않았다.

"싫어."

"왜?"

어이없다는 듯 연우가 물었다. 그전까지 스스럼없이 해왔던 행위이기 때문에 연우는 별다른 뜻이 없었던 거 같다. 우리에게 키스는 그저 인사 같은 존재였으므로.

"너랑 나랑 그런 걸 알게 되면 설아가 싫어해."

"안 알리면 되잖아."

"양심의 가책 몰라? 난 여자친구 두고 그런 짓 하고 싶지 않아."

무신경하게 대답했지만 주원은 연우의 표정을 세밀하게 살피고 있었다. 연우는 잠시 골똘히 생각하는 거 같았다.

"그것참 골치 아프네. 그럼 헤어져."

제 딴에는 나름 고민해서 대답한 거겠지만 주원이 듣기엔 참 무책임하고 이기적인 말이었다. 그 어이없는 말에 주원은 피식 웃음을 터트렸다. 연우는 모든 것에 무관심했다. 그런 그녀의 관심 안에 들어가는 것이 딱 두 가지가 있었는데 그것은 연우 자신과 가족이었다. 그런데 그 범주 안에 완벽하게 주원을 넣고 있었다.

어린아이가 장난감을 빼앗긴 것과 비슷한 건가, 싶었지만 연우의 표정을 보니 꼭 그런 것만은 아닌 거 같았다.

괜스레 이상한 기분이 샘솟았다. 하지만 그것을 내색하지는 않았다. 하룻밤 지나면 사라지는 열병일지도 모르니까. 또 자신의 감정도 오늘이면 사그라질 꺼져가는 불씨일지도 모르니까.

주원은 다리를 꼬고 앉아 오만하게 말했다.

"네가 해. 그럼 받아줄게."

퉁명스럽게 내뱉었지만 연우는 별로 망설이지 않았다. 자신 같았으면 자존심이 상해 조금 머뭇거렸을지도 모를 일이었다. 연우는 주원의 무릎 위에 올라앉아 진득하게 입을 맞췄다. 평소보다는 조금은 더 달콤하고 기분이 좋았다.

주원은 이 기회다 싶어 영화나 텔레비전에서 봤던 대로 대담하게 혀를 집어넣었다. 잠시 연우가 움찔했지만 그대로 그것을 받아들였다. 그 순간 다리 사이가 뻐근하고 느낌이 야릇했다. 그동안의 인사 같던 키스와는 전혀 다른 느낌이었다.

그 다음 날 그 여자애와 헤어졌다. 어차피 내키지도 않았던 일이었으니 별다른 가책을 느끼지 않고 바로 정리할 수가 있었다.

하지만, 우리의 관계는 그때부터 지금까지 완전히 멈춰 있었다. 그 어린 날에만 존재했던 작은 열병처럼.

0 2.

분명 달력엔 6월이라고 적혀 있었다. 과연 지금이 6월이 맞기
는 한 건지, 아니면 지구의 종말이 얼마 남지 않아 날씨가 제대
로 미쳐버린 건지 도무지 알 수가 없었다.

연우는 시체처럼 침대에 누워 있다가 몸을 벌떡 일으켰다. 아
무래도 피난 갈 곳을 찾아야겠다.

거실은 텔레비전 소리조차 들리지 않고 적막했다. 연우의 엄
마는 텔레비전을 싫어했다. 엄마는 보통 화초에 물을 주거나 책
을 읽곤 했는데, 연우는 그 모습이 싫었다. 엄마는 무언가를 하
고 있으면서도 항상 다른 생각을 하는 사람 같았다. 무언가를 갈
망하고 그리워하는 사람처럼.

화초의 물을 주는 엄마의 모습을 일별하고는 주방으로 걸어
갔다.

"일어났어?"

"응."

엄마가 인기척에 고개를 돌려 연우를 바라봤다.

"덥니?"

"어, 엄만 안 더워?"

아, 사실 이런 질문은 하나 마나였다. 한여름 불볕더위 속에서도 칠부 소매를 입고 있는 엄마한테 이 무슨 질문인지. 연우는 자신의 아둔한 질문에 고개를 절레절레 흔들었다.

"덥긴, 뭐가 더워."

그래, 이럴 때면 정말 피난을 가야 했다. 창문이라도 활짝 열었으면 좋으련만, 엄마는 항상 베란다 창문의 절반만 열어두었다. 아마 그건 바람이 싫어서일 것이다.

그녀의 집 앞으로 지나다니는 차들의 매연 냄새를 엄마는 지독히도 싫어했다. 그런 냄새와 소음이 싫으면 아파트로 이사를 하면 좋을 테지만, 엄마는 이 집에 유독 고집을 부렸다.

"주원이 집에 갈 거야?"

"응."

그녀의 피난처라고 하는 곳은 5분 거리에 있는 주원의 집이었다. 그곳에 가면 창문을 활짝 열어도 되고, 너무 덥다 싶으면 에어컨을 틀어도 됐다. 주원은 항상 자신이 하자는 대로 해주기 때문에 연우는 그곳이 편했다.

평소 집에 있는 시간보다 주원의 집에 있는 시간이 더 많았으므로, 꼭 그곳이 자신의 집 같았다.

"냉장고에 수박 반 통 있어. 가지고 가."

"알았어."

"저녁은 먹고 올 거야?"

"음, 봐서."

연우는 엄마를 뒤로한 채 씻기 위해 욕실 안으로 들어갔다.

연우의 커다란 백팩 속엔 참 많은 것들이 들어 있다. 보다가 만 DVD, 어제 빌려온 만화책 5권, 쓸 일도 없는 DSLR 카메라. 마지막 짐인 수박 반 통을 품 안에 아이처럼 고이 안고 터덜터덜 걸어갔다.

엄마는 그녀의 가방을 보며 어디 여행이라도 가냐며 혀를 쯧 찼더랬다. 자신도 왜 무겁게 쓸데없는 물건들을 가득 채워서 가는지는 모르겠지만, 꼭 주원의 집에 가면 쓸모가 많을 거 같았다.

함께 DVD를 처음부터 보면 되고, 시험기간이라 공부를 하는 주원 옆에서 만화책을 뒤적거리고, 또 그 모습을 카메라에 담을 것이다. 인위적인 사진보다 그런 자연스러운 사진이 연우는 더 좋았다.

단지 흠이라면, 구도 각도 생각하지 않고 제멋대로 막 찍어서 사진이 엉망이라는 게 문제였지만.

오늘따라 5분 거리의 집이 왜 이리 멀게만 느껴지는지, 어깨가 빠질 거 같다. 그러고 보니 어디를 가든 무거운 짐을 들어본 적이 없었다. 항상 주원과 함께였고, 그녀가 집으로 간다고 하면 주원이 대부분 데리러 왔기 때문이다. 주원은 걱정을 사서 하는 성격인지라, 쓸데없는 일에 자신의 몸을 혹사시키곤 했다.

누가 잡아가지도 않을 텐데, 꼭 그녀를 데리러 오곤 했으니까.

"연우 학생, 밤식빵 이제 막 나왔어."

"정말요? 앗싸!"

연우는 근처 빵집 아줌마의 말에 소란을 피우며 빵집 안으로 들어갔다. 연우는 이 집 빵을 유독 좋아했다. 특히 갓 구워 김이 모락모락 나는 밤식빵을 최고로 좋아했는데, 이렇게 지나갈 때면 빵집 아줌마가 단골인 그녀를 부르는 일이 종종 있었다.

"오늘은 남자친구 없이 혼자네?"

"남자친구 아니에요. 친구예요."

연우는 시식용 빵을 입에 넣고 오물거리며 봉지를 받아들었다. 아줌마는 그 마음 다 안다는 듯 인자한 웃음을 지었지만, 연우는 눈치채지 못했다. 아쉽게도 눈치가 엄청 없었으므로.

연우는 빵봉지를 받아들고 신이 나게 다시 주원의 집으로 발걸음을 옮겼다. 느릿느릿, 별다를 거 하나 없는 하늘 한 번 보고, 또 이글거리는 땅을 한 번 보고, 연우는 느긋하게 걸었다. 워낙 걸음도 느린 편이었지만, 연우는 주위 풍경에 참 관심이 많았다. 그러다 보니 5분 거리가 10분이 되고 15분이 됐다.

이마에 땀이 송골송골 맺히고, 목에서 격렬한 갈증이 일었다.

연우는 주원의 집 앞에 다다라, 비밀번호를 익숙하게 눌렀다. 어째 자신의 집 비밀번호보다 주원의 집 비밀번호를 더 자주 누르는 거 같았다. 비밀번호를 누르고 문을 열어 안으로 들어갔다.

덥다, 더워.

주원은 연우의 엄마의 아들로 태어났어야 했다. 그랬더라면 자신처럼 이렇게 피난을 다니는 일도 없었을 것이다. 아니면 체질이 반대던지.

주원은 더위를 많이 타는 편은 아니었다. 그래서인지, 그녀의 집과 마찬가지로 창문은 반만 열려 있고 나머지는 굳게 닫혀 있었다.

그녀가 신발을 벗고 들어가자, 샤워를 끝낸 지 얼마 되지 않은 모양새로 주원이 웃통을 벗은 채 걸어 나왔다.

연우는 주원을 지나쳐 수박을 냉장고 한가운데에 넣고 요구르트를 하나 꺼내서 소파에 털썩 앉았다.

그런 연우를 눈으로 좇으며 주원은 누군가와 통화를 하고 있었다. 통화를 하는 내내 그녀를 보는 눈이 심상치 않았다. 아마 그가 데리러 갈 때까지 기다리지 않고 혼자 집으로 온 것이 마음에 안 드는 모양이었다.

누구야? 라는 상대방의 목소리가 연우의 귓전까지 울려댔다.

"아아, 연우."

심드렁하게 대답하며 주원이 그녀의 옆에 털썩 앉았다. 그러곤 언제 가져왔는지 모를 빨대를 그녀가 쥔 요구르트에 꽂아주었다. 뭔가 그냥 먹기 허전하다 했더니 바로 빨대였구나, 연우는 자신의 덜렁댐을 탓하며 풋 웃음을 터트렸다.

쪽쪽, 요구르트가 밑바닥을 드러내는 소리가 들렸다. 주원은 여전히 통화 중이었다. 보아하니 딱 민혁 같은데, 남자들끼리 뭐가 저리 할 말이 많은지 도무지 이해가 안 간다.

"알았어. 그래, 알았다고. 일절만 해!"

민혁에게 소리를 지르는 주원의 무릎에 벌러덩 누웠다. 오늘따라 창문을 활짝 열어 놓은 덕에 산들산들 바람이 불어왔다. 햇살이 눈부시게 거실로 쏟아지고, 서늘한 바람이 코끝을 간지럽혔다.

좋다, 좋아. 지상낙원이 따로 없었다. 주원이 자신의 무릎을 베고 누운 연우의 머리칼을 부드럽게 매만져주었다.

아직도 빵봉지는 그녀의 가방 옆에 고스란히 놓여 있었다. 혼자 먹어도 될 일이지만, 주원과는 항상 다 나누고 싶었다. 어려서부터 함께 크다시피 해서 그런지 둘 다 외동임에도 네 거 내거가 별로 없었다.

둘은 서로를 남매이자 친구처럼 생각했다. 하지만 그것이 남매와는 조금 다른 것이었는데 정확히 서로에 대한 느낌을 둘은 제대로 알지 못했다.

"알았어. 몇 시라고? 어어, 알았어."

주원의 나직한 목소리를 들으며 머리를 천천히 만져주자 잠이 스르륵 오는 것 같았다. 이상하게 주원의 무릎을 베고 그가 머리를 만져주면 잠이 온다. 연우는 눈을 슬며시 감고 코끝에 넘실대는 바람을 느꼈다.

그사이 통화를 끝낸 주원이 휴대전화를 옆에 내려놓고 연우의 코를 비틀었다.

"으으으, 아 왜!"

"왜에?"

연우가 벌떡 일어나 빨개진 코를 부여잡고 주원을 야멸차게 째려보았다.

"아프잖아!"

"아프라고 한 거니까. 너 내가 뭐라고 했어? 올 거면 전화하라고 했지?"

"그, 그야……."

짐짓 화난 주원의 표정에 연우가 변명을 하듯 말끝을 흐렸다. 물론 주원의 마음이야 알고 있지만, 해가 중천에 떠있는 이 오후에 무슨 일이 있겠냐는 생각이 더 컸다. 사실, 전화하는 귀찮음도 좀 있었고.

"낮이잖아. 그리고 나한테는 얘가 있잖아. 괜찮아."

연우는 가방에 달린 작은 곰인형을 흔들며 생긋거렸다. 주원이 8살 때 생일선물로 준 아이였다. 이제는 낡아서 다시 꿰맨 자국도 있고 때가 타서 본래의 색을 잃어버렸지만 연우는 이것을 버리지 않았다. 아니, 오히려 더 끼고 다녔다.

"괜찮아도 하라고 했잖아."

모든 것에 쉽게 져주던 주원이 이번만큼은 쉽게 물러나질 않았다. 아마 그녀의 못된 버릇을 뿌리 뽑을 생각인 듯했다.

잘생긴 이마는 이미 찌푸려진 지 오래였지만 연우는 그 사실을 알아차리지 못했다. 그저 주원이 예민하게 구는 것이라고만 생각했다. 그래서 이 일이 그렇게 큰일이라고 생각하지는 않았다. 몇 마디 변명이면 당연히 풀어지겠지, 안일하게 생각을 했었다.

"5분 거리……."

하지만 연우가 변명을 할수록 주원의 눈꼬리가 더 매섭게 올라갔다. 그제야 눈치를 챈 연우는 얼른 입을 꾹 다물었다.

"미안해. 더워서 그랬어."

이럴 때는 정말 솔직하게 자신의 잘못을 인정하는 것밖에는 방법이 없었다. 연우가 정말 힘들어서 그랬다는 듯, 최대한 불쌍한 표정을 지었다. 주원은 한숨을 푹 내쉬며 그녀의 오른쪽 뺨을 검지로 톡톡 쳤다.

"한 번만 봐준다."

"알았어."

선심 쓰는 듯한 주원의 말이 싫지 않다. 아니, 저것은 선심이 아니었다. 진심으로 연우를 걱정하는 마음을 본인도 알고 있기에, 주원의 행동들이 부당하다고 느껴지지 않았다. 연우가 방금까지 혼난 것도 잊고 배시시 웃자, 주원도 못 말린다는 듯 웃음을 터트려버렸다.

우리의 시간은 여전히 고1 그 시간 속에 멈춰 있었다. 몸이 크고, 생각도 달라지고, 세상을 바라보는 시선도, 세상이 자신들을 바라보는 시선도 달라졌지만, 우리 둘의 마음만큼은 그곳에 머물고 있었다.

서주원과 김연우는 아직도 고1 여름방학 속에 있었다.

"그나저나 뭘 가져온 거야?"

주원이 연우의 가방을 열어보며 한숨을 푹 내쉬었다. 좀비영화 신작이 나왔다고 하더니, 아무래도 그것을 구해온 모양이었다.

연우가 헤실헤실 웃으며 설렘이 가득 찬 눈으로 주원을 바라봤다.

연우는 모르고 있겠지만, 주원은 개인적으로 잔인한 영화를 좋아하진 않는다. 그나마도 지속적으로 보다 보니 조금 나아지긴 했지만, 여전히 잔인한 장면을 볼 때면 속이 미식거리고 머리가 어질거렸다.

"어제 택배로 왔더라고."

순수한 표정을 지으며 말하는 연우를 보며, 주원은 조심스럽게 이마를 한 손으로 짚었다. 저런 잔인한 장면은 잘도 보면서도 연우가 유독 못 보는 것이 있었는데 그건 바로 쥐였다. 쥐라면 산 것 죽은 것 상관없이 질색팔색을 했는데, 그 사실을 처음 안 것이 바로 고1 때였다.

학교 초가 지나고 5월이었다. 벚꽃 잎은 다 떨어졌고, 봄은 한 발 물러서던 계절이었다. 그 당시 연우와 주원은 같은 반이었다. 함께 초중고를 다니며 같은 반이 아니었던 적이 드물 정도로 연우와 주원은 항상 붙어 있었다. 그렇다고 주원이 친구들에게 소홀한 것은 아니었다. 단지 우선순위가 달랐을 뿐.

커튼 사이로 바람이 선선하게 불었다. 며칠 전까지 바람을 타고 들어오던 벚꽃 잎이 이제는 모습을 감추었다. 햇살이 눈부시게 창문 틈 사이로 쏟아지고, 주원은 춘곤증을 이기지 못하고 고개를 꾸벅거리며 졸고 있었다. 그런 그의 대각선 뒤쪽에 연우가 앉아 있었다.

등하교를 함께하고는 있지만, 교실 안에서까지 꼭 붙어 있지는 않았다.

그래서 몰랐다. 연우가 왕따를 당하고 있다는 사실을.

그는 그저 연우가 여자애들하고 어울리고 싶어 하지 않는 것인 줄 알았다. 항상 그래 왔으니까. 하지만 내가 어울리지 않는 것과 남이 날 따돌리는 것은 굉장한 차이라는 것을 그는 잘 몰랐다.

연우가 왕따를 당한 이유는 지금 생각하면 굉장히 우스운 것이었다. 자신을 좋아하던 여학생 하나가 연우에게 접근을 했고, 연우는 그것을 매정하게 거절했다고 했다.

자신 빼고는 지독히도 관심 없는 아이였으니까.

딩동 댕동, 점심시간을 알리는 종이 울려 퍼지고 주원은 귀신같이 눈을 떴다. 급식실에 가기 위해서였다. 점심은 꼭 먹어야지, 흡족한 미소를 지으며 주린 배를 손으로 비볐다. 그러고는 연우의 책상 앞을 지나가던 찰나였다.

연우의 표정이 심상치 않다. 얼굴은 새하얗게 질려 있었고, 눈에는 꼭 눈물이 떨어지기 직전인 것 같았다.

온몸에 소름이 돋는 느낌이 들었다. 마치 그날처럼.

"무슨 일이야?"

말보다 행동이 앞설 줄은 몰랐다. 어느새 연우의 몸을 책상에서 일으킨 후였으니까. 주원의 손이 몸에 닿자 연우가 참아왔던 눈물을 후두둑 떨어트렸다.

"무슨 일이냐고."

화가 났다. 연우는 자신의 앞에서 어려서 빼고는 단 한 번도 눈물을 흘려본 적이 없었다. 넘어져도 울지 않았으며, 슬픈 영화를 봐도 절대 눈물 한 번 흘리는 법이 없었다.

그런 그녀가 운다. 화가 머리끝까지 솟아올라 울고만 있는 그녀를 다그쳐 물었다.

"빨리 말 안 해!"

"쥐……, 쥐가…….."

"뭐?"

연우는 더 이상 말하지 않고 덜덜 떨리는 손으로 책상 속을 가리켰다. 주원은 연우를 옆으로 살짝 밀고는 책상을 뒤집었다. 우당당탕, 요란한 소리와 함께 책상이 바닥으로 나뒹굴었다.

"꺄아아악!"

연우의 비명이 아니었다. 연우의 초점 없는 눈동자가 어지럽게 이지러졌다.

"저게 뭐야? 쥐 아니야?"

저마다 고개를 돌렸다. 죽어서 구더기가 득시글거리고 핏물이 뚝뚝 떨어지는 쥐가 바닥에 떨어져 있었다. 주원은 토악질이 밀려나오는 쥐와 연우를 번갈아 봤다.

도대체, 누가, 왜?

알 수 없는 물음들이 꼬리에 꼬리를 물었다. 연우는 자신에게 이런 일을 얘기해본 적도 없었다. 그렇게 화가 났던 적은 없었던 거 같았다. 앞이 제대로 보이지 않을 정도였으니까.

"누구야. 누가 그랬어!"

연우를 향한 물음이었지만, 연우를 쳐다보고 있을 자신은 없었다. 자신의 이런 모습을 보여주고 싶지 않았다. 그저 자신은 키다리 아저씨처럼 좋은 사람이고만 싶었다. 친구이지만, 묵묵히 그녀를 지켜주는 기사의 역할이라고만 생각했다.

"누구냐고!"

우당탕탕, 다시 한 번 바닥에 나뒹굴었던 책상이 저만치 나가 떨어졌다. 그런 그의 어깨를 누군가 잡았다.

"그만해. 알아서 찾아줄 테니까, 그만해."

그의 친구인 민혁이었다. 평소엔 허당처럼 보이는 그였지만, 생각 외로 냉정한 부분이 있었다. 일이 터지면 다혈질로 성질부터 부리는 주원, 연우와는 다르게 유일하게 이성적인 판단을 내리는 사람이 바로 민혁이었다. 하지만 어떻게 이런 상황에서도 그 담담함을 잃지 않고 있는 것일까. 평소에 담담하던 주원도 놀라울 정도였다.

"뭘 찾아? 어떻게 찾을 건데!"

왜 한 번도 연우가 왕따를 당하고 있다는 생각을 해본 적이 없었을까. 그저 그녀가 사람과 어울리고 싶어 하지 않는 줄만 알았다.

아아, 모든 것은 자신의 관점에서 그녀를 가두어 넣은 그의 지독한 아집이었다.

왜 한 번도 연우가 친구가 없다는 것을 의심하지 않았을까. 왜 이런 연우의 모습을 당연하게 여겼을까. 연우의 속마음은 아닐지도 모르는데.

마음속이 고통으로 일그러졌다. 옆에 있었는데, 꼭 지켜줄 거라고 다짐했었는데.

주원은 입술을 꽉 깨물며 주먹을 쥐었다. 그의 어깨가 바들바들 떨려왔다. 분노로 얼룩져서.

그런 그의 소매를 연우가 꼭 쥐어 잡아당겼다.

"나, 나가고 싶어. 여기 있기 싫어."

여전히 두려움에 물기가 어려 있는 목소리였지만, 연우는 떨지 않으며 주원에게 말했다. 그땐 어떤 생각도 들지 않았다. 그를 차지하고 있던 분노도, 지금 이곳이 어디인지도. 아무것도 생각이 나지 않았다. 그저 연우가 이곳에 있기 싫어한다는 것밖에는.

주원은 연우의 손목을 잡고 교실을 빠져나갔다. 커다란 소란이 있었으니, 구경꾼이 모이는 것은 당연한 일이었다. 그 아이들 사이를 파고들어 연우를 데리고 그곳을 나왔다. 연우가 더 이상 끔찍한 기억을 다시 상기하지 않길 바라며.

주원이 그 난리를 친 덕분이었는지, 아니면 민혁이 쓸데없을 때만 뛰어난 머리로 범인을 색출해낸 덕분이었는지, 그 뒤에는 그런 일은 벌어지지 않았다.

단지, 그의 아집 속에 넣어두었던 연우는 여전히 친구가 없었다. 다가오는 사람도 꺼렸고, 누구에게 다가가질 않았다.

그래도 괜찮다고 생각했다. 자신이 있으니까. 연우에게 무슨 일이 있으면 언제든 달려갈 자신이 있으니까. 괜찮았다.

영화는 어느덧 끝나가고 있었다. 내용이 남지 않고 가진 메시지조차 없는 그런 영화. 사실 주원은 연우가 볼법한 영화들을 미리 보곤 했다. 그래야 그녀의 앞에서 무서운 척을 하지 않으니까. 연우는 평생 이 사실을 모를 것이다. 그만의 작은 비밀이었다.

연우는 여전히 그의 무릎을 베고 누워 있었다. 그런 연우의 머리칼을 부드럽게 어루만져 주는 것은 주원의 몫이었다.

연우는 이럴 때면 강아지가 된 느낌이었다. 부드럽게 머리를 만져주는 느낌이 가슴에 바람을 불어넣듯 간질간질하다. 연우는 배시시 웃다가 자리에서 벌떡 일어나, 주원의 목을 와락 끌어안았다.

"왜? 뭔데 또?"

주원은 연우의 행동이 놀랍지 않은 모양이었다. 물비늘이 거의 없는 잔잔한 호숫가처럼 연우를 담담하게 쳐다볼 뿐이었다.

"그냥."

연우는 주원을 심장의 고동이 느껴질 정도로 꽉 끌어안고 그의 목덜미에 코를 박았다. 산뜻한 봄꽃의 향이 묻어 있는 거 같았다. 연우는 숨을 크게 들이마시며 눈을 슬며시 감았다.

"꿈꿨어?"

주원의 잔잔한 울림이 미세하게 그녀에게 전해졌다. 그녀를 안심시켜줄 그 잔잔한 미동이.

"아니, 요즘은 괜찮아."

"그래."

네 입술이
달을 때

검은 화면과 함께 마지막 엔딩 음악까지 완전히 사라졌다. 간간이 불어 닥치는 바람 소리와 주원의 심장박동 소리 외에는 아무것도 들리지 않았다. 다행이라는 말도, 괜찮냐는 말도, 주원은 하지 않는다. 그저 그녀의 등을 다정하게 어루만져줄 뿐이었다. 내뱉는 말보다 그의 세심한 행동들이 그녀를 더 안심시켰다.

그러다 연우의 작은 장난기가 발동했다. 눈을 번쩍 뜬 연우가 주원의 목덜미를 꽉 깨물었다. 갑작스러운 공격에 주원이 놀란 듯 그녀를 떼어내고 당황한 눈빛으로 쳐다봤다.

"귀엽구나, 우리 주원이."

연우는 주원의 머리를 쓱쓱 쓰다듬었다. 빨개진 얼굴이 참 볼만하다.

"김연우!"

주원의 목소리가 낮게 깔리자, 연우는 배시시 웃으며 그의 입술에 쪽 입을 맞췄다. 그러고는 한쪽 고개를 살짝 틀며 여우처럼 물었다.

"잘까?"

주원의 화는 얼마 가지 못하고, 곧 다시 시원한 웃음이 되어 돌아왔다. 한여름 낮에 지독한 갈증 속에 먹은 얼음이 동동 떠있는 시원한 수박화채처럼.

알몸에 닿는 침대시트의 감촉이 참 좋았다. 연우와 함께 고른 새하얀 시트였는데, 뺨에 대보는 순간 솜사탕처럼 부드러워 주원에게 사자고 조른 것이었다. 연우는 이곳에 누워서 새파란

하늘을 보는 것을 좋아했다. 주원에게 안기는 것도, 주원과 함께 눕는 것도, 주원이 있어 모두 다 좋았다.

우리의 관계는 장난처럼 시작한다. 부드럽고 재미있고, 그리고 포근하게. 우리에게 섹스란 마음의 안식처, 그리고 서로를 보듬어주는 행위이다. 인사 같은 키스와는 조금은 다른 관계.

연우는 주원의 너른 등을 꽉 끌어안았다. 그러고는 주원의 입술에 쪽 입을 맞췄다.

"그렇게 여유 부릴 때가 아닌 거 같은데?"

주원이 밉살스럽게 대꾸했지만, 그런 말조차 좋았다. 다시 한번 연우가 주원의 입에 쪽 입을 맞췄다. 하지만 이번엔 도망치지 못했다. 그녀의 양 뺨을 부여잡고 조금 더 끈적하고 찐득하게 주원이 입을 맞춰왔다.

뜨거운 숨이 먼저 넘어오고, 타액이 천천히 넘어왔다. 모든 것에 져주기만 하는 주원이 이 관계에서는 져주지 않는다. 아니, 오히려 승자일지 모르겠다.

그녀를 안달 나게 해서 극한으로 몰아붙이는 것을 굉장히 좋아하니까.

작은 숨 하나까지도 앗아갈 듯 격렬하게 밀어붙이던 주원의 입술이 떼어졌다. 도톰하게 부풀어 오른 입술이 본의 아니게 참 뇌쇄적이었다. 게다가 승리를 만끽하듯 짓는 악마의 미소까지도.

주원은 모든 것이 사랑스럽다는 듯 공들여 그녀의 몸을 천천히 애무했다. 차가웠던 시트 감촉이 이제는 뜨겁게 등을 지탱했다. 바스락바스락, 소리와 함께 몸이 움직일 때마다 주원의 입술이 몸에 닿았다. 쇄골을 따라 뽀얗게 드러난 팔까지 주원은 자잘하게 입을 맞췄다.

"간지러워."

연우가 까르르 웃으며 몸을 비틀자, 주원이 기분 좋게 미소를 지었다. 연우의 손바닥에 쪽, 손가락 하나하나에 가볍게 키스했다.

연우가 초롱초롱한 눈으로 주원을 바라보았다. 사랑을 받는 느낌이 나쁘지 않았다. 지속적으로 관계를 했던 것이 주원의 이런 행동들 때문이었던 거 같다. 이 아이가 정말 날 소중하게 생각한다는 느낌을 주원과 섹스를 나눌 때면 항상 느꼈다.

주원이 연우의 가슴에 가볍게 입을 맞추다, 가슴을 쪽 하고 한 번 빨아들였다. 그 순간 아랫배가 바짝 조여졌다가 그의 입술이 떼어짐과 동시에 다시 본래의 자리로 돌아왔다. 이미 알지만 그 기묘한 감각들이 간질간질 발가락 사이를 스치고 지나가는 것 같았다.

주원은 입꼬리를 살짝 끌어올리며 씨익 웃더니 한 손으로 왼쪽 가슴을 움켜쥐고 다른 쪽 가슴을 입으로 물었다. 뜨거운 혀끝이 돌기를 돌아 예민한 정점을 툭 건드렸다.

"으읏."

잠시 느슨해졌던 몸의 감각들이 다시 팽팽하게 조여졌다. 주원은 느긋하게 연우를 몰아붙이는 것을 좋아했고, 연우 역시 극한의 고통에 몰렸을 때 느껴지는 그 쾌감들을 좋아했다.

연우의 가슴을 입으로 핥고 깨물고 다른 한 손으론 밀가루 반죽처럼 다른 쪽 가슴을 뭉그러트렸다. 빳빳해진 유두를 비틀고 꼬집으며 연우를 괴롭혔다.

연우는 주원의 행동이 계속될수록 저도 모르게 허벅지를 비볐다. 허벅지 사이가 이완과 수축을 반복하며 익숙한 쾌감을 원하는 것 같았다. 심장이 거칠게 쿵쾅거리고 아랫배가 간질거렸다.

"서주원……."

이제 그만하라는 듯 연우가 애달프게 부르자 주원이 악마처럼 씨익 웃었다. 아마 아직 끝나지 않았을 것이다. 주원은 연우의 허벅지를 벌리고 손가락으로 검은 수풀을 느릿하게 쓰다듬었다. 이미 쾌감에 대한 기대감이 잔뜩 든 몸은 약간의 자극으로도 쉽게 달아올랐다.

주원은 느릿하게 클리토리스를 문지르며 여성 안으로 손가락을 집어넣었다. 연우는 온몸을 뒤틀 듯 바르르 떨었다. 허벅지 깊은 곳에서 뜨겁고 거친 열망이 차올랐다.

주원은 그녀의 배에 길게 입을 맞추며 클리토리스를 누르며 비볐다.

"아앗."

연우의 엉덩이가 들썩였다. 주원은 오므라드는 그녀의 허벅지를 벌리며 자신의 것을 오물오물 조여 오는 귀여운 여성 안으로 더 깊게 집게손가락을 벌리며 넣었다. 마치 거친 행위를 하듯 움직임이 점점 빨라질수록 연우의 숨소리가 더 커졌다. 비틀려는 허벅지와 엉덩이를 다잡고 더 빠르게 움직였다.

비명 같은 연우의 숨소리가 거칠어지고 눈가에 눈물이 송골송골 맺혔다.

"서주원 그만……."

"잘 안 들리는데?"

주원이 입꼬리를 올리며 비열하게 물었다. 연우는 아마 밑에 깔리지 않았다면 주원의 등을 시원하게 때렸을 것이다.

"얼른……."

"얼른 뭐?"

여우같이 웃으면서 주원은 연우의 여성을 계속해서 희롱했다. 연우는 지금 딱 울고 싶었다. 이미 그다음 쾌감을 알고 있는데, 이것을 원하는 것이 아니었다.

"이제 그만 해주세요……."

부끄러움이 없는 것이 아니다. 아무리 스스럼없는 관계이지만 여자 대 남자의 관계였다. 어찌 아무런 부끄러움이 없을 수 있겠는가.

빨개진 연우의 얼굴을 사랑스럽게 주원이 내려다보며 그녀의 눈가에 묻은 눈물을 핥았다. 그러고는 그녀의 다리를 벌려 자신의 허리에 걸치게 했다. 자신을 몰아붙이는 주원이 미워 고개를 돌리려고 했지만 그럴수록 집요하게 연우의 입에 입을 맞췄다.

"미워!"

"이제 안 미울걸?"

얄밉게 웃고 있는 주원을 꼬집어주고 싶었지만, 그럴 사이도 없이 날카로운 것이 여성을 꿰뚫고 들어왔다. 순간 숨을 참으며

연우가 주원을 쳐다봤다. 주원도 이번만큼은 여유로운 표정이
아니었다.

작은 통로로 진입하고 있는 그의 것이 온전히 들어온 다음에
서야 겨우 밭은 숨을 내뱉었다.

"하아……."

주원은 연우의 이마에 맺힌 땀방울을 손으로 다정하게 닦아
주며 천천히 뒤로 물러섰다. 질 안을 가득 채우고 있던 것이 빠
져나가려 하자, 여성이 다시 수축했다.

연우는 천천히 숨을 들이마셨다. 다시 빠져나갔던 것이 안으
로 깊게 들어왔다. 그리고 느슨하게 빠지며 더 강하게 들어왔다.
주원은 천천히 느슨하게 움직이던 몸을 조금씩 격렬하게 몰아붙
였다.

"연우야……."

바르르 떨리는 그 목소리가 좋아 주원의 몸에 더 매달렸던 거
같다. 연우야, 다정하게 불러주는 그 목소리가 좋아 주원에게 더
다가갔다. 온전히 주원을 받아들이며, 온몸으로 느껴지는 주원
을 느끼며.

우리에게 섹스는 서로를 보듬어주는 행위이다. 다정하게 어
루만져주고, 몸으로 말하는 언어. 키스보다 서로를 더 느낄 수
있는 다정한 언어.

우리는 어릴 적 그 마음에 멈춰 있지만, 우리의 시간은 조금
씩 조금씩 앞으로 나아가고 있었다.

03.

　암울한 시험 기간이었다. 연우와 주원은 아침부터 도서관에 왔고, 세 시간 바짝 앉아 있은 후에야 휴게실로 탈출할 수 있었다. 연우는 주원이 건네주는 자몽에이드를 따서 한 모금 마셨다. 쌉쌀하면서 상큼한 향이 입 안 가득 퍼졌다.

　"난 자몽 왜 먹는지 모르겠더라."

　주원이 아메리카노를 한 모금 마시며 말했다.

　"나도 커피를 왜 마시는지 모르겠더라."

　"한마디도 안 지지?"

　"질 이유가 없으니까."

　주원은 더 이상 대꾸하지 않고 다시 아메리카노를 한 모금 마셨다.

　"바다 가고 싶어! 바다! 도서관 말고 바다가 가고 싶어!"

　"그러든지."

　앓는 소리를 내며 발을 동동 구르던 연우가 주원의 말에 두 눈을 반짝거리며 그를 바라봤다. 담백하게 내뱉는 주원의 말이 연우는 뛸 듯이 기뻤다.

　이상하게 바다와는 인연이 깊지 않았다. 갈 때마다 비가 오질 않나, 가려고 하면 일이 터지곤 했다. 이번엔 제발 무사히 갈 수 있길…….

　"기상청 날씨 확인해야 해! 이번엔 정말 비 오면 안 된다고!"

　연우가 자리에서 벌떡 일어나 선언하듯 말을 내뱉었다.

　"시험 못 보면 얄짤없어."

　다시 현실로 돌아오라는 말에, 연우는 다시 시무룩해졌다.

　"그런 게 어디 있어!"

　"어디 있긴, 너 내가 이런 조건 안 걸었으면 온종일 바다 생각만 하다가 공부는 뒷전일 거 아니야."

　"이! 잔소리 대마왕!"

　주원은 입꼬리를 말아 올리며 의기양양한 표정으로 연우를 바라봤다. 어찌 됐건 이 게임의 승자는 오로지 그였다. 그가 없으면 바다는커녕 강 구경도 하기 힘들 것이다. 연우는 아쉽게도 어딘가 혼자 가는 것에 익숙한 사람이 아니었다. 그렇다고 유라가 그녀와 여행을 가줄 리 없었다. 이러니저러니 해도 그밖에 없기 때문에, 연우가 이렇게 뻗대면서 자신에게 당당하게 굴 이유가 전혀 없었다.

　"취소해버리는 수가 있어."

　"이 악마!"

　"취소할까?"

"아! 알았다고!"

연우는 끝까지 궁시렁거리며 치사하다고 했지만, 주원은 그것을 상큼하게 무시했다. 어린애에겐 당근과 채찍을 적당히 번갈아가며 줄 필요가 있었다. 모든 것을 다 받아주면 한 가지만 보고 나머지를 하지 않기에, 그저 그가 주는 작은 당근 중 하나일 뿐이었다.

"그럼 네가 지금 뭘 해야 하는지도 알겠네?"

"알아! 안다고! 공부!"

"그다음은?"

"들어갈게."

연우는 시무룩해져서 도서관 안으로 터덜터덜 걸어갔다. 그 모습이 도살장에 끌려가는 돼지의 모습과 흡사했는데, 주원은 그 모습이 귀여워 죽을 지경이었다. 지금 아마 이곳이 휴게실이 아니라, 그의 집이었다면 입술에 진한 입맞춤을 퍼부었을지도 모르는 일이었다.

가끔 저런 어린애 같은 모습을 보이는데, 그럴 때마다 가슴이 간질거렸다. 알 수 없는 감정들이 그를 지배하고, 그런 그 감정들을 이기지 못한 채, 본능적으로만 움직이고 싶을 때가 가끔 있었다.

하지만 그것을 그는 끝끝내 참았다.

아직 우리의 열병은 그 상태 그대로였으니까. 한발 더 나아갈 구실을 아직 찾지 못했다. 이대로도 좋았으니까.

꽃

유라는 두 눈을 손으로 몇 번을 비볐다. 설마 내일 지구의 종
말이 오려나, 그것도 아니라면 김연우가 죽을 때가 다 된 것이던
지.

"뭔데?"

민혁이 주원을 툭툭 치며 물었다.

"뭐가?"

"뭐가라니? 김연우가 지금 공부를 하고 있잖아. 그것도 요점
정리 파일을 달달 외우고 있다고! 이게 말이나 되는 일이야?"

"그러게, 민혁아 나 좀 꼬집어봐라."

만담처럼 이어지는 유라와 민혁의 말에 주원은 바람에 흐트
러진 앞머리를 단정하게 매만지며 씨익 미소를 지었다.

"초딩한테 달콤한 사탕 하나 쥐여줬지."

"사탕? 그게 뭔데?"

민혁이 자못 궁금하다는 투로 물었다. 하지만 어쩐지 주원이
말을 아꼈다. 허공에서 유라와 민혁의 시선이 짧게 마주쳤다. 이
거 분명 뭔가 있다. 그들이 끼면 안 되는 무언가가.

유라와 민혁이 눈빛 교환을 하고 민혁은 주원의 목에, 그리고
유라는 연우의 목에 와락 헤드락을 걸었다.

"으악!"

둘이 참 남매라고 해도 믿겠다. 소리 지르는 타이밍 또한 어
쩜 이리 똑같고, 지르는 소리도 같은지, 순간 웃음이 나와 목을

52 네 입술이
닿을 때

뇌줄 뻔했다.

"불어. 뭔데?"

아무리 유라가 힘을 빼고 있었지만, 그렇다고 고통이 전혀 느껴지지 않는 것은 아니었다. 그런데 헤드락을 걸린 연우가 히죽히죽 웃고 있었다.

"야 수상해. 빨리 말해봐."

연우가 싫다고 말을 내뱉으려는 찰나였다.

"바다 가기로 했어."

"바다?"

전자는 주원이었고 후자는 민혁과 유라였다. 커플끼리 죽이 어찌나 잘 맞는지, 둘이 얼른 목에서 손을 떼었다. 그리고 활짝 웃으며 주원을 바라봤다.

"우리도 갈래!"

"맞아. 우리도 갈래!"

"그러든지."

담백하게 주원의 말에 유라와 민혁은 좋아했지만 연우는 이 상황이 달갑지 않았다. 여행이라는 것은 친하다고 해서 다 되는 것이 아니었다. 그만큼 식성부터 취향 마지막으로 마음까지 잘 맞아야 한다.

백번 양보해서 친하니까 성격이 맞는다고 하지만 나머지는?

"둘보다는 넷이 재밌을 거야."

그런 연우의 마음을 눈치챘는지, 주원이 그녀에게 나직하게 말했다.

"연우랑 내가 자고, 너랑 민혁이랑 자면 되겠다."

유라가 뒤돌아서서 주원에게 말하자, 연우는 입술만 옴죽거리다 꼭 닫아버렸다. 어째서? 라는 말이 목구멍까지 치달았지만 꾹 참았다.

둘은 연인이라고 하지만, 우리 둘은 그저 친구였다. 특히나 유라는 이런 사이인지는 모른다. 분명 자신과 주원을 이상하게 넘겨짚을 것이 분명했다.

사람들은 이상하다. 꼭 이름에 묶이지 않아도 그 관계가 하찮은 것이 아닌데, 그것을 꼭 속박해서 묶어 두려고 한다. 친구, 연인, 가족. 우리의 관계는 친구와 연인 그 사이 어디쯤일 것이다. 하지만 그것을 딱히 정의를 내리고 싶지는 않았다.

이름에 묶이지 않아도 우리의 관계는 충분한 가치가 있었다.

"야, 얼른 가자."

유라가 그녀의 팔짱을 쏙 끼며 말했다. 유라는 연우가 처음 가져본 여자친구였다. 유라와 친해지게 된 계기는 작은 일이었다. 아니, 사실 작지는 않았다. 거의 육탄전까지 갈 상황이었으니까.

연우, 주원, 민혁 우리 셋은 고등학교 때부터 친구였다. 주원의 친구였던 민혁이 그녀의 친구가 되고 거의 이런 관계였다.

항상 이어폰을 끼고 남들과 이야기를 나누지 않던 연우에게 민혁은 스스럼없이 다가왔다. 주원과 있던 그녀가 보통 여자애들과는 다르게 소탈해 보이기도 하고 어딘지 좀 안쓰럽기도 해서 자신이라도 친구가 되어주자 했다는 것이 민혁의 전언이었다. 웃기지도 않는 소리였다.

자신은 주원이 있어서 하나도 외롭지 않았었는데, 다른 친구가 없어도 꽤 괜찮았다.

그때까지 연우는 여자애들은 굉장히 피곤한 존재라고 생각했다. 아니, 굉장히 섬세한 존재일지도 모른다. 주원과는 아무렇지 않게 넘어가던 일들이 여자아이들에게는 큰일처럼 다가오곤 했다. 또 한 명이 사라지면 그렇게 뒷담화를 했다.

도대체 왜, 저 아이가 도마에 오르는지 연우 스스로 이해할 수 없을 지경이었다. 그리고 그녀가 사라져도 그것은 똑같았다. 앞에서는 주원 때문에 친한 척을 해대지만 결국 뒤에서는 차갑다드니, 싸가지가 없다느니, 재수가 없다느니, 주원 아니면 놀아줄지 아냐느니, 그런 그녀의 험담들을 수두룩하게 늘어놨으니까.

쥐 사건 이후로는 아예 여자아이들과 단절했다. 어차피 친했던 애들도 없었기 때문에 그것이 딱히 서글프거나, 화가 나거나 하지 않았다. 그저 말을 섞지 않고 멀어지면 그뿐이었다. 친구가 아니었기에.

그런 그녀에게 변화가 생긴 것은 대학에 와서였다. 민혁이 대학에 입학한 지 얼마 되지 않아 유라와 사귀었다.

사실 유라가 같은 과인지도 연우는 몰랐었다. 그 정도로 남에게는 무신경했다. 스스로 남을 차단하고, 남의 시선을 전혀 신경 쓰지 않으니, 오히려 더 편했다. 그런 연우에게 유라는 민혁의 친구라는 이유로 살갑게 다가오려 했었다. 하지만 연우는 그것이 마음에 들지 않았다. 지겹도록 당했던 일들이 있었기 때문이었다.

"안녕. 연우야."

반갑게 손을 흔들고 인사해도,

"연우야, 밥 같이 먹자."

팔짱을 쏙 끼며 살갑게 다가와도, 연우는 늘 건조한 반응을 보였다.

"미안. 바빠서."

민혁과 사귄 지 얼마 안 되는 단계에서 그의 친구인 연우가 마음에 들지 않았지만, 쿨한 여자의 면모를 보이기 위해 유라는 그녀를 인정하는 척했다고 했다. 도대체 왜 그런 말도 안 되는 짓을 했는지 이해가 되지 않지만, 지금으로썬 나쁘지 않았다.

그러다 일이 터진 것은 술자리에서였다. 민혁과 주원, 유라, 연우 이렇게 넷이서 만난 자리였는데 연우는 교묘히 유라와 부딪히는 것을 피했었다. 그것이 자신은 나름 티 안 나게 한다고는 했지만 티가 너무 나서 문제가 됐었다.

자신을 따돌리는 것 같은 분위기 때문에 유라는 화가 나 있는 상태에서 술을 진탕 마셔댔었다. 연우 역시 남이 낀 것이 마음에 들지 않아 연거푸 술을 들이켰었다. 민혁과 주원이 말렸을 정도였으니까.

"야!"

소맥을 한 열 잔쯤 말아 마셨을 때였던가, 유라가 갑자기 잔

네 입술이
닿을 때

을 테이블 위로 쾅 내려놓으면서 자리에서 벌떡 일어났었다.

대놓고 연우에게 삿대질을 해대는 유라는 얼굴이 빨갛게 달아올라 몸을 가누기도 힘들어 보였다. 물론 연우의 상태도 만만치 않았었다.

"야! 김연우! 이 재수 없는 계집애야! 너 민혁이 좋아하냐? 네가 뭔데 날 왕따시켜! 네가 뭔데!"

"내가 언제! 너도 재수 없거든?"

연우도 지지 않겠다는 듯 자리에 벌떡 일어나서 유치한 싸움을 이어나갔다.

"야! 네가 더 재수 없어! 얼굴도 못생기고 조그마한 게!"

"그러는 넌 얼마나 예뻐서! 김민혁! 쟤 다 화장발이야! 알아? 그거?"

"화장발? 그러는 너는 화장발이라도 되냐! 화장도 본판이 예뻐야 먹는 거야! 그거 알기나 해?"

"너보단 예쁘겠지."

"야!"

연우의 비아냥거림에 결국 유라가 참지 못하고 연우의 머리채를 잡으려고 손을 뻗었다.

순간 민혁이 재빠르게 유라를 안았고, 주원도 연우의 허리를 감싸고 자신의 옆으로 꼭 붙여놨다.

"이거 놔! 저 싸가지 버릇 좀 고쳐놓게!"

"너나 잘해! 지는 어떻고!"

"뭐 이 계집애야!"

한참을 아웅다웅 술집에서 쫓겨난 후에도 유라와 연우의 유치한 싸움은 멈추지 않았었다. 있는 말 없는 말 다 하면서 속에 있는 말을 다 끄집어내니 오히려 화가 나기는커녕 편했었다.

술이 깬 새벽쯤에는 서로를 보고 웃었더랬다. 자신들의 초딩스러운 행동이 주마등처럼 스쳐 지나가서.

그 이후로 유라는 민혁에게 보였던 내숭을 결국 집어던졌고, 연우는 오히려 그런 유라의 성격이 마음에 들었다. 유라는 그동안 자신이 만났던 여자애들하고는 달랐다. 자신의 앞에서 남의 험담을 늘어놓지도 않았으면 자신의 친한 무리와 억지로 친해지게 만들지도 않았다. 연우의 있는 모습 그대로를 받아들이려고 애썼다. 연우 역시 그런 유라에게 스스럼없이 대했고 지금은 유일한 여자친구가 되었다.

여자와 남자의 친구는 조금 달랐다. 유라는 주원보다 섬세했고 그런 자신의 마음을 더 잘 이해해주었다. 그런 유라가 이제는 편하고 좋고, 유라와 사귀고 있는 민혁이 고마울 따름이었다.

❋

유라와 연우가 나란히 강의실 안으로 들어가 앉았다.

"으아, 어떡해! 떨려!"

요점정리 공책을 들고 입술을 옹송그리고 있는 연우를 보며 유라가 혀를 쯧 찼다.

"너 그 머리로 도대체 여긴 어떻게 들어왔냐?"

남들이 들으면 기분 나쁠 수 있는 내용이었지만 연우는 자기 자신을 너무 잘 알았다.

"어떻게 들어왔긴. 서주원이 밤낮 붙들어놓고 특강 시켜줬지."

"얼씨구. 친구 하나는 진짜 잘 됐네."

유라가 비아냥거리듯 대꾸했지만 연우는 머리를 절레절레 흔들었다.

"시끄러. 나 이제부터 공부할 거야."

"어련하시겠어요."

유라는 연우에게 한마디 툭 던지고 거울을 들고 자신의 모습을 단장했다. 연우는 유라를 슬쩍 흘겨보다 한숨을 푹 내쉬었다. 왜 주위에 있는 자들이 이렇게 머리가 좋은 것일까.

저래 보여도 유라가 우리 과 수석이었다. 맨날 외모에만 신경 쓰는 것처럼 보이지만 막상 학교를 벗어나면 주원보다 더 착실하게 공부하는 듯했다.

연우는 한숨을 푹 내쉬며 다시 공책을 챙겨 들었다. 정말이지 날도 좋은데 시험이라니 울고 싶어지는 하루였다.

시험은 처절했다. 하얀 건 종이요, 검은 건 글씨다. 단시간에 벼락치기를 한다 해서 시험을 잘 볼 리가 없었다. 연우는 주원이나 유라처럼 머리가 좋은 사람이 아니었기에, 평소에 노력을 해야 하는데 그 노력이 참 쉽지 않다. 연우의 마음을 알기라도 하듯 유라가 그녀의 어깨를 툭툭 쳤다.

"괜찮아. 다음 시간은 오픈 북이라 괜찮을 거야."

"으아아아아!"

유라의 위로 따위 그녀에게 먹혀들 리 없었다. 오픈 북이란 무엇인가. 책을 정확히 알지 못한다면 절대 풀 수 없는 것이 오픈 북이었다. 말이 책을 보고 찾으란 거지, 그것을 책과 똑같이 쓰라는 것이 아니지 않은가. 정말, 정말 망했다.

젠장! 젠장!

연우는 책상에 머리를 박았다. 평소에 안 하던 것을 벼락치기로 한다고 해서 그것이 갑자기 잘될 리가 없었다.

그렇게 그날의 시험은 완전히 망쳤다.

터덜터덜 발걸음이 참으로 무거웠다. 발목에 쇠를 달아놓은 듯 한 걸음 한 걸음 떼는 연우의 어깨가 축 처져 있었다. 그렇게 시험이 처참하게 망했다.

아아아아, 울고 싶다. 고등학교 땐 주원의 도움으로 어찌어찌 간신히 버텼지만, 지금은 과가 다른 탓에 주원의 도움을 받을 수도 없었다.

연우는 자신의 머리를 벽에다 대고 박고 싶은 기분이었다. 이러다 여행이나 갈 수 있을지, 엄마가 성적표를 본다면 불같이 화를 낼 것이 자명했다.

"얼른 타."

주원은 연우의 표정만 봐도 알 수 있었다. 그녀가 시험을 망했음을. 그래, 이틀 남겨두고 공부한다 해서 그녀의 시험 성적이 오를 것이라는 기대는 애초에 하지 않았었다.

주원이 운전석에 타고 연우가 조수석에 앉았다. 그녀의 기분은 집에 가는 내내 나아지지 않았다.

주원은 그런 고뇌하는 연우의 모습에 피식 웃음을 터트렸다. 놀 때는 아주 신난다고 놀더니 항상 시험 때마다 저랬다.

"난 너랑 유라가 정말 부러워."

"아니지. 유라하고 나는 공부를 하고 너는 안 하잖아."

"놀리는 거야?"

연우가 짐짓 화가 난 표정으로 고개를 팩 돌려 그를 째려봤다. 주원은 담백한 표정을 지으며 어깨를 으쓱거렸다. 그러고는 연우의 집 앞에 차를 부드럽게 멈춰 세웠다.

"간다."

"잠깐만."

어깨가 축 처져서는 집에 들어가려는 연우를 붙잡고 주원이 뒷좌석에 손을 뻗어 그녀의 무릎에 툭 무언가를 던져놓았다.

"뭔데?"

"뭐긴. 단것 먹고 공부 열심히 하라는 선물이지."

연우는 쇼핑백을 열어 안의 내용물을 확인했다. 초콜릿이었다. 그녀가 좋아하는 초콜릿 상표까지 정확하게 알아서 사다준 것이었다.

압구정점에서만 파는 것이라 사오기도 쉽지 않았을 텐데.

연우는 샐쭉한 표정을 짓다, 이내 함박웃음을 지었다.

"고마워."

"고마운 거 알면 남은 시험 잘 봐."

"알았어! 나갈게!"

연우는 차에서 내려 주원에게 손을 흔들고 집 안으로 쏙 들어 갔다. 그래야 주원이 한시라도 빨리 집에 들어갈 수 있으니까.

연우는 창밖으로 주원의 차가 떠나는 것을 보고 책상머리에 앉았다. 주원이 사다 준 초콜릿을 뜯어 입 안에 하나를 쏙 넣었 다. 과하지 않은 달달한 생초콜릿의 맛이 입 안 가득 퍼진다. 우울했던 기분이 달달함이 퍼지자 한층 나아졌다.

짜식, 역시 그녀를 생각해주는 건 주원밖에 없었다. 초콜릿을 먹는 내내 연우의 입가엔 웃음이 떠나질 않았다.

연우는 씻지도 않는 채, 책을 펼쳤다. 지금 기분이라면 정말 공부를 할 수 있을 거 같다.

하루, 이틀, 사흘, 일주일 내내 중간고사로 정신을 못 차렸다. 그랬던 망할 놈의 중간고사가 드디어 끝이 났다!

연우는 수능을 막 끝낸 수험생처럼 거칠게 환호했다.

난 이제 자유다!

손뼉을 치며 기뻐하는 연우를 보고 유라가 어이없는 웃음을 흘렸다.

"그래서 시험은 잘 봤고?"

"어허! 지나간 것에 대해 말을 하는 것이 아니야!"

"얼씨구!"

"시험 끝났으니까 주원이 집 가야지."

연우가 신이 나서 재잘거리자 유라가 그녀의 목덜미를 꾹 잡았다.

"가긴 어딜 가. 오늘 종강파티 있는 거 잊었어?"

"너 혼자 가면 안 돼? 난 정말……."

"안 돼. 네가 아무리 사람들과 어울리는 걸 싫어한다고는 하지만, 이건 과 전체가 하는 거잖아. 다른 건 다 재껴도 이런 건 잠깐이라도 참석해야지. 안 그래?"

"쳇."

연우가 툴툴댔지만 유라는 물러날 생각이 없었다. 연우는 하는 수 없이 주원에게 종강파티가 있다는 문자를 보내놓고 유라에게 끌려갔다.

-먼저 가. 종강파티래. 가기 싫다!!!!!

종강파티란 무엇인가. 사실상 종강을 한다는 명목하에 그저 술판일 뿐이었다. 연우는 최대한 유라의 옆에 착 달라붙어 술잔만 기울여댔다.

얼른 이 시간이 지났으면 좋겠다.

지나가다 얼굴을 봤던 사람들이 앞에 있지만 실상 말 한마디 해본 적이 없었다. 연우는 이 지루한 시간을 이기기 위해 휴대폰을 꺼냈다. 하지만 메시지를 적기도 전에 자신의 앞에 드리워지는 그림자 때문에 다시 넣을 수밖에 없었다.

"김연우 맞지? 네 얼굴 한 번 보기 힘들다."

반갑게 말을 하지만 실상 그가 누군지 몰랐다. 연우는 수다를 떨고 있는 유라를 툭 쳤다.

"아, 선배 안녕하세요."

"안녕하세요."

연우도 덩달아 인사를 했다. 얼굴에서 느껴지는 연배가 자신보다 많다 느껴지더니, 복학생이었던 모양이었다.

"뭘 격식 차려서 인사를 해. 앉아도 되지?"

아니요, 라고 말하고 싶었지만 연우는 그것을 꾹 눌러 담았다. 하고 싶은 말을 다하면 남이 상처를 받는다는 것을 이제는 알기 때문이었다.

"술 한 잔 받아. 야, 이런 데서 연우 널 보게 되네? 넌 이런 자리 잘 안 나오잖아."

"아, 네……."

"선배가 주는 술잔은 무조건 원샷인 거 알지?"

소주잔 가득 소주를 채워주고는 어서 마시라는 듯 연우를 바라봤다.

이런 식의 행동들 다 불편했다. 남에 의사는 전혀 묻지 않고 친목이라는 이름으로 억지로 권하는 술잔이 연우는 못 견디게 싫었다. 거기다 연우는 소주를 마시질 못했다.

"제가 소주를 잘 못 마셔서요."

"그래도 한 잔 정도는 괜찮잖아."

삽시간에 주위가 얼어붙은 듯 시선이 그녀에게 몰렸다.

"정말 못 마셔요. 맥주 주세요."

"허! 요즘 애들은 아무튼……."

기가 차다는 듯 표정이 굳어진 선배를 보자 연우도 기분이 좋

네 입술이
닿을 때

지 않았다. 술이란 것은 상황에 맞게 기분 좋게 마셔야 하는데, 이 사람은 그럴 생각이 없는 모양이었다.

내가 주는 술을 감히 네가 거절해? 라는 뉘앙스로 연우에게 계속 술을 권하고 있었다.

왜 자신이 이 사람 술을 받아야 하는지도, 왜 마셔야 하는지도 도무지 이해를 못 하겠다.

"연우가 술을 잘 못해요. 이해하세요."

유라가 얼어붙은 분위기를 풀기 위해 얼른 말을 이었다.

"그럼 네가 마실래?"

"아, 뭐……."

연우가 알기로 유라도 소주를 못 마셨다.

"그냥 제가 마실게요."

연우는 한숨을 내쉬며 건네주는 소주 한 잔을 입 안으로 털어넣었다. 딱 한 잔이었다.

"마실 줄 아네. 한 잔 더 받아."

연우의 입에서 막 소주잔이 떨어지기도 전에 선배가 소주병을 다시 집어 들었다.

연우는 정말 이곳이 싫었다. 잘 모르는 사람과 술을 마시는 것도 싫었고, 먹기 싫은 술을 억지로 권하는 이 남자도 싫었다.

연우는 입술을 질끈 깨물며 기가 찬 듯 웃었다.

"왜? 마시기 싫어? 싫으면 말해."

비아냥거리는 남자의 말에 연우는 더 이상 화를 참지 못하고, 하고 싶은 말을 다 내뱉고 말았다.

"잠깐만요. 술 못하는 사람한테 억지로 술을 권하는 건 살인 행위나 다름없어요. 그거 모르세요? 요즘 누가 윗사람이 주는 거라고 마시라고 억지로 권해요. 뉴스도 안 보셨어요?"

"연우야!"

유라가 얼른 말렸지만 연우는 기분이 나아질 줄 몰랐다. 앞에 앉아서 얼굴이 붉으락푸르락해지는 선배를 보니 더 기분이 엇잖아졌다. 같잖다 이건가.

"요즘 것들은 진짜 싸가지가 없네. 야! 선배가 주는 술 한 잔 못 마셔?"

"방금도 한 잔 마셨잖아요!"

"고작 한 잔 가지고 유세야? 너만 마셨어? 어린년이 건방지게 어디서!"

선배가 자리에서 벌떡 일어나 연우를 때리는 제스처를 취했다. 사실 연우는 그때까지 만약 이 사람이 자신을 때리면 고소해야겠다 마음먹고 있었다.

이왕 이렇게 된 거 될 대로 되라였다. 아무리 술을 마시는 사람이라 할지라도 그날 상황에 따라 마실 수 있는 컨디션이 있는 것인데 이 사람은 너무 막무가내였다.

"그만 하시죠."

자신의 머리 위로 커다란 그림자가 드리워지고 남자 선배의 손은 누군가에게 붙잡혀 갈 곳 잃은 신세가 되었다.

"넌 또 뭐야?"

"남자친굽니다. 가자."

"너도 일어나."

주원이 연우의 손을 잡고 민혁은 유라의 손을 잡고 자리에서 일으켰다. 주위에서 웅성거리며 주원을 주시했다.

"허!"

선배는 기가 찬 듯 연우와 주원을 노려봤지만 그들을 막지는 않았다. 아마도 머리 하나는 더 큰 주원에게 기가 눌린 모양이었다. 아무래도 저 남자는 힘이 약한 사람은 깔보고 힘이 센 사람에게는 굽신거리는 간신 같은 남자인 게 분명했다.

연우는 분한 마음에 남자 선배를 한 번 더 흘겨주고 술집에서 나왔다.

술기운이 오른 탓에 살갗에 닭살이 올랐다. 주원은 말없이 연우의 어깨에 자신의 재킷을 올려주고 뒤따라 나오는 민혁과 유라를 바라봤다.

"우린 먼저 갈게."

"그래. 연락해."

"어."

주원의 표정이 딱딱하게 굳은 것을 보니 아무래도 단단히 화가 난 표정이었다. 연우는 얼른 주원의 팔에 엉겨서 말을 붙였다.

"내가 잘못한 거 아니야. 저 사람이 먼저……."

"타."

주원이 먼저 운전석에 오르자 연우는 하는 수 없이 조수석에 앉았다. 정말 자신은 잘못한 것이 없었다. 변명처럼 들릴지 모르지만 저 남자가 멋대로 자신에게 술을 권한 것이 발단이었다.

"야, 정말이야. 저 남자가 나 소주 못 먹는데 자꾸……."

"김연우……."

낮게 깔리는 주원의 목소리에 연우가 흠칫 놀랐다.

"왜, 왜……?"

"아는데, 저 사람이 잘못한 거 아는데, 제발 아무 데서나 받지 마라. 저 사람이 만약에 너 때리기라고 하면 어쩌려고 그랬어. 내가 그 자리에 안 나타났으면!"

오랜만에 화를 내고 있는 주원은 정말로 낯설었다. 웬만한 일로 연우에게 화를 내지 않는 것을 알기에 연우는 잠자코 주원의 말을 듣고 있었다. 차마 때리면 고소하려고 했다는 말까지 하면 그녀에게 불같이 화를 낼 것이 분명해 연우는 입을 꾹 다물었다.

"김연우, 연우야. 제발 사람 속 좀 썩이지 마라."

한탄을 담은 주원의 말에 연우가 얼른 고개를 숙였다.

"미안해."

미안하다는 연우의 말에도 주원의 굳은 얼굴이 풀릴 줄을 몰랐다. 아마 주원이 그 자리에 나타나지 않고 그녀가 맞기라도 했다면 주원이 어떻게 했을까 정말 상상조차 하기 싫었다. 그녀에게가 아니라 그 남자에게.

연우는 제 잘못을 알기에 주원의 눈치를 살폈지만 주원은 앞만 응시했다.

"아직도 화났어?"

옆구리를 쿡쿡 손가락으로 찔러봐도 주원은 대답이 없었다. 연우는 입술을 옴죽거리다 신호가 걸린 틈에 주원의 뺨에 입을 쪽 맞췄다.

"뭔데?"

무미건조한 주원의 말에 연우는 흠칫 놀라긴 했지만 한결 주원의 표정이 부드러워졌다는 것을 알아차렸다. 그리고 다음 신호 걸렸을 때, 다시 쪽 입을 맞췄다.

"김연우, 나 아직 화 안 풀렸어."

"알아. 알아. 그냥 하고 싶어서 한 거야. 넌 운전해."

그러고는 집에 올 때까지 연우는 신호에 차가 걸릴 때마다 주원의 뺨에 입을 맞췄다. 결국 주원의 입에서 허탈한 웃음이 나오고서야 차가 멈춰 섰다.

주원이 내리고 연우가 차에서 내렸다.

"김연우, 이리 와봐."

주원이 검지를 까딱거리며 연우를 불렀다. 분명 평소 같으면 내가 동네 똥개냐며 길길이 날뛰었겠지만 오늘은 나름 지은 죄가 있기 때문에 쪼르르 달려갔다.

"응, 왜? 나 불렀어?"

비굴하게 웃으며 연우가 초롱초롱한 눈으로 주원을 바라봤다. 이럴 때 보면 자신이 생각해도 여우가 따로 없었다. 평소엔 이런 곰이 또 없을 거 같은데.

주원이 한결 누그러진 표정으로 연우의 양 뺨을 부여잡고 가볍게 입을 맞췄다 떼었다.

"한 번만 더 그러면 진짜 혼난다."

"알았어! 약속! 정말 안 그럴게!"

주원이 한쪽 입꼬리만 살짝 올라가게 웃으며 연우의 입에 다시 입을 맞췄다. 가볍게 떼어진 입맞춤과는 사뭇 다른 진한 키스였다. 부드럽고 조금 더 달콤한 그런 입맞춤에 연우가 스르륵 눈을 감아 주원의 허리에 손을 감쌌다.

조심스럽게 시작한 키스가 좀 더 진해졌다. 혀가 달콤하게 얽혀들고 타액이 넘나들고, 조금은 조급하게 그리고 부드럽게 키스를 이어나갔다.

주원과의 키스는 항상 따스하고 달콤하다. 그리고 심장이 간질거린다.

"김연우."

바람결이 머리칼을 부드럽게 어지럽혔다. 닿아 있는 시선이 달콤하고 맞닿았던 입술이 포근하고 아직도 그 온기가 남아 있었다.

"응?"

"……우리 진짜 사귈까?"

아주 잠깐 서로를 바라보는 눈빛이 흔들렸던 거 같다. 천천히 마주 봤던 그 눈은 서로의 마음을 확인하려고 했던 거 같다. 하지만 마주친 눈빛이 돌려진 것은 연우의 쪽이었다.

"뭐, 뭐야. 갑자기. 장난치지 마!"

연우는 다른 곳으로 시선을 떨궜다. 아마 지금 고개를 든다면 아무것도 할 수 없을 거 같다. 본능적인 직감으로 연우는 바닥만 쳐다보고 있었다.

담담하던 주원의 표정에 잠시 파동이 일었다. 그리고 곧 한쪽 입꼬리를 올리고 웃었다.

"장난이야, 장난. 얼른 들어가."

"놀랬잖아!"

주원이 연우의 어깨에 한 손을 올리며 다정하게 웃었다. 그 순간 연우는 자기도 모르게 안심하고 말았다.

"응, 너도 조심히 가."

마지막으로 가볍게 주원의 뺨에 입을 맞추려다가 연우는 잠시 망설였다. 왜였을까. 우리 사이에 망설임 따위는 존재할 수 없는데.

연우가 집 안으로 들어가고 주원이 단정하게 빗어진 머리를 헝클리며 불이 켜지는 연우의 방을 쳐다봤다.

그저 장난으로 치부하기엔 조금 무리가 있었다. 그저 선배에게 해코지를 당할 뻔한 연우에게 아직 화가 덜 풀렸던 것일까. 차라리 진짜 남자친구면 그 자리에서 더 크게 화를 낼 수 있었지는 않을까.

얼기설기 생각들이 모두 엉켜버렸다.

왜 한 번도 연우와 사귄다는 생각을 해본 적이 없을까. 매번 연우와 섹스를 하고 연우와 키스를 나누면서 수백 번도 넘게 했던 생각들이지만 이렇게 가볍게는 아니었다.

깊어가는 밤 한숨이 조금 짙어졌다.

04.

연우는 아침부터 분주했다. 고작 2박 3일 여행인데 이사라도 가려는 것인지 가방은 이미 포화상태였다.

이리 뛰고 저리 뛰고, 미리 준비하면 참 좋으련만 연우는 준비성이 별로 없었다. 닥치면 일을 해대는 성격이었다. 그러니 아침부터 이리 분주할 수밖에.

"내 카디건!"

한참을 고민하던 연우는 첫 번째 서랍을 뒤져 남색 카디건을 챙겨 가방에 넣었다. 그렇게 챙겼지만 자꾸 빠지고 허전한 느낌이 드는 것은 왜일까. 연우는 가방을 챙기다 말고 앉아서 고민했다.

"연우야, 주원이 왔어."

"잠깐만!"

아, 뭐가 빠진 건지 도무지 모르겠다. 연우는 자리를 털고 일어나 목청 높여 주원을 불렀다.

네 입술이
닿을때

"서……."

주원을 부르려던 연우가 잠시 말끝을 흐렸다. 정리하던 짐을 잠시 내려놓으며 한숨을 내쉬었다. 어제의 주원의 눈빛이, 그리고 목소리가 자꾸만 귓전에 맴돈다.

밤새 한숨도 자지 못했다. 너무 갑자기라고 치부하기엔 전혀 다른 대화였다.

"어떻게 하면 방이 이렇게 초토화가 될 수 있냐?"

"그러게. 그러네."

평소와 다름없는 주원을 보고 연우가 웃었다. 다행이다는 생각과 약간 억울한 기분이 들었다. 밤새 잠을 못 자고 고민한 것은 비단 자신인 것만 같아서, 폭탄을 던져놓고 주원은 너무 아무렇지 않은 거 같아서, 그게 못내 기분을 이상하게 만들었다.

발 디딜 틈도 없는 공간을 발로 밀고 나가며 주원이 연우의 앞에 한쪽 무릎을 굽히고 앉았다.

"다 챙겼어?"

"그게 뭘 안 챙겼는지를 모르겠어!"

투정 같은 연우의 말에 주원이 한숨을 푹 내쉬며 한 손으로 이마를 짚었다.

"세면도구는?"

"챙겼어."

"갈아입을 옷이랑 속옷은?"

"그것도 챙겼어."

"스킨로션은?"

"그건 유라가 잔뜩 들고 올 거야."

"그럼 됐네. 가자."

"정말 그런 거겠지?"

연우가 재차 묻자, 슬슬 주원도 인내심의 한계가 오고 있었다.

"확 두고 가는 수가 있어. 얼른 나와!"

"알았다고!"

연우는 바닥에 널브러져 있는 짐을 가방 안에 쑤셔 박다시피해서 앞서가는 주원을 얼른 뒤따랐다. 주원은 그사이 연우의 엄마와 인사를 나누고 있었다.

"잘 좀 부탁해. 애가 저렇게 덜렁대서……."

"걱정 마세요."

"그래. 항상 고맙다."

연우가 손에 든 가방을 자연스럽게 들어주며 주원이 그녀의 엄마를 보고 해사하게 웃었다. 얘기만 듣자면 자신이 곧 시집이라도 가는 것 같았다.

"엄마, 다녀올게."

"물 조심하고, 차 조심하고, 도착하면 전화하고. 또 낯선 사람……."

"엄마, 그만해. 그 정도면 알아들어."

"그래, 알았어."

물가에 내놓은 애 걱정하듯 엄마의 잔소리가 이어지기 전에 연우는 서둘러 주원의 차로 도망쳤다.

네 입술이
       닿을때

주원이 연우의 짐을 트렁크에 싣고 연우의 엄마에게 인사를 했다.

"걱정 마세요."

"그래. 재밌게 놀고 오고."

"네."

신혼여행을 보내는 친정엄마처럼 엄마는 주원이 차에 오르는 순간까지 눈을 떼지 못했다. 아마도 차가 출발할 때까지 손이라도 흔들 모양이었다.

아무튼 과보호. 누구랑 어쩜 이리 닮았는지 모르겠다.

"너 어디 이사 가냐?"

운전석에 오르며 주원이 한숨을 내쉬며 말했다. 무슨 2박 3일에 짐이 그렇게 많은지. 커다란 짐가방이 터질 듯 차있었다. 거기다 무겁기는 어찌나 무거운지. 아무 생각 없이 들었다가 깜짝 놀랐더랬다.

"다 필요한 거야."

DSLR 카메라를 목에 걸며 연우가 당연하다는 듯 말했다. 주원이 이제 대꾸하기도 귀찮은 듯 고개를 절레절레 흔들며 액셀러레이터를 천천히 밟았다.

차는 미끄러지듯 도로 위를 빠져나갔다. 연우는 운전을 하는 주원의 모습을 물끄러미 바라보았다. 아무렇지 않게, 또 예전처럼 구는 주원의 모습이 참 다행이라는 생각이 들었다.

"뭘 그렇게 힐끔힐끔 쳐다봐."

"그냥, 좀 보면 안 돼?"

"안 돼."

연우의 얼굴을 손바닥으로 슬쩍 밀었지만 연우는 다시 주원의 얼굴을 손바닥 밖으로 빠끔히 바라봤다. 고마워, 미안해, 이런 말은 하지 않을 것이다. 그것을 하는 순간 바로 주원의 마음을 인정해야만 하니까. 연우는 그것이 두려웠다.

우리는 친구란 이름으로 있지만 애인은 아니었다. 그 애정만큼은 연인보다 더 컸지만 그것을 그렇게 딱 정의 내리고 싶진 않았다.

한 발짝 나아가는 것이 뭐 그리 어렵나 하겠지만 연우에겐 죽을 만큼 어려운 일이었다. 유일한 내 편을 잃을까 두렵고 겁이 나고 또 무서웠다.

주원이 없으면 자신의 곁엔 아무도 남지 않는데, 홀로 남아 있는 그 공포가 아직도 몸 안에 자리 잡고 있었다. 그리고 밤이면 밤마다 덮치는 악몽 속에서 그나마 버티는 것은 주원의 마음이 담긴 작은 곰인형이 있어서였다. 그런 주원을 잃고 싶지는 않았다.

비겁하고 치졸한 마음인지도 모르겠다. 하지만 아직은, 아직은 조금 더 눈을 감고 싶었다.

바람을 한참 쐬던 연우는 지쳤는지 벌써 곯아떨어져 있었다. 입까지 헤벌리고 잠이 든 모습이 우스꽝스러워 주원은 그 입을 톡 쳐줄까 하다가 이내 거둬들였다.

악몽을 자주 꾸는 연우가 이렇게 편안하게 자는 것도 드물기 때문이다. 한 손에는 작은 곰인형을 꼭 쥐고 자곤 했는데, 저것은 어려서부터 버릇이었다. 꼬질꼬질 낡고 때가 잔뜩 낀 저 곰 인형을 이제 버리고 새로 사주겠다고 해도 연우는 말을 듣지 않 았다.

가뜩이나 이 시기엔 악몽의 강도가 심해지곤 했는데, 그것 때 문에 종종 자신에게 밤에 전화하곤 했다. 다행인지 불행인지, 요 즘은 그 새벽에 오는 전화조차 뜸해졌다.

악몽을 꾸지 않는 것인지, 아니면 자신에게 폐가 될까 두려워 전화를 안 하는 것인지 알 길이 없어 주원 역시 잠을 설치는 일 이 다반사였다.

사실 아무렇지 않게 장난을 치고 싶은 기분은 아니었다. 갑자 기, 왜 모든 것을 갑자기라고 생각할까. 갑자기가 아니었다. 고 등학교 때도, 대학교에 입학해서도, 그리고 지금 이 순간까지도 항상 생각해왔던 것이었다.

하지만 연우는 그것이 아니었나보다. 그런 연우에게 자신의 감정을 강요해서 이 관계를 깰 수는 없었다. 연우는 아직도 자신 을 필요로 했고, 그때까진 곁에 있어 줄 생각이었다. 그러다 자 신의 마음을 자각하면 더 좋고.

"일어나. 핫바 안 먹을 거야?"

부드러운 목소리가 귓가에 스며들고 연우가 뭐에 홀린 듯 눈 을 번쩍 떴다. 갑자기 눈을 번쩍 뜬 연우 때문에 주원은 철렁한 가슴을 쓰다듬어야 했다. 누가 보면 공포영화에서 죽은 줄 알았 던 시체가 눈을 번쩍 뜬 줄 알겠다. 그 모습이 며칠 전 연우와 봤 던 시체의 모습과 참으로 흡사했다.

주원의 이런 마음을 아는지 모르는지 연우는 늘어지게 기지 개를 켜댔다. 역시 잠은 주원의 옆에서 자야 한다. 그래야 안심 이 되듯 깊게 잠이 들었다. 연우는 입가에 묻은 침을 손등으로 쓰윽 닦고 주위를 두리번거렸다.

"벌써 휴게소야?"

"벌써라니. 온 지 한 시간도 넘었어. 유라랑 민혁이도 도착했 대."

"아, 정말?"

"얼른 내려."

연우는 비몽사몽인 표정으로 차에서 내려 내리쬐는 햇볕을 얼른 손으로 막았다. 아까까지 좋았던 청명한 햇살이 왜 이리도 따사로운 것인지 눈살이 절로 찌푸려졌다.

"김연우!"

저 멀리서 유라와 민혁이 자신의 이름을 부르며 반갑게 손을 흔들고 있었다. 연우는 찌푸린 눈을 겨우 바로잡고 유라에게로 달려갔다.

"조심해라. 넘어진다."

덤으로 주원의 걱정스러운 목소리도 함께.

"왜 이렇게 늦었어!"

"어? 너희가 늦은 거 아니야?"

"야! 우리 도착한 지 30분이나 됐어. 주원이가 전화 안 받던 데?"

무슨 소리지? 분명 유라랑 민혁이 늦은 거 같았는데, 연우는 고개를 돌려 주원을 쳐다봤지만 그는 딴청만 피우고 있었다.

"얼른 가자. 핫바 먹고 싶다며."

주원이 연우의 머리를 툭 치며 말했다. 연우가 뒤통수를 부여잡으며 주원을 째려봤지만 그는 아랑곳하지 않았다.

연우가 깊게 잠들어 있는 것을 딱히 깨우고 싶지 않았다. 도착한 건 한 시간 전이었지만, 요새도 악몽을 꾸는 것을 잘 알기에 주원은 부러 연우를 깨우지 않았다.

아마 그에게 폐가 될까 싶어 전화를 안 했을 것이다. 해서 가끔 새벽녘에 주원이 전화를 걸곤 했다. 그마저도 연우가 깊게 잠들어 있을까 봐 하지 못하는 날이 대부분이었지만.

자신의 집에 올 때마다 얼굴이 지친 기색이 역력했다. 쫓기고 또 쫓기고, 그리고 자신을 덮치는 어두운 그림자. 그것이 연우의 반복된 꿈이었다.

핫바, 구운 감자, 옥수수를 품 안에 가득 안고 차에 올랐다. 연우는 지치지도 않고 계속 입을 오물거리며 간식들을 먹었다. 그사이 주원의 입에도 간간이 핫바를 물려주었다.

"안 배불러?"

"배불러."

당연한 거 아니냐는 듯 말하는 연우를 보며 주원이 피식 웃음을 지었다. 배는 부르지만 이 많은 것들은 다 먹어야 한다, 는 의지를 활활 타 올리며 연우는 하나씩 간식들을 정복해갔다. 가장 먼저 제일 먹고 싶어 했던 핫바부터, 옥수수, 마지막으로 주원이 먹은 것은 세 개뿐이 안 되는 감자까지.

연우는 그것들을 입 안으로 다 넣고 배를 두드렸다.

"돼지."

"어허! 돼지라니. 숙녀한테!"

"그러니 살찌지."

"무슨 소리야. 통통한 게 매력 있는 거야."

자기 합리화를 시키며 아마도 여행에 돌아와서는 다이어트를 하겠다고 노래 노래를 불러댈 것이다. 그럴 거면 먹지나 말든지.

주원은 도어포켓에서 물을 꺼내어 연우에게 건넸다.

"체한다. 또."

"땡큐!"

주원에게 받은 물을 반쯤 비우자 정말 위가 찢어질 듯이 배가 불렀다. 너무 먹었나. 하지만 연우는 큰 걱정은 안 했다. 어차피 주원의 가방 속엔 소화제가 있을 것이고 정 못 견디겠으면 그것을 먹으면 됐다.

주원의 가방엔 각종 구급약품이 가득 채워져 있을 것이다. 덜렁대는 자신을 챙기려면 그 정도는 있어야 한다고 항상 그녀에게 핀잔을 주곤 했으니까.

차는 해안도로를 따라 부드럽게 질주했다. 이미 연우는 흥이 나 창문을 열고 바다 보는 것에 열중했다. 그런 연우를 보는 주원의 입가에도 부드러운 미소가 자리 잡혔다. 보기만 해도 가슴이 탁 트이는 것 같다. 얼굴에 맞부딪혀 부는 바람이 얼마나 달콤하고 싱그러운지 가슴속에 묵혀두었던 근심까지 모조리 날려버리는 거 같았다.

바다를 따라 내려가고 또 내려가 주원의 차가 펜션 앞에 멈춰 섰다. 연우는 튕겨가듯 밖으로 나가 먼발치에 있는 바다를 보고 좋아했다.

"보여? 보여? 우리가 몇 년 동안 성공 못한 바다를 드디어 만난다! 너무 신나!"

바다를 보려고 3년은 기다린 거 같다. 가려고 하면 비가 오고, 또 가려고 하면 폭설이 내리고, 또 가려고 하면 고열에 시달리고, 또 가려고 하면 사고가 나서 응급실에 실려 갔다. 진지하게 주원과 둘이 앉아서 우리는 바다와 맞지 않는 거 같다고 심각하게 토론을 했을 정도였다.

그런 고뇌의 시간을 지나 드디어 어여쁜 바다와 조우하게 되었다. 비록 에메랄드빛에 발을 담그면 투명하게 보일 정도의 깨끗한 바다는 아니었지만 연우는 이 정도도 만족했다. 학생 신분에 제주도는 아무래도 무리가 있었다. 가뜩이나 알바도 못하는 형편이었으니까.

"진짜 좋다!"

머리가 산발이 되어서도 좋다고 유라가 저쪽에서 달려왔다. 연우는 그 모습이 우스워 풋 웃음을 터트렸다.

그녀가 누구인가. 과 수석에 과 퀸이었다. 항상 그 우아한 자태를 뽐내시느라 머리카락 한 올 날릴 때마다 신경질적으로 바람이 싫다 말했던 그녀였다. 그런 그녀도 바닷바람만큼은 싫지 않은 모양이었다.

"얼른 가서 짐 풀고 바다 구경해보자."

어린애처럼 바다 구경에 빠진 둘을 민혁이 상큼하게 정리했다. 그렇지 않았으면 정리고 뭐고 당장 바다로 뛰어들 기세였다.

체크인을 하고 둘둘 나뉘어서 방으로 올라갔다. 민혁과 주원의 바로 옆방이었는데 그녀가 예상하기엔 오늘은 넷이 한방에서 잘 가능성이 농후했다. 그것도 술에 취해서.

연우와 유라가 방 안으로 들어섰다. 침대에 누워서도, 일어나서도 커다란 창문을 통해 바다가 한눈에 내려다보였다.

"해 뜨는 것도 여기서 봐도 되겠어."

유라의 말대로 정말 잘 때까지 자다가 해 뜨는 시간에 벌떡 일어나서 일출만 봐도 되겠다. 그 정도로 바다가 한눈에 내려다보였다.

이런 곳에서 주원과 함께 눈을 뜨는 기분은 어떨까. 바다를 바라보며 그윽하게 섹스를 나누는 것도 나쁘지 않을 것이다. 분명 방해꾼들만 없었다면 그리했겠지만, 연우는 아쉬운 듯 입맛만 쩝 다셨다.

어쩌면 민혁과 유라와 함께라 오늘 날씨도 좋고 아무 일도 없을지도 몰랐다. 분명 우리 둘은 바다와 맞지 않았으니까. 그것으로 연우는 자신을 다독였다.

"얼른 나와."

남자애들은 성격이 급하기도 하다. 아직 짐 정리는커녕 방 구경도 제대로 못 했는데 벌써 나오란다.

"잠깐만 기다려!"

연우는 얼른 가방에서 선글라스만 챙겨 들고는 밖으로 나갔다. 유라는 그사이 바람에 날려 산발이 된 머리를 정돈했다. 저렇게 살려면 보통의 인내와 노력을 하고는 되지 않을 거 같다. 연우는 속으로 소리 없는 박수를 유라에게 보냈다.

바다라는 것은 볼 때는 행복하고 좋지만 막상 가보면 앉아서 구경하고 발 담그고 물에 빠지는 것 빼고 실상 할 것은 없었다. 파라솔이라도 있었으면 좋겠지만 아직은 성수기 시즌이 아니었다. 아쉬운 대로 유라가 챙겨온 양산에 머리를 디밀며 모래사장 위에 앉아 있었다.

"바다가 좋긴 하다."

"응! 진짜 좋다! 저녁에 고기도 구워먹자!"

그릴 위에서 지글지글 춤출 두툼한 목살과 등심, 그리고 소시지를 상상하며 연우가 기분 좋은 미소를 지었다. 분명 30초 전까지만 해도 그랬다. 아니, 뒤에서 드리워진 검은 그림자를 느끼기 전까진 그랬다.

"김연우!"

"으악!"

이래서 남자애들하고 여행을 오면 안 된다. 팔다리를 양쪽에서 들고 신나게 바다로 뛰어들어가는 저 어린아이들을 보라. 해맑기도 참 해맑고, 해사하게 웃는 본새가 유치원생 저리가라였다.

"으악! 싫어! 내려놔!"

모든 것을 져주고, 모든 것을 연우에게 맞춰주는 주원이지만 이런 장난까지도 맞춰주진 않았다. 아니 그동안 못했던 앙갚음을 이렇게 푸는 것인지도 모르겠다.

연우가 팔다리를 바동거렸지만 그 무슨 소용이란 말인가. 건장한 사내 둘이 팔다리를 꽉 잡고 빠트릴 준비를 하고 있는데 허공에서 허우적대봤자 아무 소용없었다.

"너 나 빠트리기만 해. 진짜 가만 안 둘 거야!"

"아이고, 무서워라!"

깐족거리는 민혁의 목소리에 연우가 얄미운 듯 그를 흘겨봤다.

"자, 마음의 준비 하시고. 하나! 둘!"

"으아아악! 싫어!"

아무리 고성방가를 해보고 소리를 질러보고 별짓을 다 해봐도 이들은 그녀를 놔줄 생각이 없었다.

이 악랄한 놈들!

속으로 욕을 야멸차게 내뱉는 사이 마지막 지옥열차행 소리가 들렸다.

"셋!"

풍덩, 거대한 파문과 함께 연우가 물속으로 가라앉았다. 그리고 곧 몸을 바동거리며 자리에서 번쩍 일어나 주원의 목을 껴안고 다시 바다에 뛰어들었다.

"야! 김연우!"

"나 혼자는 절대 안 죽어!"

갑작스러운 공격에 주원이 중심을 잃고 쓰러지자 연우는 재빨리 그의 머리를 꾹 눌러 바다에 넣었다. 연우는 야릇한 쾌감이 느껴졌다. 절대 나만 당하지 않겠다는 의지로 주원을 물귀신처럼 끌어들였지만, 역시 장난은 신이 나고 재밌다.

"서주원하고 김연우 봐. 겁나 웃겨!"

민혁은 아주 배를 잡고 자지러지게 웃고 있었다. 그사이 겨우 연우에게서 빠져나온 주원이 연우와 허공에서 짧게 눈을 마주쳤다. 그리고 배를 부여잡고 웃고 있는, 이제부터 벌어질 일을 전혀 모르고 있는, 민혁의 다리를 물속에서 주원이 잡아당기고 연우가 머리를 콱 눌러버렸다.

"으아아아악! 사람 살려!"

"아이고, 그동안 즐거웠지?"

"이 커플 사기단!"

"네가 먼저 시작했거든?"

연우가 숨만 겨우 쉴 정도로 머리를 눌러가며 얄미운 민혁을 제대로 골탕을 먹었다.

배를 부여잡고 웃을 때 그 얼마나 얄미웠던가. 놔달라는 그녀를 잡고 모질게 던진 이놈을 처단하리라, 바다 속에서 얼마나 다짐했던가.

자신의 목적을 다 이룬 연우가 의기양양하게 웃어젖혔다. 민혁이 발을 동동 구르며 겨우 몸을 일으켜 얼굴에 묻은 바닷물을 손바닥으로 쓸어내렸다.

"이것들 나 죽이려고 작정했어."

"뭐래. 안 들린다."

그런데 민혁을 골탕을 먹이고도 이거 뭔가 허전하고 좀 그렇다. 똥 싸고 밑 안 닦은 느낌. 연우와 주원이 다시 한 번 허공에서 시선을 짧게 마주쳤다. 그리고 그 시선이 한곳에 모였다. 찾았다! 그 찝찝한 느낌의 근원!

연우와 주원은 민혁이 정신을 차리기 전에 유라에게로 전속력으로 달려갔다.

"으아아악! 이게 무슨 짓이야! 김연우! 민혁아, 살려줘!"

유라의 비명이 바다를 가득 울리지만, 민혁이 그들을 막기 전에 그들이 더 빨랐다.

"너희 내 여자친구한테 무슨 짓이야!"

"하나, 둘, 셋!"

꺄아아아, 가냘픈 비명소리와 함께 마지막 입수자까지 모두 바다에 빠트리고 넷은 서로의 몰골을 보며 한바탕 웃어젖혔다.

머리 위에 붙은 다시마인지, 미역인지 알 수 없는 해초를 단 주원, 비 맞은 생쥐 꼴이 돼 머리가 죄다 주저앉은 연우, 썼던 안경이 반쯤 내려가 처참한 민혁, 마지막으로 속눈썹이 뺨에 붙어 있는 유라까지. 몇 년이 지나도 절대 잊을 수 없는 얼굴이었다.

연우는 재빠르게 달려가 카메라를 꺼내고 삼각대를 세웠다.

"야! 안 돼! 싫어!"

유라가 재빨리 얼굴을 가리려 했지만 민혁에게 저지되었다.

"자, 찍는다!"

타이머 소리와 함께 연우가 신나게 달려가 그들 사이로 합류하는 순간 카메라 셔터 소리가 울렸다.

10년이 지나도 이렇게 함께하자며 연우와 주원은 손을 꽉 잡고 있었다. 우리의 시간은 계속 흘러가고, 그 추억들은 하나둘씩 저장되고 있었다.

여행의 묘미는 역시 바비큐다. 주원과 민혁의 주도로 둘이 고기를 굽고 연우랑 유라가 상을 차렸다. 요리에 젬병인 둘 덕에 밥도 주원과 민혁이 하고 여자 둘은 상만 차리는 형국이었지만, 여행이라는 게 참 그렇다. 바다를 보며 밥과 김치만 먹어도 참 맛있다. 거기다 고기까지 덤으로 얹어져 있으니 산해진미가 부럽지 않았다.

"이거 가져가."

연우는 주원 옆에 있는 접시를 가져와 식탁에 올려두었다. 이놈의 완벽주의. 여기서도 여실히 드러났다.

그릴이라는 게 그렇다. 내 마음대로 불 조절도 안 되고, 한쪽은 타고 한쪽은 덜 익고, 가끔은 기름 때문에 불쇼도 몇 번 해줘야 하고. 그런 것들이 대부분일 터인데 주원이 구운 고기는 양쪽 면이 거의 비슷하게 익어 있었고 그을린 곳조차 없다. 어디 그뿐이랴. 크기도 비슷하게 반듯하게 잘려 있는 모양 보라지. 고깃집에 취직해도 에이스감이었다.

연우는 혀를 쯧 차며 밥을 퍼 식탁 위에 올려두었다. 고슬고슬

하게 지은 밥을 그릇 가득 퍼서 내오자 고소한 밥 냄새가 식욕을
자극했다.

"얼른 와. 이 정도면 됐어!"

"이것만 구우면 돼. 먼저 먹어."

주원이 마지막 고기를 올리며 말했다. 할 일 없이 서 있던 민
혁도 합류하고 셋은 주원이 없는 저녁을 먼저 시작했다.

상추에 고기를 얹고 마늘을 쌈장에 푹 찍고 청양고추 하나 파
무침 약간 꼼꼼하게 싸서 연우는 주원에게 내밀려다 잠시 머뭇
거렸다. 그 모습을 아무도 눈치챈 사람이 없었지만, 연우는 그
쌈을 들고 잠시 고민했다. 고민할 것도 없고 당연히 주원의 입에
넣어주려고 시작한 쌈이었지만 귓전에 주원의 목소리가 다시금
울리는 거 같았다.

하지만 그런 그녀의 생각들을 잠식시키듯 주원이 입을 벌렸
다.

"맛있네."

"당연하지. 누가 싼 건데!"

호기롭게 내뱉었지만 자신의 망설였던 행동을 속으로 비웃었
다. 아무렇지 않은 척해야지, 그게 잘되지 않는다. 그날의 일을
자꾸만 생각하는 자신을 질책하듯 연우는 머리를 절레절레 흔들
었다.

"맛있냐?"

유라는 게걸스럽게 먹는 민혁을 보며 혀를 쯧 차다, 연우와
주원을 주시했다. 나무젓가락을 입에 물고는 도대체 저들 사이

는 무엇일까 고민 아닌 고민을 해보았다.

"누가 보면 연인인 줄 알겠어. 얘, 봐. 지만 먹잖아."

쌈을 주원에게 넣어주고 다시 쌈을 만드는 연우를 보며 유라가 투정 아닌 투정을 부렸다. 그제야 민혁이 기다리라며, 자신이 싸주겠다고 상추를 들었지만 여자의 마음이란 게 참 그렇다. 주원처럼 알게 모르게 생색내지 않고 챙겨주는 것을 좋아하지 이렇게 엎드려 절 받는 건 비굴해져서 싫었다.

"됐어! 너나 먹어!"

유라가 퉁명스럽게 내뱉자, 정말로 민혁은 다시 고기를 제 입에 넣었다. 그 모습이 우스꽝스러워 연우가 풋 웃음을 터트렸다. 먹으란다고 먹는 저 맹추를 보며 유라나 연우는 속이 터져 죽을 지경이었다.

"유라야, 넌 정말 천사인 거 같아."

"그치? 근데 민혁이는 절대 몰라."

"어휴, 저걸 데려가 준 넌 정말 하늘에서 내려온 천사야."

둘이 주거니 받거니 은근히 민혁을 까고 있어도 민혁은 아랑곳하지 않았다. 저런 눈치 없는 놈을 받아준 유라에게 정말 연우는 감사했다. 불쌍한 중생 하나를 구제해주었으니까.

그사이 마지막 고기까지 다 구운 주원이 합류해 자리에 앉았다. 탁, 시원하게 터지는 소리와 함께 캔 맥주를 따 연우의 옆에 놔주었다.

젓가락을 입에 물며 알 수 없는 눈초리로 유라가 주원을 바라보자 주원이 의아한 눈빛으로 그녀를 바라봤다.

"왜? 너도 따줘?"

"아니야, 아니야."

주원은 연우의 엄마나 다름없었다. 연우가 좋아하는 김치를 따로 덜어서 그녀의 앞에 놔주었고, 잘 먹지 않는 것들은 저 멀리 치워놓았다. 또 쌈에 파를 넣는 것을 좋아하는 연우를 위해 그것도 따로 그릇에 담아주었다.

"야, 너도 저렇게 좀 해봐."

유라가 민혁을 타박하자 그는 막 입에 넣은 쌈을 우적우적 씹으며 무어라 항변했다.

"저건 천성이야. 저런 놈이 바로 남자의 적이라고!"

"남자의 적일지는 몰라도 여자한테는 로망이거든?"

"서주원! 적당히 좀 해라!"

괜히 엄한데 불꽃이 튀겼다. 하지만 주원이 누구던가. 민혁의 잔소리를 상큼하게 무시해주시고 맥주만 시원스럽게 넘겼다.

"이것도 먹어."

주원이 제 앞에 놓였던 고기를 건네 연우의 밥 위에 올려놓았다.

"아니야. 너도 먹어."

연우는 재빠르게 앞에 놓인 고기를 주원의 입에 넣어주었다. 아무렇지 않게 나온 행동이었지만 걱정하는 마음이 컸다. 온종일 주원은 먹은 게 별로 없었다. 아니, 주원은 밥 외에 여러 가지 먹는 것을 좋아하지 않았다. 그나마도 연우가 이것저것 챙겨주니 먹는 것이지 그거 아니라면 온종일이라도 굶을 애였다.

"이것도."

연우가 이번엔 쌈을 싸 주원의 입에 쏙 넣어주었다. 그러고는 주원의 머리를 쓱쓱 쓰다듬었다.

"아이, 잘 먹네. 우리 주원이."

"얼씨구. 잘들 노네."

"닥쳐라."

앞에서 질투 어린 시선을 보내든 말든 둘은 별로 상관하지 않았다.

앞에 있던 식기들을 모두 치우고 야외 테이블에 넷이 앉아 바다를 바라봤다. 테이블 위엔 과자와 맥주들이 널브러져 있었다.

"나 진짜 궁금한 게 있어."

유라가 무언가 결심한 듯 진지한 목소리로 손까지 들며 말했다. 세 명의 시선이 유라에게로 쏟아졌다.

"너흰 도대체 뭐야?"

주원과 연우를 번갈아 보며 유라가 말했다.

"뭐냐니?"

"도대체 친구야, 아니면 사귀는 거야? 난 너희들 지금까지 봐 왔는데도 여전히 모르겠어."

"우린…… 친구지."

민혁은 그럴 줄 알았다는 듯 고개를 끄덕였고 주원은 픽 웃어 버렸다. 단 한 번도 이 대답을 망설여본 적이 없었다.

우리는 친구고, 우리는 영원히 함께할 죽마고우인 것은 틀림이 없었다.

하지만 연우는 저도 모르게 대답을 망설였었다.

하하 호호, 다들 자신의 망설임을 눈치채지 못한 것 같지만 연우 마음속에서 찝찝한 기분이 들었다.

"연애 감정은 조금도 없는 거야?"

유라는 말이 안 되는 사이잖아, 라고 뒤에 덧붙이고 싶은 것을 억지로 참고 전자만 물어보았다. 평소보다 좀 더 집요한 물음이었다.

"그게……."

"산책 좀 하고 올게."

생각해본 적 없다고 말할 참이었다. 우리는 그냥 처음부터 친구라 여겼고 지금도 그냥 친구였다. 그 앞에 대해선 생각을 해본 적이 없었다.

유라는 알 수 없는 눈초리를 거두며 주원의 말에 고개를 끄덕거렸다.

"어? 나도 갈래."

연우가 얼른 주원을 따라나섰다. 이상하게 그곳의 분위기가 숨 막히고 불편했다. 주원과의 관계를 전혀 생각 안 했던 것은 아니었다.

하지만 과연 우리가 그것을 헤쳐나갈 수 있을까, 또 헤어지면 그것을 감당할 수 있을까.

우리는 가족 같은 친구 사이 이전에 많은 것을 공유하고 있었다. 어떻게 그것들을 감수하면서까지 그 관계를 허물 수 있을까.

처음 주원과 키스를 나누고 섹스를 하고, 그 첫 단추가 어쩌면 그때부터 잘못 끼워진지도 모르겠다.

하지만 그것을 돌릴 방법도, 더 이상 막을 방법도 없었다. 그래서 연우는 이 상태 그대로를 받아들이자, 생각했다. 우리가 연인이 아니라 해도 우리의 관계가 절대로 하찮은 것들이 아니니까.

하지만, 어째서 어제 주원의 눈빛과 표정이 눈에 밟히는 것일까.

주원의 옆에 서서 연우는 모래사장을 따라 밤바다를 걸었다. 산들산들 바닷바람이 가슴속으로 불어 닥쳤다. 어두운 밤하늘 사이로 밀어닥치는 파도가 참 그윽하다. 그리고 스며드는 짭짜름한 소금기 냄새까지.

바다에 온 것이 아직도 실감이 나질 않는다. 밤이 지나고, 내일 다시 돌아갈 때쯤에도 그저 꿈을 꾼 것 같을지도 모르겠다.

연우는 주원을 잠시 일별하다, 바다 쪽으로 뛰어갔다.

"되게 좋다! 정말 잘 온 거 같아."

연우가 신이 나서 모래사장을 방방 뛰어다녔다. 또 나름 소심하다고 파도가 치는 근처로는 가질 않았다. 혹시라도 빠지면 골치 아파지니까.

소심할 거면 한결같이 소심했으면 좋겠지만 연우는 그렇지 않았다. 신이 난다고 아무 생각 없이 뛰어다니면 왜 넘어질 것이라는 생각은 하지 않는 것일까.

바닷가였다. 모래사장 위에 아무렇게나 버린 빈병도 있을 것이고 돌부리도 있을 것이 분명했다. 주원은 그러다 넘어진다고 한마디 하려던 참이었다.

"으아아악!"

연우의 행동은 말을 내뱉기도 전에 나온다. 바로 지금처럼.

주원은 달려가 연우의 무릎을 살피다, 얼굴에 잔뜩 묻은 모래를 손으로 털어주었다.

"취했냐?"

"취하기는 무슨!"

"됐다 말을 말자."

연우는 피가 나거나 어디가 긁히거나 하진 않았다. 주원은 한숨을 내쉬며 연우의 옆에 털썩 자리를 잡고 앉았다. 이왕 앉은 거 둘이 오붓하게 바다나 보자 생각한 참이었다.

연우는 아무렇지 않지만 이상하게 아리는 무릎을 호호 불었다. 그런 그녀의 어깨 위로 점퍼 하나가 툭 떨어졌다. 연우가 무릎에서 시선을 떼 주원을 바라보자, 평소처럼 담백한 표정을 지어보였다.

"너 감기 걸렸잖아."

연우가 점퍼를 돌려주려 어깨에서 내리자, 주원이 다시 그녀의 어깨를 꾹 눌렀다. 하지만 표정은 다소 놀란 듯 보였다.

"웬일이냐? 네가 그런 것도 알고?"

"네가 잘 몰라서 그래. 내가 얼마나 섬세한 사람인데. 네가 날 아는 만큼 나도 너에 대해서 알고 있다고."

주원이 의기양양한 연우의 말에 피식 웃어버렸다. 연우는 그 웃음이 좋았다. 한쪽 입꼬리가 살짝 올라갔다 사라지는 주원의 웃음이 좋았다. 남들에게서 보이는 그 웃음과 다른 자신의 앞에서만 보이는 이 웃음이 좋았다.

바다에서 싣고 온 바람이 서늘하게 불어닥쳤다. 바닷물에 몸을 담근 것처럼 온몸에 짜릿하고 시원하다. 우리 둘의 시선은 한곳에 있었다. 지평선 위에 떠있는 하얀 달을 바라보고 있었다.

"근데 말이야, 어제⋯⋯."

연우의 말은 거대한 파도소리에 묻혀버렸다. 아무렇지 않은 척, 아무것도 아닌 척, 웃고 있지만 사실은 그게 아닐지도 모른다.

연우 자신이나 주원이나 둘 다 그저 잠시 스치는 바람처럼 그 상황 모두를 잊으려고 하는 것인지도 모르겠다.

"키스할까?"

바다를 바라보던 주원이 그윽하게 묻자, 연우가 어쩔 수 없다는 듯 풋 웃음을 터트렸다. 우리는 결국 이렇게 되고 만다. 연우가 무릎을 굽힌 채 주원의 양 뺨을 부여잡고 입을 맞췄다.

달빛을 머금고 입을 맞추는 입술은 참으로 달콤하다. 초콜릿보다 달콤하고 커피향보다 더 그윽했다. 숨을 앗아갈 듯 부드럽게 입을 맞추고, 우리는 봤던 경치를 마음속에 담았다. 그리고 이 순간까지도.

주원과 손을 잡고 다정하게 숙소로 돌아왔다. 그사이 테이블에 앉아서 맥주잔을 기울인 것은 민혁 혼자뿐이었다.

"어? 유라는?"

연우의 물음에 민혁은 대꾸조차 없이 다 마신 맥주 캔을 찌그러트리고 바닥에 던져버렸다.

뭔가 심상치가 않았다. 연우가 주원과 민혁을 놔둔 채, 숙소로 뛰어올라갔다. 그러고는 문을 벌컥 열어젖히자, 막 짐을 싸고 있던 유라가 눈물이 범벅된 얼굴로 연우를 쳐다봤다.

"무슨 일이야?"

최대한 숨을 가다듬으며 연우가 유라에게 물었다. 유라는 마치 기다렸다는 듯, 멈췄던 눈물을 쏟아내며 연우에게 달려와 안겼다.

얘기의 대부분은 도대체 어떻게 그럴 수 있어였다. 무슨 말인지 알아야 맞장구라도 쳐줄 텐데, 유라의 이야기는 도무지 알아듣기 힘든 수준이었다.

겨우 유라를 달래고 연우가 따뜻한 물을 유라에게 건넸다.

"이제 말해봐. 뭔데?"

"나쁜 새끼!"

옆에 있던 휴지로 코를 흥 풀며 유라가 한숨을 푹 내쉬었다.

"내가 저딴 게 좋다고 여기까지 쫓아오다니. 나도 참 멍청하다."

이야기인즉슨 바로 이것이었다. 아무 생각 없이 민혁의 핸드폰으로 다정하게 사진을 찍던 유라가 낯선 여자의 이름의 메시지를 발견했던 것. 그것이 공교롭게도 전여친의 메시지였고 유라는 그것을 가지고 길길이 날뛰었다고 한다. 물론 누구라도 그 상황에선 당연한 행동이었다. 하지만 민혁이 그것을 회피를 하다못해, 나중엔 그 전여친은 자신의 휴대폰을 단 한 번도 뒤져본 적 없다며 유라에게 죄다 뒤집어씌웠더랬다. 화가 난 유라는 너하곤 끝이라고 방으로 뛰어올라온 것이고.

"내가 휴대폰을 뒤진 것도 아니고 지랑 나랑 같이 사진 찍다가 메시지가 온 거잖아! 그게 보이는데 어떡해! 그럼 맹추처럼 어머 전여친하고 연락하고 있었구나, 생각만 하고 있으란 거야? 내가 바보야? 감이 없냐고! 거기다 그 여자애 메시지는 가관이었어. 보고 싶다? 얼씨구. 잘들 해보라 그래."

"유라야, 진정해. 진정해."

누가 봐도 백 프로 민혁의 잘못이었다. 연우는 눈치도 없고 이 머저리 같은 민혁을 때려주겠다 다짐했다. 그 자리에서 삭제를 하고 다신 연락하지 말라고 못 박지는 못할망정 감히 누구랑 비교질이냔 말이다.

"내가 지금 진정하게 됐어? 뭐 저런 게 다 있니? 진짜? 됐다 그래! 지들 끼리 사귀든 말든! 난 이제 김민혁하고 완전하게 끝이야!"

"그래. 누가 봐도 민혁이가 잘못했어."

"그치? 아오! 이 밤에 열 받네. 근데 넌 어디 다녀왔어?"

손부채질을 열심히 하던 유라가 의심스러운 눈초리로 그녀를 바라보았다. 죄진 것도 없는데 죄인이 된 듯한 느낌이 드는 것은 왜일까.

"그냥 밤바다 좀 보고 왔어."

"그래?"

유라가 화가 난다며 민혁의 욕을 신나게 해대는 사이 누군가 방문을 두드렸다. 보나마나 누군지 확인하지 않아도 알 수 있었다.

"나 없다고 해."

"알았어."

"정말 나 없다고 해!"

그러면서 왜 거울을 보는 건데, 유라야.

연우는 속으로 말을 삼키며 문을 조심스럽게 열었다. 민혁은 문이 열리자마자 무릎을 꿇고 고개를 푹 숙였다. 아마 그렇게 안 했다면 연우는 민혁의 뒤통수를 후려갈겨줬을 것이다. 이번엔 전적으로 민혁의 잘못이 너무도 컸다.

"미안해. 정말 잘못했어."

유라는 대답 없이 이불에 몸을 파묻고 미동조차 없었다. 연우는 민혁에게 한마디 쏘아붙여줄까 하다 그냥 참았다. 자신이 끼어들 문제는 아닌 거 같았다. 그저 유라가 피하지 말고 하고 싶은 말이나 다 했으면 했다.

"유라 자?"

"몰라."

연우가 퉁명스럽게 말을 하며 계속해서 유라를 부르는 민혁을 뒤로한 채 그녀에게 다가갔다.

"가봐."

"싫어! 안 나가!"

"그래도 하고 싶은 말 있잖아. 얼른 가봐."

연우는 유라를 일으켜 세우며 어서 나가보라고 재촉했다. 물론 유라는 제 발로 걷고 있어서 연우가 약간만 힘을 주면 됐다.

결국은 지도 가고 싶었던 거다.

"왜 이래! 안 나간다는데!"

"착하지. 우리 유라. 얼른 가봐."

몇 번이고 안 나간다고 도로 주저앉은 걸 다시 일으켜 겨우 내보내고 방 안에 평화가 찾아왔다. 그리고 한참 뒤 유라에게 메시지 하나가 왔다.

-밤바다 좀 보다 들어갈게.

연우는 나오려는 웃음을 참고 자리에 누웠다. 잠을 자려 하지만 갑자기 문득 모든 것이 두려워졌다.

창문을 두드리는 바람도, 적막한 이 공기도, 차가운 이 자리도. 모든 것이 무서워졌다.

연우는 혼자 있는 밤을 좋아하지 않았다. 아니, 혼자 있었던 적이 거의 없었던 거 같다.

쾅쾅쾅, 거친 바람이 창문을 부술 듯이 두드렸다. 유라와 함께 있을 때는 느껴지지 않았던 거친 소음이 그녀를 광기처럼 휘감았다.

무섭다. 듣고 싶지 않다. 온몸에 소름이 오스스 돋아나고 연우는 구석에 이불을 돌돌 말아 웅크리고 앉았다.

이럴 때 주원이라도 있었으면 했다. 휴대폰이 어디 있는지 방 안이 밝은데도 잘 보이지 않았다. 아니 두려움이 그녀를 집어삼켰는지도 모르겠다.

그때, 현관문이 열렸다. 두려움에 이지러지던 눈빛이 겨우 초점을 찾고 방문자를 확인했다.

"괜찮아?"

주원은 성큼성큼 다가와 연우를 꽉 끌어안았다. 촉촉하게 젖어 있는 눈가에 눈물은 언제 맺혔는지 모르겠다. 밝았던 방 안이 오히려 밖보다 더 어둡게 느껴졌던 그때, 눈가에 눈물이 맺혔는지도 모르겠다. 심장이 쿵쾅거리고 아직도 모든 것이 두려웠다.

연우는 입술을 꽉 깨물며 주원의 목을 힘껏 끌어안았다.

"괜찮아. 괜찮아. 내가 있잖아."

주원의 다정한 속삭임을 들으며 연우는 눈을 살며시 감았다. 괜찮아, 괜찮아. 8살 때 했던 그 말처럼.

주원의 괜찮아는 연우에겐 그저 마법의 주문 같은 것이었다. 괜찮아, 괜찮아질 거야. 주원의 거듭된 말에 불안함에 떨던 손이 저절로 멈추었다.

불안한 마음도, 두려움도, 자신을 뒤덮는 어둠도, 이렇게 모두 사라졌으면 좋겠다. 영원히.

0 5.

입술이 지나가는 자리가 불에 데인 듯 뜨겁다. 꺼져 있는 불
빛 사이로 들어오는 것은 오로지 달빛뿐이었다. 누가 먼저랄 것
도 없이 서로를 보듬었다.

엉켜드는 몸이 뜨겁고 포근하다. 아쉽게 떨어지는 입술이 조
금 더 격렬해졌다. 입술선을 따라 혀로 핥고 살짝 벌린 틈을 파
고들었다. 열정적으로 빨아들이며 연우의 숨을 빼앗듯 넣어주듯
애태우는 키스가 이어졌다.

연우의 티셔츠를 말아 올리며 브래지어 위로 소담한 가슴을
움켜쥐었다. 한 손에 쏙 들어오는 가슴을 움켜쥐며 가슴정점을
레이스 선에 따라 손으로 그렸다. 예민한 정점을 건들 때마다 야
릇한 감각들이 온몸이 퍼졌다.

연우는 벌어진 허벅지를 닫으려 했지만 겹쳐진 다리가 뭉근
하게 여성을 압박해왔다.

"하아……."

입술이 떼어지고 쇄골선을 따라 뜨거운 바람이 훅 끼쳐왔다. 갑자기 끼치는 열기에 연우가 몸을 바르르 떨었다. 가녀린 어깨가 바르르 떨리자 주원이 연우의 뺨을 쓰다듬으며 그윽하게 그녀를 내려다보았다.

못한 말이 많았다. 아니, 하지 못할지도 모르겠다. 켜켜이 쌓여 있는 말들을 내뱉었다간 우리의 관계가 끝날지도 모른다. 서로의 생각이었지만, 그것을 누구 하나 감히 내뱉지는 못했다.

"연우야."

다정하게 불러주는 그 목소리가 좋아 연우는 가만히 눈을 감고 주원이 주는 온기를 고스란히 느꼈다.

"김연우."

대답하지 않아도 이미 알고 있는 건지도 모르겠다. 언뜻언뜻 전해지는 그 마음을. 하지만 그것이 다였다. 응답할 수 없고 응답해서는 안 될, 그런 말이었다.

벌레 보듯 스치던 시선들이 아직도 뇌리에서 지워지지 않았다. 난 아무것도 잘못한 것이 없는데.

갑자기 마음이 울컥해졌나보다. 아니면 주원의 다정한 목소리에 지나치게 감상적이 되어버린 건지도 모르겠다.

다정하게 어루만져주던 손이 이제는 또르르 떨어지는 눈물을 닦아주었다.

"괜찮아."

괜찮다는 이 말 한마디로 여태껏 그 어두운 밤을 견뎌왔는지도 모르지. 주원은 그런 연우의 마음을 알 것만 같아서 자신의 마음을 더 강요할 수가 없었다.

입술이 다시금 맞닿았다. 부드럽게 조금은 격렬하게.

브래지어를 걷어 올리고 티셔츠를 완전히 벗겼다. 고스란히 드러난 뽀얀 속살이 달빛이 은은하게 비쳤다.

소담한 가슴을 한 손으로 움켜쥐며 예민한 정점을 엄지로 툭 쓸었다. 반대편 가슴을 입 안에 물고 혀로 빨아들였다.

"하아……."

탄성과 같은 소리가 연우의 입에서 터져 나왔다. 예민한 살이 아릴 정도로 물고 빨아들였다. 성감대가 충만한 곳에서 퍼지는 야릇한 쾌감이 발끝까지 타고 흘렀다.

주원은 거추장스러운 자신의 상의도 벗었다. 수줍게 물든 양 뺨이 그저 귀엽기만 하다.

주원은 손을 내려 연우의 아래옷까지 벗기고 미끄러지듯 허벅지 깊은 골짜기로 손을 넣었다. 축축한 감이 허벅지 깊은 곳에서 여실히 느껴졌다.

검은 수풀을 헤치고 미끄러지듯 들어간 손가락이 클리토리스를 뭉근하게 압박해왔다.

"앗."

비틀리는 허벅지를 단단하게 손으로 잡고 주원이 검지를 입가에 가져다 대었다.

"쉿!"

연우는 그 사이에 얼른 양손을 입으로 막고 고개를 끄덕거렸다. 혹시라도 유라가 일찍 돌아온다면 정말이지 끔찍했다. 잠시 안심한 틈에 클리토리스를 압박하던 손이 축축한 골짜기를 찾았다.

단번에 꿰뚫고 들어오는 이물감에 연우가 입술을 꽉 깨물었다. 마치 행위를 하듯 벌리며 자신의 안으로 진입한 손을 놓치지 않으려는 듯 오물오물 잘도 꽉 물었다. 그 쾌감에 주원이 끙, 앓는 소리를 냈다.

연우의 들뜬 신음소리와 함께 주원은 클리토리스를 문지르며 격한 움직임으로 손을 움직였다.

"악, 주원아······."

비명 같은 신음에 맞춰 엉덩이가 들썩거린다. 들썩거리던 몸에서 완전히 이물질이 빠져나가자 연우가 밭은 숨을 내쉬었다. 온몸이 끈적거렸다.

주원이 야릇한 미소를 지으며 연우의 입술에 다시금 입을 맞췄다. 아랫입술을 깨물며 진득하게 입을 맞추며 자신의 하체를 몸에 비비적거렸다. 뭉근하게 배에서 느껴지는 이물감에 연우가 다시금 몸을 바르르 떨었다.

"연우야."

좋아한다는 말은 가슴속에 삼켰다. 아마 이 마음조차도 연우에게 부담될지도 모르겠다. 자신의 몸을 겹치며 연우의 안에 몸을 담으며 그러면서 몇 번이고 연우를 불렀다.

주원은 연우의 허벅지를 벌리며 축축해진 여성 안으로 자신의 몸을 천천히 넣었다.

단박에 찌르고 자신을 조이는 연우의 몸을 느끼면서도, 그저 이름만 불렀다. 자신에게 매달리는 연우의 앙큼한 입술을 삼키며 연우의 품에 자신을 묻었다.

연우의 팔을 자신에게 두르며 주원은 더 깊게 연우의 몸으로 파고들었다. 맞닿은 가슴이 뭉그러지고 결속이 더 깊어질수록 여성이 더 자잘한 수축을 하며 움직였다.

"아앙, 주원아……."

연우의 목소리가 듣기 좋아 더 강하게 허리를 움직였던 거 같다. 전진과 후퇴를 반복하면 할수록 연우의 몸이 하염없이 흔들렸다.

목에 걸친 손을 풀고 연우의 양 뺨을 손으로 어루만졌다. 짧게 마주치는 눈빛 속에서 무언가 읽어내기란 힘들었다. 그리고 허리를 움직이던 주원의 몸이 연우의 몸 위로 떨어졌다.

각자 대충 샤워를 하고 나란히 연우와 누웠다. 땀을 뺀 덕분인지 연우는 몸이 노곤노곤했다.

어렸을 때도 종종 주원과 함께 자곤 했었다. 주원의 집에서 놀다 지쳐 잠들거나, 울먹거리며 주원의 품에 안겨 남매처럼 침대 위에서 오붓하게 잠을 자곤 했었다.

그때 주원은 연우보다 키도 작고 손도 작았다. 그 작은 손으로 어설프게 그녀의 등을 토닥여주며 달래주면 그게 뭐 그리 좋다고 금세 울음을 그치고 잠들었던 기억이 난다.

"어려서도 네가 종종 이렇게 날 재워줬는데."

"어서 자."

다정하게 두드리는 손이 참 느릿하다. 아마 제대로 재울 생각인 모양이었다. 연우는 주원의 나직한 목소리에 눈을 감았다.

토닥토닥, 등 뒤로 천천히 느껴지는 손길에 연우의 눈이 저절로 감겨버렸다. 작은 숨소리 빼고는 모두 다 들리지 않고, 연우의 숨이 차분해질 때쯤 등을 두드리는 손길도 점점 더 느릿해졌다. 두드리는 손길에 혹시라도 그녀가 깨지 않길 바라며 주원은 손을 천천히 멈추었다.

잠깐 잠이 들었던 거 같다. 새벽녘 연우가 어느 정도 잠이 들면 자신의 방으로 돌아갈 생각이었다. 혹여라도 유라가 오해할 수도 있기 때문에. 민혁이야 걱정을 안 하지만 유라는 좀 달랐다. 다른 시각으로 자신들을 바라볼 수도 있는 일이었다.

우당탕대는 요란한 현관문 소리에 주원이 몸만 일으켜 검지를 입술에 가져다 대었다.

"쉿, 방금 잠들었어."

"아……."

격정적인 화해를 마친 듯 보이는 유라가 얼결에 고개를 끄덕거리고 안으로 들어왔다. 다행히 요란한 소리에도 연우는 새근새근 잘도 자고 있었다.

주원은 안겨 있는 연우를 조심스럽게 떼어놓고 몸을 일으켰다. 빨간 입술이 오물오물 깰까 싶어 가슴 졸이기도 했지만 연우는 몸만 뒤척이고 자고 있었다.

"갈게."

"아, 어."

어안이 벙벙한 표정으로 유라가 자신의 방으로 돌아가는 주
원을 쳐다봤다. 도대체 이건 무슨 상황이란 말인가. 마치 연인인
자신들보다 더 다정한 저 둘을 어떻게 설명해야 한다는 것인가.
유라는 고른 숨소리까지 내며 잠이 든 연우를 내려다보다가 화
장실로 들어갔다.

다음날, 아침을 준비하던 유라가 티격태격하는 연우와 주원
을 의심스러운 눈으로 바라봤다.
"왜 그래?"
김치찌개를 끓이겠다며 파를 다듬던 민혁이 옆에 서서 유라
에게 물었다. 손은 계속 움직이는 거 같은데 김치를 썰겠다던 유
라의 일은 진전이 없었다.
"도대체 두 사람 뭐야?"
자못 궁금해 미치겠다는 투로 민혁에게 물었다. 하지만 민혁
의 대답은 꽤 담백했다.
"글쎄, 친구?"
이걸 대답이라고 하냐는 듯 유라는 민혁을 한 번 흘겨보고는
참치를 넣냐, 고기를 넣냐, 를 두고 열띤 토론을 하고 있는 주원
과 연우를 바라보고 있었다. 도무지 모르겠다. 친구라고 하기엔
좀 더 멀리 있고, 연인이라고 부르기엔 조금 못 미친다.
"보모?"
"무슨 소리야?"
"아니지, 보모라고 하기도 좀 애매하고……. 흐음……."

유라의 예리한 눈이 두 사람을 계속해서 주시했다.

"왜 또?"

"너 그러고 보니까 주원이 소개해준다고 안 했어?"

"했는데, 싫대."

"그래?"

유라가 모호한 미소를 지어보였다. 안 된다면 나아가던지 뒤로 후퇴하던지 해서 완벽하게 관계를 이루면 되는 것이었다. 입가에 지어진 미소가 마치 승리를 만끽하고 있는 것 같았다.

2박 3일 일정이었지만 실상은 오늘이 마지막이었다. 내일은 짐을 챙겨 서울로 바로 올라가기로 했으니 말이다. 바닷가에서 할 것이라곤 바다 보기, 주변 구경, 자전거를 대여해주는 펜션이라면 자전거를 타고 산책로를 올라가도 괜찮을 것이다.

아침까지 든든하게 먹은 탓에 넷은 내기를 했다. 연우와 주원이 편을 먹고 유라와 민혁이 편을 먹었다. 먼저 산책로 끝까지 갔다가 펜션으로 돌아오기. 유라는 몰라도 연우와 주원, 민혁은 자신 있었다. 연우가 어리바리하게 보여도 운동신경 하나는 끝내주기 때문이었다.

"괜찮겠어?"

민혁이 걱정됐는지 유라에게 물었다. 항상 하이힐만 신고, 운동화라는 것은 고등학교 때 이후로 신어본 적도 없는 그 유라가, 운동신경이 제로여서 체육시간이 제일 싫었다는 그 유라가, 자전거를 탄다니 주위 사람들은 말 그대로 안절부절못하였다.

"걱정 마. 내가 안 해서 그렇지 막상 하면 잘한다고."

의기양양하게 대답을 해대지만, 목소리 끝이 떨리는 것은 왜일까. 연우는 유라에게 힘들면 안 해도 된다고 말하려 했지만 주원이 얼른 그녀를 말려 입을 닫았다.

유라는 자존심이 센 편이었다. 죽기 살기로 밤새 공부를 하고 아침에 일어나서 아무렇지도 않은 척 평소와 같이 꾸미고 오는 것은 남에게 지기 싫어서였다.

그런 유라인데, 만약 연우가 포기해도 괜찮다고 한다면 괜한 오기를 부릴 것이 뻔했다. 그저 주원과 민혁에게 눈치로 천천히 가자고만 했다. 그들이 앞으로 너무 치고 나가면 유라가 지지 않으려고 안간힘을 써서 더 사고가 날 것이 뻔했다.

"그럼 여기 잘 따라와."

민혁과 유라가 맨 처음으로 나가고 연우와 주원이 뒤따라 나갔다. 이번 내기는 저녁 내기였다. 패자 두 명은 저녁식사와 뒷마무리까지 책임지는 것이었다.

유라의 자전거 바퀴가 자꾸 삐걱거렸다. 핸들이 제 마음대로 되지 않자, 유라가 살짝 겁먹은 거 같았다. 하지만 유라는 오기로라도 티를 내지 않았다.

연우는 주원에게 나직하게 속삭였다.

"그냥 우리가 저녁 하자. 유라가 너무 안쓰러워서 안 되겠어."

주원은 알았다는 듯 고개를 끄덕였다. 한참을 달리다 보니 유라의 자전거도 드디어 평정심을 찾았다. 비틀거리던 타이어도 더 이상 비틀거리지 않았다. 연우는 뒤에서 안도의 한숨을 내쉬었다. 다치기라고 할까 봐 나름 걱정한 탓이었다.

해안가를 바라보며 한참을 밟고 또 페달을 밟았던 거 같다. 폐부로 들어오는 싱그러운 바람과 따사로운 햇살을 가로질러 열심히 밟고 또 밟아, 산책로 끝에서 자전거를 멈췄다. 땀범벅이 돼서는 누가 말을 할 틈도 없이 자전거를 백사장 아래 세워두고 털썩 누웠다.

"진짜 힘들어!"

"나 일 년 운동할 거 다 한 거 같아."

"나도!"

유라랑 연우가 궁시렁거리며 힘들어 죽겠다고 헉헉댔다. 주원이 건네주는 물을 마시려 연우는 몸을 일으켰다. 참 이상한 일이다. 바다를 하루 종일 보고 또 질리게 봤는데, 그것이 질려야 하는데 질리질 않는다.

"나중에 여기서 집 짓고 살고 싶어."

연우가 홀린 듯 말을 내뱉었다.

"넌 여기서 하루만 살면 심심하다고 난리 날 게 뻔해."

"슈퍼가 멀다느니, 있는 게 바다밖에 없다드니."

"유라야! 나 좀 데려가 줘, 하겠지."

주원, 민혁, 유라가 차례대로 그녀에게 면박을 주듯 말했다. 연우가 아니라며 절대 아니라고 항변했지만 세 사람은 들은 체만 체했다. 쳇, 입만 궁시렁거리다 다시 숙소로 돌아가기 위해 자리를 털고 일어났다. 뜨겁게 내리쬐는 햇볕 때문에 눈을 뜨기 힘들 지경이었다.

연우는 잔뜩 찌푸리며 나무그늘을 바라봤다.

"어? 누나!"

누군가를 보며 달려오는 남자의 실루엣에 연우는 찌푸린 눈 대신 손으로 이마를 가렸다.

"어? 시후야!"

유라가 한 톤 올라간 목소리로 남자를 반갑게 불렀다. 연우는 그저 유라와 아는 사이구나, 했다.

"배고프다. 얼른 가서 밥 먹고 싶어."

주원을 돌아보며 연우가 말했다.

"야, 밥 먹은 지 한 시간밖에 안 됐거든?"

"운동했잖아."

민혁이 경악한 얼굴로 연우를 쳐다봤지만 연우는 당당했다. 방금 있는 땀 없는 땀 다 빼지 않았던가. 그리고 점심은 꼭 챙겨 먹어야 하는 것이다.

주원은 익숙하다는 듯 연우의 자전거까지 들어 산책로에 올려다 놓았다. 민혁이 자전거를 가져가며 쟨 아무래도 뱃속에 거지가 들은 것 같다고 궁시렁거리고 연우는 그런 민혁을 잡겠다며 멋지게 하이킥을 날리다 넘어졌다. 넘어진 연우를 번쩍 들어 다친 곳이 없는지 확인하는 것은 오로지 주원의 몫이었다.

세 사람이 아웅다웅 장난을 치는 동안 유라는 시후와 이야기를 나누고 있었다.

"야, 너 진짜 오랜만이다. 맞다. 너 우리 학교 입학했다며?"

"맞아요."

시후가 쑥스러운 듯 머리를 긁적이며 말했다. 유라는 그런 시후가 대견하다는 듯 어깨를 두어 번 두드렸다.

"진작 좀 볼 걸 그랬네. 이런 데서 마주칠 줄은 몰랐어!"

"저도요. 누난 커플 여행 오신 거예요?"

"아, 아니야. 나는 남자친구고 쟤넨 그냥 친구야."

하이킥을 멋지게 날리는 연우를 보며 그들이 그렇게 좋아하는 친구라는 단어를 써주었다.

"누구야?"

민혁이 유라의 자전거를 올려놓으며 물었다.

"아, 고등학교 동아리 후배. 인사해. 내 남자친구야."

"안녕하세요."

"아, 안녕하세요."

씩씩하게 인사를 하는 시후를 뒤로 한 채, 민혁이 연우와 주원 쪽을 바라봤다.

"야, 많이 다쳤어?"

"아니, 괜찮아."

괜찮다는 말에도 나름 자기랑 장난치다 다친 상처이니 걱정은 됐던 모양이다. 민혁이 그곳으로 다시 걸어간 것을 보면. 아니면 이 자리가 살짝 어색해서일지도 모른다.

"누나, 저 누나랑 저분은 그냥 친구예요?"

뭘 말하냐는 듯 시후가 바라보는 방향을 유라도 바라봤다. 그래, 김연우가 어리바리 엉뚱하고 남한테 관심이 없어서 그렇지 어디 가서 빠지는 인물은 아니었다.

"응. 그냥 친구야."

그렇지. 그냥 친구. 그들은 항상 자신들은 친구라고 하니 친구라고 정의 내려주기로 했다.

"근데 그건 왜?"

"아, 아니에요. 그럼 노시다 가세요. 서울 가서 밥 한 번 먹어요."

"그래. 알았어. 잘 가."

시후는 자신의 친구들 무리에 합류하면서 연우 쪽을 잠시 일별했다. 그녀의 촉을 봐와선 백 퍼센트 관심의 눈초리였다. 하지만 유라는 그 이상 억측은 하지 않았다.

운명이라면 또 만날 것이니까.

숙소로 돌아왔을 때 그들은 땀으로 목욕을 한 모양새였다. 다들 도저히 이 상태로 밥을 먹기는 무리가 있다며 씻고 다시 모이기로 했다. 밥은 남자 쪽 방에서 먹기로 했는데, 아마 그녀들이 씻고 갔을 땐 주원이 어느 정도 해놨을 것이다. 주원은 음식도 꽤 잘했고 꼼꼼한 성격이었으니까.

연우가 욕실에서 나와서 젖은 머리를 수건으로 탈탈 털었다. 그러고는 화장대에 털썩 앉아서 머리가 말리기가 정말 귀찮다, 생각했다.

"야, 너 머리 안 말려?"

"귀찮아. 그리고 배가 너무 고파서 안 되겠어."

유라는 혀를 쯧 차며 자신도 대충 머리를 말리고 옆방으로 건너갔다. 주원은 참 빠르기도 하다. 아니지, 여자들이 준비가 더딘

걸지도 모르겠다. 이미 김치찌개 냄새가 현관 문턱을 넘기도 전에 솔솔 나고 있었다.

"으아악! 배고파!"

방 안에 발을 넣기도 전에 아사하겠다. 물론 우리 똑똑한 주원이가 점심 준비를 어느 정도 해놓았을 것이란 건 알고 있었다. 하지만 이 정도로 진척이 있었을 줄이야.

괴성을 지르며 방 안으로 들어온 연우를 보고 주원이 한쪽 눈썹을 찡그렸다.

"김연우, 이리 와."

"왜? 나 배고픈데……."

배고프다고 징징대며 주원에게 가기를 거부했지만 그는 만만치 않았다.

"얼른 와."

끓이던 찌개를 유라에게 바통터치하고 연우의 손목을 끌고 방 안으로 들어갔다. 방 안에 에어컨 바람이 가득이었다. 머리에서 똑똑 떨어지는 물 때문에 으슬으슬 갑자기 추워졌다.

주원은 서랍에서 드라이기를 꺼내 콘센트에 꽂고 연우의 머리를 말렸다. 짧은 단발머리인데 이조차도 말리기가 귀찮으면 어쩌란 말인가.

"배고파서 그랬어."

주원의 잔소리가 시작되기 전 연우는 이실직고했다. 그는 아마 알고 있었을 것이다. 연우가 왜 물을 뚝뚝 흘리고 이곳에 왔는지, 아마 배가 고프고 귀찮아서 그랬겠지.

"여자애가 칠칠치 못하게."

"여자애라고 머리 다 말리란 법 있어?"

연우의 작은 항변을 하자 주원이 한쪽 눈썹을 다시 까딱거렸다. 한 번 더 해보라 이거였다. 위이이잉, 작은 드라이기는 소음을 내며 계속 돌아갔다.

"네, 죽을죄를 지었습니다. 제가 다 잘못한 거 같아요."

"진심이 안 느껴진다?"

"아닙니다. 정말입니다."

영혼 없는 연우의 말에 주원은 결국 피식 웃음을 지어버렸다. 연우와 함께 있으면 항상 그랬다. 작고 사소한 일이 재미있고 즐거워진다. 평소에 웃을 일이 없어도 연우와 함께 있으면 그 평소가 즐거웠다.

그의 작은 활력소라고 할까. 집에서 기르는 손이 많이 가는 애완동물 같기도 하고 철부지 막냇동생 같기도 했다.

"잘못했어?"

그는 드라이기를 멈추고 입술을 손가락으로 톡톡 쳤다. 연우는 잠시 고민했다. 문이 살짝 열려 있긴 하지만 그 둘은 우리를 신경 쓰지 않을 것이다. 그러다 밥 먹으라고 문이라도 연다면……. 하지만 이런저런 생각도 하기 전에 주원의 눈꼬리가 뇌쇄적으로 휘어졌다.

이러면 정말 할 수밖에 없잖아, 연우는 그렇게 생각하며 주원의 입에 쪽 입술을 맞췄다.

"잘못 안 한 거 같다. 너?"

"그래?"

연우가 슬쩍 웃으며 주원의 입술에 진하게 입을 맞췄다. 가볍게 떼었던 짧은 키스와는 달리 조금 더 진득하게 입을 맞춰 나갔다.

초콜릿보다 달콤하게, 마시멜로보다 더 부드럽게. 커피향보다 더 그윽하고 느긋하게 키스를 했다. 달콤하게 얽혀든 입술을 떼어내고 다시 짧게 입을 맞췄다.

"야, 밥 먹어!"

타이밍이 정말 예술이다. 하마터면 걸릴 뻔했네. 서로의 얼굴을 보며 배시시 웃고 있던 연우와 주원을 보며 민혁이 어리둥절한 표정을 감추질 못했다.

"밥 못 먹어서 미쳤냐? 왜 무섭게 웃고들 있어. 얼른 나와!"

연우와 주원은 민혁이 나가자 멍하니 서로를 쳐다보다 누가 먼저랄 것도 없이 웃음을 터트렸다. 도둑질하다 걸린 사람처럼 심장이 거칠게 쿵쾅거렸다. 하지만 짜릿한 스릴이 있는 키스가 나쁘지 않아, 다시 한 번 가볍게 입을 맞추고 밖으로 나갔다.

"잘 자."

유라는 민혁의 뺨에 가볍게 입을 맞추고 방 안으로 들어왔다. 어젯밤엔 주원과 함께 잔 것이나 다름없어서 연우는 오늘 밤이 제일 설레었다.

친구라고 부를 수 있고, 처음으로 사귄 여자친구와 하룻밤을 보내는 것이라니, 그 어찌 떨리지 않겠는가. 마치 초야를 치르는 새색시처럼 그녀답지 않게 다소곳하게 앉아 있었다.

"너 지금 뭐하나?"

침대에 바른 자세로 앉아 있는 연우를 보고, 얼굴에 크림을 바르던 유라가 어이없다는 듯 물었다.

"어? 왜?"

"너 되게 불편해 보여."

"아, 그래? 난 아닌데……."

어색하게 말끝을 흐렸지만, 무슨 군기 바짝 든 신병도 아니고 앉아 있는 본새가 갓 군에 들어가 내무반에 처음 앉아보는 훈련병 같았다.

"편하게 누워 있어. 왜? 이 언니랑 자려니까 떨려?"

유라가 장난스럽게 물었지만 그건 사실이었다. 연우는 솔직하게 고개를 끄덕거렸다.

"으엑? 왜 이래?"

"아, 사실 나 여자친구랑 같이 자는 거 처음이야."

"뭐? 수학여행도 안 갔어?"

유라가 놀란 듯 묻자, 연우가 머리를 긁적거렸다.

"그게, 난 그 애들하고 친하지 않았으니까. 정말 잠만 잤어."

"거기 잠깐 앉아 있어."

유라는 얼굴에 크림을 마저 바르고 침대로 올라와 연우 옆에 벌러덩 누웠다. 그러고는 자신의 옆을 팡팡 손바닥으로 쳤다.

"누워."

연우가 눕자 유라가 천장을 바라보며 담백하게 말했다.

"앞으로 해보면 되는 거야. 별거 아니야."

"응."

"경험하지 못했다고 해서 네가 잘못 살아온 게 아니야. 넌 너 나름대로 열심히 살았던 거고, 너하고 맞는 사람이 그저 없었을 뿐이야."

"고마워."

약간 얼어 있던 연우가 그제야 웃었다. 주위에 친구라곤 민혁과 주원뿐이었다. 외롭다고 생각해본 적도 없고, 다른 사람이 그립다고 생각해본 적은 없었다.

단지, 여자애들과 친해지지 못하는 자신을 보며 자신이 정말 이상하고, 잘못 살아온 것인가 가끔 고민하곤 했었다. 성격이 맞지 않다고 다가가지 않았던 자신에게 정말 큰 문제가 있던 것은 아닌가, 연우는 그게 가장 걱정이었다.

삼삼오오 여자친구들끼리 팔짱을 끼고 수다를 떨며 지나가는 것, 연우에겐 그저 생소한 것들이었다. 가끔은, 아주 가끔은, 그 해맑게 웃고 있는 그 아이들이 부러울 때도 있었다.

자신이 색안경을 끼고 바라봤던 여자애들 중에 유라처럼 좋은 애들이 있지는 않았을까, 가끔 후회도 했었다. 하지만 이제 그런 걱정은 하지 않기로 했다. 자신에게도 유라 같은 좋은 친구가 생겼기 때문에.

"야, 너 그 드라마 봤어? 김수현 나오는 거. 정말 귀엽지 않니?"

"어? 나도 주원이 집에서 맨날 그거 보는데."

어느새 팩까지 붙이고 누운 둘은 꼭 자매 같았다.

"넌 주원이 빼고 대화가 안 되니?"

"아니거든? 나 걔 빼고도 많아!"

"그래, 어련하시겠냐? 아무튼 김수현 너무 귀엽더라."

"난 차태현이 더 좋던데."

"감히 우리 수현느님에게 빠지지 않고 차태현한테 빠졌다 이 거야?"

"아, 왜! 푸근해서 좋잖아."

연우의 말에 유라가 혀를 쯧 차다 마침 생각난 듯 손뼉을 짝 치며 자리에서 일어났다.

"왜, 왜?"

"근데 넌 왜 남자 안 만나냐?"

"네가 나만 빼놓고 소개팅시켜줬잖아."

연우의 항변에 유라가 어이없다는 듯 그녀를 쳐다봤다.

"야, 말은 바로 하자. 네가 서주원 옆에 찰싹 붙어 있으니까 남자를 못 만나는 거지!"

연우까지 자리에서 벌떡 일어나 유라와 마주보고 앉았다. 붙였던 마스크팩은 이미 무릎 위로 떨어진 지 오래였다.

"너야말로 무슨 소리야. 주원이는 친……군데."

또 자신도 모르게 친구라는 단어에서 망설였다. 이게 도대체 무슨 짓인 건지. 연우는 자신의 행동을 속으로 비웃었다.

"그래, 그럼 그건 그렇다고 치자. 그럼 반대로 왜 서주원이 여 자를 못 만나는 건데?"

유라의 물음에 연우는 그저 입만 뻥긋거렸다. 자신인들 알겠는가. 아니 그저 주원이 여자친구를 만든다는 상상조차 해본 적이 없었다.

"그야……."

"걔가 솔직히 어디 빠질 인물이냐? 아니면 키가 작냐? 그것도 아니면 머리가 나쁘냐? 아버님이 외교관이라며. 집안도 절대 빠지지 않잖아. 안 그래?"

"아, 그러네."

또 듣고 보니 그렇다. 연우가 멍청하게 고개를 끄덕이고 있자, 답답한 듯 유라가 자신의 가슴을 쾅쾅 때렸다.

"이 맹추야! 너 때문이잖아!"

"에? 그게 왜 나 때문이야!"

"아, 됐고. 그렇게 소개팅하고 싶으면 해줄게. 말 꺼낸 김에 아까 낮에 봤던 그 후배 어때? 안 그래도 아까부터 너 소개시켜 달라고 노래 노래 부르고 있는데."

유라의 갑작스러운 제안에 연우는 순간 좀 당황스러웠다.

"아니, 그게……."

"왜 싫어? 한번 만나봐. 너보고 무조건 사귀라는 게 아니야. 그냥 한번 만나보라는 거야."

"사실 잘 모르겠어."

이상하다. 하고 싶다고 노래를 불렀으면 그냥 하면 되는 것이었다. 하지만 섣불리 대답이 떨어지질 않는다. 이상하게도 주원의 그날의 표정이 다시 밟혔다.

네 입술이
닿을 때

'······우리 사귈까?'

잠시 망설이며 내뱉던 주원의 얼굴이 눈앞에 어른거리고 한쪽 가슴이 찌르르 아려왔다.

"아무튼 생각해봐."

"응, 알았어."

유라에게 대답은 했지만, 아마 연우는 소개팅을 하겠다고 나서지 않을 것이다. 아직은 그런 관계가 불편하고 부담스러웠으니까.

다음 날 아침을 먹고 유라, 민혁과 헤어졌다. 각자의 차를 타고 집으로 가는 길, 연우는 괜스레 주원의 눈치를 살폈다.

"왜? 하고 싶은 말 있어?"

사이드미러를 힐끗 보던 주원이 물었다.

"유라가 나보고 소개팅하래."

"그래?"

반응 한 번 참 담백하고 간결하다. 연우는 꼭 바람피우다 걸린 여자친구처럼 혼자 전전긍긍했지만, 주원은 별다른 신경을 쓰지 않는 거 같았다.

갑자기 온몸에 잔뜩 들어간 긴장이 바람 빠진 풍선처럼 푸슈숙 빠졌다.

"어때? 네 생각은?"

"왜 나한테 물어. 네가 좋으면 하는 거지."

주원의 말이 맞았다. 모두 전적으로 맞는 말이었다. 주원이 아무리 도시락 싸들고 말린다 해도 그녀가 좋으면 무조건했을 것이다.

맞는 말이긴 한데, 왜 이 알 수 없는 기분이 드는 것일까.

"근데 넌 나 몰래 소개팅해 봤어?"

공이 엉뚱한 곳으로 튀었다. 분명 통통 튀기며 놀고 있었는데 그 공이 예고도 없이 훅 주원의 쪽으로 던져졌다. 얼결에 잡은 주원은 이 상황이 그저 멍하기만 했다. 하지만 굳이 그것을 다 오픈할 생각은 없었다. 적당히 숨겨주는 것도 모르는 것도 있어야 상대방이 긴장을 하기 마련이었다.

"말은 바로 해야지. 몰래가 아니라 말을 안 한 거뿐이야."

"뭐야? 넌 나 몰래 해봤다는 거야? 도대체 언제?"

연우는 취조하듯 몸까지 돌린 채, 주원을 보고 물었다. 등하교를 함께하고 있고 쉬는 날 또한 붙어 있었다. 아무리 머리를 굴려 봐도 주원 혼자 빈 날이 없었다.

아니지, 이게 자신을 집구석으로 몰아넣고 지 혼자 룰루랄라 나가서 놀았을지도 모르는 일이었다.

"됐어! 나도 이제 너에게 독립적인 생활을 할 거야! 난 이제 네가 챙겨주지 않아도 괜찮아! 나도 혼자 밖에 나가서 놀 거야!"

주원을 바라봤던 몸이 확 돌아갔다. 연우는 나름 진지하게 투정을 부렸지만, 주원은 화가 난다기보다 그저 그녀의 모습이 귀여운 투정을 보는 듯했다.

핸들을 잡지 않은 손으로 연우의 코를 잡고 살짝 비틀었다.

"시끄럽다."

작은 항변이었다. 나는 너 없이도 잘 살 수 있다고, 엄한 데로 공이 튀긴 했지만 엄연한 선포였다. 하지만 그것은 아주 가볍게 묵살 당했고, 연우는 그저 입만 삐죽거렸다.

두고 봐라. 내가 하나 못하나.

집에 가자마자 유라에게 연락해서 소개팅 날짜를 잡을 것이다.

흥! 고개를 홱 돌리고 창밖만 바라봤다. 자신도 한 번도 못해본 것을 주원만 했다는 생각에 작은 심술이 났다. 사귀자 어쩌자할 때는 언제고, 지금에서는 아무렇지 않은 척 대답하는 저 입이 밉살스러웠다.

물론 장난으로 치부해버린 것이 바로 자신이지만 기분이 괜히 오묘해졌다.

차가 멈출 때까지 재잘거리던 입을 멈추지 않던 연우가 오늘은 유달리 말이 없었다. 나름 독립선언을 했으니 그것을 어떻게 해야 하나 머리 좀 굴리고 있는 모양이었다.

"나 갈게."

연우가 차에서 내렸다. 주원은 차창만 내리고 고개를 숙여 들어가는 연우를 바라봤다.

"집에 얌전히 있어. 올 거면 전화하고."

"뭐래."

퉁명스럽게 내뱉으며 연우가 집 안으로 들어가버렸다. 주원은 고개를 절레절레 흔들며 피식 웃음을 터트렸다.

주원은 연우의 행동이 그저 귀엽게만 느껴졌다. 독립선언을 하려면 제대로 하든가, 이도 저도 아닌 모양새였다.

물론 그 독립선언, 작년에도 했고 재작년에도 또 그 재재작년에도 했었다. 독립선언한 지 한 시간이면 백기를 드는 것은 연우 쪽이었다. 사실상 백기랄 것도 없었다. 올 시간이 됐다 싶어 집 앞에 가 있으면 연우는 그것을 자연스럽게 받아들였다. 그러니 독립이 될 수가 없었다.

민혁은 왜 이렇게 과보호를 하냐 하지만 아직은, 아직은, 마음이 잘 놓이지 않았다. 연우는 여전히 악몽에 시달렸고, 여전히 두려운 것이 많았다.

예전엔 참 두려운 것도 없고 무모할 정도로 무서운 것도 없고 교우 관계도 좋았었다. 하지만 그 사건이 있던 이후, 연우는 모든 것을 단절해버렸다. 아니 정확하게는 모든 사람들에게 무관심해졌다. 어려서는 남들 챙기기도 좋아하고 오지랖도 넓었던 것 같은데 어느 순간 철저히 자신만 아는 외톨이가 되어버렸다.

남을 경계했고 낯선 이와의 접촉을 완전히 거부했다. 그것이 꼭 자신의 탓인가 싶어 죄책감이 느껴지곤 했다.

※

이제 완연한 여름이었다. 30도가 웃돌고 있었고, 조금만 움직이면 땀이 줄줄 흘렀다. 하지만 연우는 지금 천국을 맛보고 있었다. 시원한 에어컨 바람 아래서 빨갛게 잘 익은 수박을 먹고 있으니까.

주원의 집은 말 그대로 지상낙원이었다. 무릉도원이 아무리 좋다한들, 이곳에 비할 수 있으랴. 네모반듯하게 잘라놓은 수박을 포크로 콕 찍어서 입에 넣으며 바닥에 발라당 누워 있었다.

　-생각해봤어?

　여행을 갔다 온 지 5일이 지났다. 그사이 간간이 안부 문자만 하던 유라가 소개팅 얘기를 넌지시 꺼냈다. 연우는 포크를 입에 물고 유라에게 답장을 보냈다.

　-아무래도 안 하는 게 나을 거 같아.

　"집에 있어. 나 좀 나갔다 올게."

　유라와 메시지를 보내는 사이 주원이 차려입고 거실로 나왔다. 평소 단둘이 있을 때도 주원은 별로 흐트러진 모습을 보인 적이 없었다. 그렇다고 지금 주원의 차림이 동네 슈퍼를 나갈 복장은 아니었다.

　하늘색 반팔 셔츠에 긴 다리에 잘 맞는 슬림한 남색 면바지를 입고 헝클어져 있던 다갈색 앞머리가 단정하게 이마를 덮었다. 주원의 피부는 하얀 편이었다. 게다가 옷 스타일은 항상 단정했는데, 오늘은 그 단정한 옷차림이 유난히 돋보였다. 사실 키가 큰 주원은 아무거나 입어도 맵시가 나긴 했다.

　"어딜?"

　연우가 약간 의심스러운 눈으로 주원을 바라봤지만, 곧 거둬들였다.

　"약속 있어서."

　"알았어. 올 때 빙수 사와. 망고빙수로."

"알았다."

마치 이것이 연우의 집 같지만 연우의 집이 절대 아니었다. 주객전도가 된 상황이긴 했지만, 주원과 연우는 이것에 익숙했다. 남이 보면 그저 신혼부부나 남매 정도로 알 수도 있겠다.

—참 얘기 들었어? 오늘 서주원 소개팅한다더라.

—소개팅?

그사이 주원은 현관문을 닫고 나갔다. 연우는 주원이 사라진 현관문과 휴대폰을 번갈아가면서 쳐다봤다.

—그래! 소개팅!

알 수 없는 배신감이 들었다. 하지만 그 배신감이 드는 영문을 모르겠다. 자신이 친구이길 원했기 때문에 이런 감정들이 들면 안 되는 것들이었다.

손톱을 오독오독 깨물며 잠시 고민하던 찰나 악마가 사탕 꾸러미를 들고 그녀에게 손을 살살 흔들었다.

—우리 구경 갈까?

꽤 흥미로운 제안이었다. 하지만 여기서 응, 이라고 대답할 수가 없었다. 하찮은 자존심에 그를 쫓아가면 유라의 바람대로 친구가 아니라는 것을 인정하는 꼴이 될지도 모른다.

연우는 자신의 마음을 갈팡질팡 저울질했다. 주원이 다른 여자를 어떤 표정으로 바라보는지, 어떤 식으로 대하는지 심히 궁금하긴 했지만 잠시 한발 물러서기로 했다.

—아니, 귀찮아.

자못 궁금해 미치겠으면서도 연우는 부러 여유를 부렸다. 하지만 유라의 생각은 조금 달랐나보다. 당장 전화가 걸려온 것을 보면.

갑작스러운 벨소리에 발라당 누워 있던 연우가 공처럼 몸을 일으켰다.

"응."

─야! 너 어디야? 서주원 집이지? 기다려! 갈 테니까.

연우가 무어라 대답도 하기 전에 전화는 끊겨버렸다. 연우는 끊어진 전화기를 바라보다 다시 누웠다.

사실은 주원의 소개팅 자체에 대해 어떤 생각을 해야 하는지 모르겠다. 주원이 누군가를 만나 자신을 방치하게 되면 조금은 외로울지도 모르겠다는 생각은 했다.

하지만, 과연 그녀가 그것을 막을 권리 같은 것이 있을까. 그런 것은 처음부터 서로에게 주워지지 않은 권리였다. 권리를 누릴 합당한 이유 같은 것이 없었다.

주원은 말도 안 되는 죄책감이라는 이름으로 그녀를 충분히 위해 주었다. 어쩌면 친동생보다도, 여자친구보다도, 자신의 부모님보다도 자신을 더 아껴주었는지도 모르겠다.

주원이 만약 이제 더 이상 못하겠다고 해도 연우는 그것에 대해 할 말이 없었다. 하지만, 여전히 지킬 수 있는 관계는 있었다.

친구.

우리는 아직 친구니까 얼굴을 보고 웃을 수 있고, 서로를 위해 줄 수 있었다. 그리고 보통의 연인처럼 헤어지지도 않을 것이다.

우리는 친구니까.

06.

개인적으로 여름을 좋아하지 않는다. 아니, 정확히는 끔찍하게 싫어했다. 이글이글 모든 것을 다 태워버릴 듯 따사로운 이 햇볕도 싫었고, 숨이 막히는 이 지독한 습기도 싫었다.

가장 싫은 것은 5분만 나갔다 오면 당장에라도 쓰러질 거 같은 한증막 같은 날씨가 3개월 내내 지속된다는 것이었다.

"야, 너는 어떻게 이게 아무렇지 않을 수 있어?"

유라는 옆에서 잔소리를 해댔다. 유라를 따라오긴 했지만 여전히 이게 잘하는 짓인지 연우는 갈피를 잡지 못하고 있었다. 자신을 재촉하는 유라나 이런 상황을 만든 주원이나 둘의 보폭을 도저히 맞춰나갈 수가 없었다. 그러면서도 이곳에 따라온 자신이 조금 한심하게 느껴졌다.

결국 자신이 이곳에 간다 해도 할 수 있는 것은 아무것도 없을 것이다.

"김연우, 내 말 듣고 있는 거야?"

"아, 응……."

연우는 자신이 쫓아가지 않으면 분명 나오지 않을 것이 분명
했기 때문에 억지로 끌고 나오긴 했다. 하지만 그녀의 눈은 유라
가 예상했던 것과는 정반대로 참 무심했다. 보통 자신의 마음을
알아채기 위해 제일 많이 쓰는 작전은 바로 질투작전이었다.

민혁에게 주원이 소개팅을 한다는 소식을 들었을 때, 유라는
뛸 듯이 기뻤다. 자신의 친구들이 드디어 서로의 마음을 깨달을
기회를 얻었다고 생각했다.

하지만, 지금 소개팅 장소로 부리나케 가면서도 약간 의심스
러웠다.

과연, 이것이 잘하는 짓일까.

"아직 멀었어?"

연우는 처음 봤을 때부터 그랬다. 참 모든 것에 무관심했다.
차라리 자신에게 적대감을 가지고 있었으면 오히려 나았을지도
모르겠다.

무심히도 지나가는 그 시선, 자신을 안중에도 두지 않는 그
말투, 그것이 연우와 싸움을 만들어낸 원인이었다. 어쩌면 잘된
일인지도 몰랐다.

만약 연우가 적당한 관계를 원했으면 그녀와 이렇게 친해질
계기는 없었으니까. 하지만 연우는 알면 알수록 정말 모르겠다.

모든 것을 다 보여주고 가끔 자신처럼 오지랖이 넓은 거 같기
도 하면서, 자세히 알고 보면 바로 지금처럼 참 모든 것에 무관
심한 사람이었다.

"아직 멀었냐고."

연우가 멍하니 자신의 생각에 빠져 있는 유라에게 물었다.

"아, 어어. 저기 근처야."

유라는 다시 마음을 다잡았다. 분명 자신의 바람대로 될 것이고 연우와 주원은 이 상황을 감사해 할 것이라고, 그냥 그렇게 생각하기로 했다. 너무 아무것도 안 하면 자신의 마음이 못 견디게 불편하니까.

카페는 꽤 한적한 곳에 있었다. 주원과 소개팅녀는 구석 쪽에 자리를 잡고 앉은 모양이었다. 무슨 007작전도 아니고 유라가 연우의 머리까지 숙여주며 몰래 주위를 살피고 있었다.

사실 연우는 문 앞에서 돌아가고 싶었다. 주원이 과연 어떤 표정을 지으며 자신을 볼지 자신이 없었기 때문이다. 이대로 걸리지 않고 조용히 구경만 하고 가면 좋겠지만, 그게 뜻대로 안 되면 참 상황이 난감해졌다.

"유라야, 우리 그냥……."

"어? 누나!"

그냥 돌아가자고 말할 참이었다. 도저히 아닌 거 같다고 다시 말할 참이었다. 하지만 그녀의 말은 누군가의 등장으로 끊겨버렸다. 자신의 옆에 서서 따사로운 해를 가려주는 남자를 바라봤다.

"어? 시후야! 이런 데서 만나네? 반갑다, 야. 우선 우리가 바쁘니까 안에 가서 말하자."

유라는 연우와 시후의 손을 잡고 안으로 잽싸게 들어갔다. 유라는 나름 민첩하게 시후의 뒤에 숨어서 기둥 뒤의 자리로 갔다. 아까부터 눈으로 무언가를 살피더니 제일 좋은 명당자리를 찾은 듯 보였다.

연우는 안절부절못했다. 자신이 소개팅을 한다고 해도 별 신경 안 쓰던 주원의 모습이 오버랩되었기 때문이었다. 괜히 자신만 신경 쓰는 거 같아 못내 자존심이 상했다.

"넌 뭐 먹을래?"

유라는 손부채질을 하며 물었다.

"난 자몽에이드. 내가……."

"아니야. 시후, 네가 다녀와. 자, 여기."

유라는 미쳤냐는 듯 연우를 흘겨보면서 시후에게 카드를 쥐여주었다.

"누나는요?"

"난 아이스 아메리카노."

"저 돈 있어요."

"됐어. 후배한테 차 한 잔 못 사겠어? 얼른 갔다 와."

유라가 자연스럽게 시후를 시켰지만 그는 싫은 기색조차 없이 눈웃음을 지으며 계산대로 갔다.

"또 기억 못 하지? 쟤 저번에 바다에서 봤던 내 후배야. 너 소개팅시켜준다던."

"아……."

지독히도 사람한테 관심이 없는 아이였다. 참, 사람 얼굴도 못 외우고, 아니 보지 않았다는 것이 정확할 것이다. 아마도 그날 주원, 민혁과 장난치느라 주위 사람은 관심을 주지도 않았을 것이다.

유라는 혀를 쯧 찼다.

"누나, 시럽 혹시 몰라서 가져왔어요."

"그래. 잘했어. 어머! 어머! 저것 좀 봐."

시후는 차분히 유리잔에 묻은 물기를 냅킨으로 닦은 후, 연우 앞에 티코스터를 놓고 그 위에 유리잔을 내려놨다. 잔을 내려놓으며 연우와 눈이 마주치자 어색한지 눈꼬리가 휘어지게 웃었다. 그러고는 유라의 앞에도 그녀에게 한 것과 똑같이 티코스터와 잔을 내려놓았다.

누군가에게 잘 보이기 위해서가 아닌 그저 주원처럼 몸에 밴친절인 듯 보였다. 남에게 받는 친절은 주원에게 받는 친절과는달라서 조금은 어색하고 조금은 낯설었다.

"어머, 서주원 은근히 선수네? 보여? 눈웃음치는 거."

호들갑을 떨며 저것 좀 보라고 연우를 툭툭 쳤다. 연우는 진작 들어오면서 주원을 봤었다.

자신이 아닌 다른 사람에게 웃고, 자신이 아닌 다른 사람과즐겁게 이야기를 나누는 모습을. 그 느낌이 참 묘했다.

자신을 바라보며 웃는 것과 남에게 웃어주는 것을 보는 것의차이가 참 크다는 것을 오늘 처음으로 알게 되었다.

"저 여자애 아주 좋아 죽네, 죽어."

사실 유라의 말은 조금 억측된 부분이 있었다. 여자는 그저 가볍게 웃은 것이었고, 주원은 누구에게나 저런 친절을 베풀었다.

자신에게 대하는 것과는 조금 다른 것이었지만 유라에게도
그랬고 동기 친구들한테도 저랬다. 저음의 목소리로 다정하게
이야기를 해주고 웃어주고 자신에게 보여주지 않았던 조금은 낯
을 가리는 모습까지.

　이상하게 그 모습을 보는데 울컥하면서 가슴이 찌르르 아려
왔다. 고1 때 처음으로 여자친구를 만들었을 때와 비슷한 느낌
이었다. 한동안 사귀라고 부추겼던 자신을 탓했었으니까.

　연우는 가만히 주원의 모습을 눈으로 담았다.

　"근데 여기서 뭐하는 거예요?"

　그제야 연우가 주원에게서 시선을 떼고 앞에 앉은 남자를 쳐
다봤다. 남자가 있었던 것도 잠시 잊고 있었다. 연우에게 이곳은
유라, 주원, 자신 이렇게만 있는 거 같았다.

　앞에 있는 남자애가 말을 끼어들 틈도 없었지만 연우는 자신도
모르게 그 사람을 철저하게 무시하고 있었다. 일부러 무시해야
지, 가 아니라 그저 낯선 사람에게 지독히 무관심한 것뿐이었다.

　쉽게 친해지지도 않고, 쉽게 마음을 열지도 않았다. 멀리서
보는 연우의 성격은 활달하고 낯을 안 가리는 것처럼 보이지만
실상은 그렇지 않았다. 혼자 있는 것을 좋아했고 남과 얽히는 것
을 별로 좋아하지 않았다.

　연우가 살아온 인생에서는 그랬다. 남과 얽히다 보면 좋은 일
보다 안 좋은 일이 많았고, 남의 입에 오르락내리락할 일이 많아
지곤 했었다. 연우는 그저 그것이 끔찍하기 싫을 뿐이었다.

유라와 연우는 참 시끌벅적하게 등장했다. 유라 제 딴에는 숨는다고 숨은 거겠지만 당당하게 들어오는 연우를 보면 전혀 그럴 생각이 없어 보였다. 그리고 그곳에는 낯선 녀석이 함께 있었다. 그것이 못내 불쾌했다.

주원은 그런 식의 불쾌감을 연우 앞에서 숨긴 적이 없었다. 그럴 때마다 연우를 감싼 손에 힘이 바짝 드러갔고 상대방을 적대시했었다.

물론 연우가 자신의 마음과 다르다는 것을 알고는 있었다. 하지만 단지 그것은 자신이 소유하고 싶은 소유욕의 깊이가 다른 것이라고 생각했다.

"그럼 민혁 오빠와는 어려서부터 친구이신 거예요?"

앞에 앉은 여자는 이제 막 20살이 된, 민혁과는 고등학교 때부터 알던 사이라고 했다.

"중학교 때부터 친구예요."

"사실 저 오빠가 마음에 들어서 예전부터 소개시켜달라고 졸랐었어요."

여자는 본심을 숨기지 않고 수줍은 듯 내뱉었다. 여자를 보고 웃었지만 그것은 그저 몸에 밴 친절이었다. 하지만 연우가 좋아하는 한쪽 입꼬리만 슬쩍 올라가는 미소를 짓지는 않았다. 앞에 있는 사람이 연우가 아닌 전혀 다른 사람이기에.

"옆에 항상 계시던 그분이 전 여자친군 줄 알았어요."

"친구예요."

우리는 항상 우리의 관계를 친구라고 내뱉는다. 누구에게나,

서로에게나, 만나는 사람마다. 우리는 그저 친구다. 그 앞으로 가는 것이 약간은 두려워 뒤로 후퇴를 하고 있는 것인지도 모른다.

하지만 우리는 그 관계를 조금씩 허물었으며, 우리에게 우리의 관계는 남달랐다.

표면적으로 묶인 이름이 친구라고 해서, 그 사이로 남을 끼워 넣을만한 생각은 하지 않았다.

"하지만 지금 여자친구를 사귈 생각은 없어요."

적당한 선. 우리에겐 그 선이 없었다. 허물고 또 허물어진 그 사이로 보이지 않는 선이 존재할 리가 없었다.

딱 그어진 선에 여자는 낙담한 표정을 지었다. 어디서나 예쁘다는 소릴 들을 만한 외모였다. 키도 적당했고 몸도 날씬한 편이었다.

하지만 그뿐이었다. 호감으로 이어지진 않을 것 같다.

"역시 그분을 좋아하시는 건가요?"

우리를 어떻게 좋아한다, 사랑한다로 정의를 내릴 수 있을까. 그것은 너무 말도 안 되는 정의였다.

우리는 가족이었고, 우리는 우정을 나누고, 우리는 사랑을 하고, 우리는 서로에게 쌓인 신뢰가 있었다. 우리는 우리를 남들이 정의 내리는 것을 싫어했다.

우리의 관계가 정의가 내려지지 않는다 해도 우리의 관계는 충분히 가치가 있었다.

주원은 여자의 물음에 그저 차분하게 웃었다.

"글쎄요."

여자는 실낱같은 희망이 보이듯 주원을 웃으며 바라봤다.

"하지만 가지고 있는 말로는 표현이 불가능한 사이, 우리가 그래요."

남에게 우리의 사이를 굳이 이해시키고 싶진 않았다. 우리가 오늘부터 사귀기로 했어요, 우린 오늘부터 함께할 거예요, 선언할 이유가 전혀 없었다.

우리는 그것이 아니라도 언제나 함께였고 연인 이상의 교감을 나누고 있었다. 하지만 왠지 조바심이 나는 것까진 어쩔 수가 없었다.

"오늘 나오신 건, 역시 거절하기 위해서죠?"

"맞아요. 민혁이의 부탁이 계속돼서요. 그렇게 거절하는 건 예의가 아니라고 생각했어요."

여자는 울거나, 아파하거나 하지 않고 그저 웃으며 순순히 주원의 말을 받아들였다.

이름이 뭔지, 학생인지, 직장을 이제 막 들어갔는지도 듣지 않았다. 아니, 들었다고 해도 이미 까먹었을 것이다.

"친구라고 하셨죠? 그분하고?"

"네."

"그럼 제가 제안 하나 해도 되나요? 저랑 딱 세 번만 만나요. 그럼 그 이후엔 완벽하게 포기할게요. 어때요?"

주원이 눈썹을 긁적이며 잠시 난감한 표정을 지었다.

"혹시 알아요? 저 때문에 그 여자분이 오빠를 보는 눈이 달라질지?"

주원은 여자의 당돌한 말에 슬쩍 웃었다. 그렇게 해서 얻는 마음이 얼마나 기쁠 수 있을까. 그런 양심을 속이는 짓을 하고 싶지는 않았다.

하지만 주원의 그런 마음을 읽어냈는지 여자가 한 마디 더 붙였다.

"딱 세 번이에요. 저도 이렇게까지 부탁하고 했는데 마음 정리할 시간은 주셔야 하잖아요."

주원은 잠시 고민했다. 하지만 여자의 제안에 대한 고민이 아닌 이걸 어떻게 돌려서 거절할까에 대한 고민이었다.

"죄송합니다. 그건 서로에 대한 예의가 아닐 거 같아요. 그 친구한테나 혜원 씨한테나."

"역시 좋아하시는군요."

혜원의 말에 그저 담담하게 웃었다. 내뱉지 못할 말이지만 남들에게까지 그 마음을 굳이 숨길 이유는 없었다.

"그럼 오늘 밥 한 끼 정도는 괜찮죠? 나 너무 구질구질해지네."

"네, 그래요."

살짝 새침한 이미지였는데 생각보다 혜원은 호탕하고 쾌활했다.

서로를 보고 웃고 있는 혜원과 자신을 보며 연우는 무엇을 생각하고 있을까. 앞에 앉은 남자가 연우를 계속해서 바라보고 있는 그 불편한 심경하고 비슷할까.

아마 연우는 아닐지도 모르겠다. 그저 모든 것을 신기하게 바라보겠지. 그 사실이 조금은 씁쓸해졌다.

연우는 달콤한 자몽에이드를 쭉 한 번 빨아서 입 안으로 가득 넣었다. 입 안에 감도는 씁쓸하면서도 달콤한 이 맛이 참 좋았다. 빨대를 이리저리 움직일 때마다 얼음이 댕그르르 요란한 소리를 내며 굴러갔다.

"어? 어? 어디 나간다."

유라는 여전히 몸을 한껏 낮췄다. 시후는 그럴 이유가 전혀 없었고, 연우도 그러지 않으려 했지만 유라가 머리를 눌렀다.

"가자."

유라는 어느새 모자를 푹 눌러쓰고 자리에서 일어났다. 더 이상 주원이 다른 사람에게 웃어주는 모습을 보고 싶지 않았지만 유라의 손에 이끌려 어쩔 수 없이 그를 따랐다.

참 미묘했다. 낯선 사람과 웃고 있는 주원, 소개팅이라는 목적이 확실시되는 만남, 그리고 그를 바라보는 자신까지.

괜스레 헛웃음이 나왔다. 항상 내 옆에만 있던 사람을 빼앗긴 어린애 같은 생각도 들었고, 자신이 주원에게 무엇을 말할 수 있을까 허탈한 기분도 들었다.

친구라고 정의한 것은 분명 자신이었다. 왜였을까. 그저 친구이길 원한 것은 아니었다. 하지만 속속들이 자신의 모든 것을 알고 있는 주원이 언젠가 자신에게 질려 떠날까 봐 겁이 나는 것일 수도 있다.

우정이란 이름 아래에서 해주는 것들과 사랑이라는 이름 아래서 해주는 것은 약간 차이가 있었다. 어쩌면 이 모든 것은 자신의 이기적인 마음에서 시작된 것인지도 모르겠다.

시후라는 남자애는 이유도 없이 주원을 따라갔고, 연우는 유라를 따라갔다. 가면서도 간판이며 기둥 뒤에 굳이 숨지 않아도 될 것을 유라는 잘도 숨어댔다. 그들이 멈춘 곳은 근처 패밀리 레스토랑이었다. 그것도 연우가 좋아하는 브랜드의 패밀리 레스토랑이었다.

풋, 괜스레 설핏 웃음이 났다.

"왜 웃어?"

"아, 아니야. 배고프다. 우리도 들어가자."

연우가 이번엔 앞장서서 유라를 끌고 안으로 들어갔다. 여전히 그 남자애는 함께였다. 아마 얼떨결에 합류해 빠져나갈 타이밍을 놓친 거 같았다.

주원은 탐정놀이 재미에 쏙 빠져든 유라가 따라올 수 있게끔 적당한 선을 유지하며 걸었다. 유라가 한 가지 잊고 있는 것이 있었다.

유라는 목소리가 큰 편이었고, 어머, 어머 연신 내뱉는 감탄사 정도는 주원도 쉽게 들을 수 있는 거리였다. 더불어 바람둥이라느니 말도 안 되는 그 억측까지도.

"뒤에 따라오시는 분이죠? 짧은 단발머리에 얼굴 하얀 저분이요."

"맞아요."

"학교에서 많이 봤어요. 두 분 함께 계시던 거."

혜원이 소탈하게 말을 이었다.

"저기 어때요?"

그리 멀지 않은 곳에 위치한 패밀리 레스토랑을 가리켰다. 연우가 좋아하는 브랜드였다. 탐정놀이에 잔뜩 빠진 유라는 이곳에 들어올 것이고, 그걸 충분히 예상했기 때문에 연우가 좋아하는 것을 골랐다.

"저분이 좋아하시는 곳인가요?"

"네, 저 친구가 좋아하는 곳이죠."

잠시 머뭇거렸지만 주원은 솔직하게 대답했다. 이제 와서 숨길 이유도 없었고 굳이 거짓말을 내뱉을 이유도 없었다. 오히려 거짓말을 하는 것이 앞에 있는 혜원에게 더 큰 실례를 저지르는 거 같았다.

"좋아요. 들어가요. 저도 여기 꽤 좋아하거든요."

혜원은 흔쾌히 안으로 들어갔다. 짧은 치마를 입은 여자의 뒤에서 일부러 계단을 올라갔다. 혹시라도 치마가 들썩일까 봐 약간 걱정됐던 탓이었다.

사실, 이것은 혜원을 위한 행동은 아니었다. 그저 몸에 밴 습관 중 하나였다.

안으로 들어서자, 직원이 인원수를 묻고 창가 쪽 자리를 안내해줬다. 주원은 메뉴판을 혜원에게 먼저 건넸다. 주원과 연우는 이곳에서 먹는 것이 정해져 있었다. 크림파스타와 폭립, 그리고 돌판 위에 올려진 스테이크를 주로 먹었다.

핏기 없는 고기를 좋아하는 연우와 레어를 좋아하는 주원에 겐 안성맞춤인 메뉴였다. 잘라서 자신이 원하는 굽기로 구워서 먹기만 하면 됐다. 연우는 핏물이 입 안에 들어가는 것이 끔찍하게 싫다고 했다. 주원은 웰던으로 구운 고기는 도저히 질겨서 먹을 수가 없었고.

혜원은 그가 생각한 것과는 다른 종류의 스테이크와 와인 한 잔을 주문했다. 주원은 연우와 함께 항상 먹던 스테이크를 주문했다.

"친구로도 싫으시죠?"

"죄송하지만 그건 안 될 거 같아요."

단호한 주원의 말에 혜원은 그럴 줄 알았다는 듯 빙긋이 웃으며 물을 한 모금 마셨다. 그사이 스테이크가 나오고 주원은 버릇처럼 두 개를 앞에 놓고, 혜원의 것을 가지런히 썰어서 다시 그녀의 앞에 놓았다.

혜원은 주원의 행동에 까르르 웃음을 터트렸다.

"이게 평소 모습이죠?"

아, 주원은 순간 자신의 행동에 머쓱해졌다. 버릇처럼 모든 것이 나와버리곤 했다. 연우도 이런 방면에선 영 숙맥이겠지만 주원도 역시 마찬가지였다.

연우 이외의 여자를 만나본 적이 없었고, 소개팅 자체도 해본 적이 없었다. 그래서인지 주원은 이 자리가 어색하고 불편하기만 했다.

"굉장히 자상하시네요. 오늘 하루만의 호의니까 그래도 잘 받을게요."

혜원은 생각보다 털털하고 소탈한 성격인 듯 보였다. 이렇게 만나지 않았다면 어쩌면 좋은 친구가 됐을지 모르겠지만, 딱 거기까지였다. 그가 그어줄 수 있는 최선의 선이 이것이었다.

연우는 앉자마자 자신이 원하는 것을 콕 집었다.

"난 이거 먹을래."

주원도 역시 같은 것을 먹고 있었다. 그 모습에 괜스레 웃음이 나면서도 여자의 접시의 스테이크를 깔끔하게 썰어주는 모습이 기분이 묘해졌다. 자신이 아닌 누구에게 그런 행동을 보인 적이 처음이기 때문이다.

항상 날 위한 친절, 날 위한 배려만 보다가 남을 위한 배려를 보는 기분은 생각보다 좋지 않았다.

"누나는요?"

아, 연우는 유라에게 말을 거는 시후의 목소리에 그제야 이 아이가 같이 있었다는 걸 상기시켰다.

"아, 난 파스타 먹을래. 봉골레."

시후가 주문을 하고 유라는 주원에게 집중하는 것을 관두고 소개팅으로 콘셉트를 바꾼 모양이었다.

"인사가 늦었네. 이쪽은 김연우고, 이쪽은 이시후."

"안녕하세요."

"말 편하게 하라고 말하고 싶은데 아직은 불편하시죠?"

시후가 눈웃음을 지으며 말했다.

"네, 조금요."

"정말 조금이에요?"

거리낌 없이 내뱉는 시후의 말투는 비아냥거리거나 빈정대는 말투는 아니었다. 그 속에 악의는 없는 것 같아, 연우는 그런 물음이 기분 나쁘지 않았다.

누구에게나 웃는 것도 그저 습관인 듯 보였다. 잘 웃는 사람.

"사실은 아주 많이요."

"그럴 거 같았어요. 그거 아세요? 제가 누나 소개시켜달라고 유라 누나한테 엄청 졸랐는데."

"그래! 얘가 어찌나 귀찮게 졸라대던지, 그거 쳐내느라 애 좀 먹었다."

유라가 한마디 거들고 시후는 연신 생글거리며 연우를 쳐다보고 있었다.

"거짓말 같죠? 근데 사실이에요. 그날 첫눈에 반했다면 믿으시겠어요?"

"야, 그건 좀 오버다?"

"누나, 아니에요. 진짜예요. 보자마자 눈을 뗄 수 없었거든요."

유라의 핀잔에도 아랑곳하지 않고 자신의 생각을 그대로 꺼내놓았다. 이런 식의 솔직한 고백은 받아본 적이 없어 연우는 적잖이 당황스러웠다. 아니, 이런 고백을 단 한 번도 받아본 적이 없던 건지도 몰랐다.

항상 혼자 있었고, 주원과 함께 있던지, 민혁과 셋이 있었기 때문에 누군가 다가올 틈 따위가 존재하지 않았다.

유라도 멍하게 시후만 보고 있는 사이 스테이크가 나왔다. 시후는 연우가 시킨 것을 자신의 앞에 놓고 가지런히 썰어서 그녀의 앞에 내밀었다.

"왜요?"

연우가 낯선 이의 친절을 보며 그것을 어리둥절하게 받아들이자 시후 역시 뭐가 잘못됐냐는 식으로 그녀에게 오히려 되물었다.

"아니, 고마워요."

"별말씀을요."

눈웃음이 참 매력적인 남자였다. 웃을 때마다 휘어지는 눈꼬리가 참으로 선해 보이고 매력 있었다.

주원의 담백한 미소와는 사뭇 다른 그런 미소였다.

"유라 누나랑 같은 과면 국어교육과겠네요."

"네."

"야, 너는 자꾸 네가 뭐니? 한 살 동생인데, 그냥 응 해. 그래야 애도 편하지."

"아, 응."

얼떨결에 말을 놓게 되자 시후는 그것이 마음에 든 모양이었다. 또다시 생긋 웃으며 연우를 바라봤다.

"이제 개강하면 종종 만나게 될 수 있겠어요."

시후는 카페에서 못다 한 승부를 이곳에서 내려는 듯, 연우에게 친근하게 말을 붙여왔다. 간간이 대꾸를 하고 있지만 연우는 시후에게 큰 관심을 두지는 않았다.

"누나, 이것도 드셔 보세요."

이야기를 하느라 손도 대지 않은 자신의 파스타를 그녀의 접시에 덜어주었다. 그것을 연우는 얼떨결에 받았다. 유라의 접시에도 파스타를 덜어주며 시후는 생글거리고 웃었다.

연우는 누구에게나 그러겠거니 하고 신경 쓰지 않았지만 시후의 마음은 달랐다. 남자친구가 아니라고 했다. 분명 그렇게 들었다. 하지만 계속해서 연우가 주시하고 있는 것은 저 창가 쪽에 앉은 남자였다.

그것이 시후의 승부욕을 묘하게 발동 걸었다.

"왜?"

"아, 아니에요."

시후는 딱딱하게 굳은 표정을 얼른 풀고 연우에게 자신의 트레이드마크인 눈웃음을 지으며 생긋 웃었다.

식사하는 내내 주원의 신경은 앞에서 생긋 웃고 있는 저 낯선 이에게 쏠려 있었다. 앞에 있는 사람이 바보가 아니라면 그쯤은 어렵지 않게 알아챌 정도로 표현이 노골적이었다.

"일어날까요?"

"네."

사실 주원은 음식의 절반도 먹지 않았다. 그것은 소개팅을 한 혜원도 마찬가지였다. 끝까지 웃음으로 좋은 마무리를 지었으면 참 좋았겠지만, 이건 그의 예정에 없던 일이었다. 저 낯선 남자애가 이곳까지 따라올 줄은 상상도 못했었다.

"제가 계산해도 되는데⋯⋯."

"아니에요. 죄송한 것도 있구요. 오늘 즐거웠어요."

주원이 나름 인사치레로 말하자, 여자가 까르르 웃음을 터트렸다.

"정말 즐거우셨어요? 밥도 사주셨으니 제가 작은 선물 하나 할게요."

난데없는 소리에 주원이 어리둥절한 표정을 짓자, 혜원이 싱긋 웃으며 주원에게 한 발짝 다가왔다. 그리고 주원의 귀에 나직하게 속삭였다.

"아마, 이다음엔 상황이 조금 바뀌어 있을지도 모르겠네요."

이해할 수 없는 혜원의 말에 주원이 대꾸하려는 순간이었다. 뺨에 무언가가 쓱 닿았다. 혜원을 밀치기 전에 그녀는 살짝 한 발 물러서며 도도하게 웃었다.

"즐거웠어요. 그럼."

거대한 폭풍이 지나간 것처럼 혜원은 요요한 미소를 지으며 사라졌다. 주원은 낯선 입술이 닿았던 뺨을 손바닥으로 닦아내며 당황스러운 표정을 지었다.

한쪽 턱을 괴고 연우는 하염없이 주원이 있는 곳을 쳐다보고 있었다. 부드럽게 넘어가던 스테이크가 오늘따라 참 퍽퍽하다. 포크로 대충 찍어가며 먹는 둥 마는 둥 했다.

도대체 뭐가 문제인질 모르겠다. 이 고기가 맛이 없어서인지, 그저 주원의 앞에 저 여자 때문인지 도무지 갈피를 잡을 수가 없었다.

"왜 맛이 별로세요?"

시후가 살뜰하게 묻자, 연우가 그제야 아니라는 듯 고개를 저었다.

"파스타 좀 더 드릴까요?"

"아니……, 괜찮……."

말끝을 다 이을 수가 없었다. 바로 빨간 입술이 닿아 있는 주원의 뺨 때문이었다. 연우는 숨어 있는 상태라는 것도 잊은 채, 자리에서 벌떡 일어났다.

"왜 그래? 뭔데?"

먹는 데 집중하던 유라 역시 두 손으로 입을 가리며 경악으로 물든 얼굴로 주원을 쳐다봤다. 자신이 아닌 낯선 여자의 옆에 서 있는 주원. 자신이 아닌 낯선 여자와 스킨십을 나누는 주원.

거대한 실타래가 얼기설기 엉키듯 머릿속이 순간 복잡해졌다.

아연실색하며 멍하니 앉아 있던 연우의 위로 어두운 그림자가 그녀를 뒤덮었다. 여자의 립스틱이 묻어 있던 곳을 손으로 닦은 것인지 말끔하게 지워져 있긴 했지만 어쩐지 기분이 언짢아졌다.

"더운데 왜 나왔어. 나오지 말랬잖아."

아무렇지 않은 듯 연우에게 웃으며 대꾸하는 주원이 순간 미워졌다.

이게 만약 반대 상황이라도 이런 반응을 보일 수 있을까?

하지만 그녀에겐 주원에게 따질 명분이 전혀 없었다. 사귀자고 한 주원의 진심을 장난으로 치부해버린 것이 바로 자신이었다. 하지만 기분이 나빠지는 거까지 막을 수가 없었다.

연우는 주원을 쳐다보지도 않은 채, 묵묵히 질긴 고기를 질겅질겅 씹었다.

방금 전 폭탄 하나를 본 유라는 콜록콜록 기침을 해대며 옆에 있는 물을 완전히 비웠다. 그러고는 반도 넘게 남은 파스타를 그대로 두고 자리에서 일어났다.

"아, 우리는 개강하고 봐야겠다. 나는 이만⋯⋯."

주섬주섬 가방을 챙겨 들고 일어나려는 유라를 주원이 찌푸린 눈으로 바라봤다.

"옆에도 데리고 가야지."

"아, 미안. 좋은 시간 보내세요. 가자."

시후도 역시 반도 넘게 남은 파스타를 두고 자리에서 일어나야만 했다. 하지만 시후는 꽤 당당한 표정이었다.

"누나, 즐거웠어요. 다음에 또 봐요."

연우에게 악수를 청하며 생긋 웃었다.

"아, 응."

얼결에 악수까지 한 연우에게 인사를 건네며 시후와 유라가 사라졌다. 한바탕 폭풍이 몰아쳤다가 지나간 기분이었다.

연우가 자리에 털썩 다시 앉고, 주원은 건너편에 앉았다. 연우는 맞은편에 앉아 있는 주원의 얼굴을 가만히 드려다 바라봤다.

"왜?"

"아니야."

연우는 아무렇지 않게 자신의 앞에서 생글거리는 주원이 못내 불쾌하고 화가 났다. 하지만 그것을 지금 내색할 수가 없다. 그러면 꼭 자신의 마음을 인정하는 꼴이 되어버릴지도 모른다.

많은 것을 알고, 많은 것을 봤던 주원과 진짜 마음을 확인하기란 두려운 일이었다. 그렇다고 아무것도 모르는 다른 남자와의 로맨스를 꿈꾼 적은 없었다.

도저히 이해할 수 없는 자신의 마음을 연우 본인도 모르겠다.

"왜 이렇게 안 먹었어."

주원이 걱정스럽게 그녀를 쳐다봤다. 내 눈에만 예쁜, 내 눈에만 귀여운, 내 눈에만 사랑스러웠으면 좋겠다고 생각했다.

연우는 그다지 여성스러운 외모는 아니었다. 짧은 단발머리를 고수했고 드라이가 귀찮아 그 짧은 머리를 억지로 묶곤 했다.

하얀 피부에 팔다리가 긴 편이어서 여리게 보이긴 했지만, 보이시한 느낌이 더 강했다. 그런 그녀가 남에게도 여성적 매력을 어필할 줄은 몰랐었다. 아니, 이미 알고 있었는지도 모른다. 그래서 연우를 자신의 옆에서 떼어놓지 않았던 건지도 모르겠다.

이기심.

어쩌면 자신의 행동들이 모두 이기적인지도 몰랐다. 연우를 위하고 걱정한다는 명목하에 옆에 두고 가두어둔 것인지도 모르겠다. 자신도 모르는 독점욕이 연우와 함께 하는 시간이 길어질수록 더 커져갔다.

"너는……?"

우물우물 질긴 고기를 조금씩 비워내고 있던 연우는 먹었냐는 질문의 말끝을 흐렸다. 혜원과 함께 있던 주원의 모습이 다시금 오버랩되었고, 주원의 뺨에 입을 맞추던 그 모습이 다시 스치고 지나갔다. 양 뺨이 괜스레 빨개지고 심장이 아릿하게 저려왔다.

턱을 괸 채 연우를 가만히 바라보던 주원이 말없이 입을 아, 벌렸다.

"아, 오늘 고기가 별로다. 가자."

아무렇지 않은 척 자리에서 벌떡 일어났다. 그런 연우의 행동에 말없이 웃으며 그녀의 뒤통수에 손바닥을 가져다 대었다.

"오늘 맛이 별로였나 보네. 심통이 잔뜩 난 거 보니?"

장난스럽게 묻는 주원의 말에도 그다지 장난칠 기분이 들지 않았다. 그저 맛이 별로라는 말만 되풀이하며 연우는 한쪽 눈을 찡그렸다.

어스름이 내려앉은 밤공기를 마시며 우리는 나란히 걸었다. 풀냄새 같기도 하고 나무냄새 같기도 했다. 어쩌면 아카시아 냄새일지도 모르겠다.

"예쁘더라."

소개팅에 대해 한마디도 묻지 않던 연우가 처음으로 내뱉은 말이었다. 예쁘더라, 그 한마디를 아무렇지 않은 척 내뱉는 것이 왜 이리 힘든지 모르겠다.

연우는 괜스레 들킬까 봐 앞만 보고 던지듯 말을 뱉었다.

"왜? 질투나?"

"질투는 무슨."

건조하게 대답했지만 연우의 양 뺨이 빨개져 있었다. 순간 귀여워서 콱, 깨물어주고 싶은 심정이었다.

"안 만나기로 했어."

"아아……."

연우가 심드렁하게 대답하자, 주원이 픽 웃어버렸다. 얼굴에 여실히 드러난 그 표정이나 숨기고 저렇게 대답할 것이지. 이럴 때 보면 정말 철부지 막냇동생 같기만 했다.

"네 생각은 어때?"

"뭐, 뭐가?"

"만났으면 좋겠냐고."

연우의 반응이 즐거워 주원이 놀리듯 물었다. 혜원이 말한 선물이란 게 바로 이것인가 보다. 하지만 그 행동 자체는 과했었다.

좋아하지도 않는 여자와 스킨십은 그가 좋아하는 것들이 아니었다. 특히나 다른 곳에 마음이 있는 그니까.

"안 만나기로 했다며!"

"그건 또 모르는 거지."

연우가 입술을 잘근 깨물며 주원을 물기 어린 눈으로 노려보았다. 주원은 그 모습이 사랑스러워 입꼬리를 올리며 웃으며 연우를 품에 얼른 안았다.

이상하게도 연우와 있을 땐, 웃음이 많아진다. 지나칠 정도로 냉정하고, 남에게 무관심한 것은 연우만큼이나 주원 자신도 마찬가지였다. 하지만 그 범주 안에 서로가 있다면 얘기가 달라지곤 했다.

"아직은 챙겨줄 사람이 있어서 안 만나."

담담한 주원의 말에 연우가 홱 그를 밀치며 일별했다.

"미리 말하지만 난 독립했어!"

"하지만 난 그 독립을 허락한 적이 없지."

장난스럽게 대답하던 주원의 말투와는 사뭇 다른 말투였다. 꽤 진지했으며, 꽤 단호했다. 연우를 바라보는 그 눈빛이 거침없이 올곧았다. 주원은 당황하는 연우의 머리를 천천히 쓰다듬어주며 그녀와 눈높이를 맞췄다.

그러고는 가볍게 입술에 입을 맞췄다.

이 정도 만났으면 독점욕은 사라져야 했다. 볼 거 안 볼 거 다 본 사이였고, 애정 또한 여느 남자친구들에게 대하는 것과 같아야만 했다.

하지만 연우와 함께 있을수록 불안하고 그 독점욕은 더 증폭되어 간다. 절대로 빼앗길 수 없다는 생각을 하면서도, 연우가 그것을 알면 도망갈까 약간 겁이 나곤 했다.

천천히 연우의 머리를 다정하게 쓰다듬으며 자신의 들끓는 독점욕도 천천히 재웠다. 그 야수가 드러나지 않도록.

"우리 집 갈까?"

주원의 물음에 연우가 가볍게 웃었다.

처음은 항상 가볍게 시작한다. 뽀뽀 같은 가벼운 입맞춤이 항상 진득하게 변하기 마련이다.

가끔 생각한 적이 있었다. 우리가 진전을 해 나아가야 하나. 하지만 우리는 너무 많은 것들을 공유했고, 그 수많은 시간 속에 항상 함께 있었다. 이런 사람을 단순한 헤어짐으로 잃고 싶지는 않았다.

우리 서로에게 해피엔딩은 과연 무엇일까. 우리가 완벽한 해피엔딩을 맞이하기엔 서로 너무 어렸고 해야 할 일들이 앞으로도 많았다. 사랑이라는 이름으로 모든 것을 묵과하고 모든 것을 이해하고 절대 헤어짐이 없는 영원한 사랑을 이뤄내기엔 우리가 너무 어렸다.

한 발짝 나아가는 순간 우리는 돌이킬 수 없어진다. 해서, 서로의 마음을 가벼이 여길 수가 없었다. 그 한 발짝엔 우리의 그 시간을 잃을 각오를 해야만 했다. 켜켜이 가슴속에 쌓여가는 고민이 늘어나고 있었다.

집 안에 들어서자마자 주원은 연우를 격렬하게 몰아붙였다. 순간 연우의 옆에서 생글거리며 웃던 그 녀석의 얼굴이 머릿속을 스치고 지나갔다.

티셔츠를 부드럽게 손으로 올리고 한 손에 들어오는 소담한 가슴을 움켜쥐었다. 예민한 살에서 느껴지는 손길에 연우는 저도 모르게 어깨를 움츠렸다.

유두를 엄지로 비비며 맞닿은 입 안에 혀를 깊숙하게 넣었다. 타액과 타액이 얽혀들어 숨을 앗아가듯 능숙한 키스가 이어졌다. 자신의 소유권을 주장하듯 입 안 곳곳을 훑으며 열정적으로 빨아들였다.

"하아……."

떼어진 주원의 입가에 립스틱이 번져 있었다. 연우는 그 모습이 순간 우스워 풋, 웃음을 터트렸다. 평소에는 하지도 않던 화장이지만 오늘은 유라의 성화로 어쩔 수 없는 선택이었다.

주원의 입가에 묻은 립스틱을 손으로 닦아주려 했지만 그 손을 주원은 가볍게 제지하며 다시금 키스에 열을 올렸다. 농밀하게 맞추는 입술이 오늘따라 더 뜨겁고 달콤하기만 하다. 연우는 떴던 눈을 자연스럽게 감으며 주원의 목에 팔을 둘렀다.

입술을 뗀 주원이 연우의 뺨에 자잘하게 입을 맞추더니 그녀의 어깨를 가볍게 밀어 침대에 눕혔다.

차가운 시트 감촉을 느끼며 연우가 웃으며 주원을 쳐다보자, 주원 역시 입가에 미소가 번졌다. 연우의 티셔츠를 벗기고 자신의 상의도 벗었다. 다부지게 있는 잔근육을 연우가 장난스럽게 쓰다듬었다.

"김연우!"

갑작스러운 공격에 주원의 복부가 단단하게 힘이 들어갔다.

"응, 왜?"

요염한 미소를 지으며 연우가 물었지만 곧 그 웃음은 사그라지고 말았다. 혀끝이 그녀의 귓바퀴를 핥으며 귓불을 잘근잘근 깨물었다. 그리고 뜨거운 숨을 훅 불어넣었다.

연우는 자신도 모르게 순간 입술을 깨물며 허벅지를 오므렸다. 왠지 모르는 야릇한 기분이 발끝까지 치달은 터였다.

주원은 자잘하게 쇄골에 진한 키스를 퍼부으며 브래지어를 가볍게 위로 올렸다. 그러고는 소담한 가슴을 입 안에 단번에 머금었다.

유두를 이로 잘근잘근 깨물며 쪽 빨아들이고, 다른 한 손으론 가슴을 움켜쥐며 엄지로 정점을 튕기듯 어루만졌다. 그럴수록 예민한 살이 빳빳하게 고개를 들었다.

"아앗."

예민한 정점을 이로 잘근 깨물 때마다 배 아래가 간질거리고 발끝이 저릿저릿했다. 주원의 등을 손톱으로 긁듯 껴안으며 연우가 다리를 뒤틀었다.

정신이 아득해지는 기분이었다. 한껏 예민한 살은 살짝만 스쳐도 허벅지 사이가 축축해지고 그다음 이어질 쾌감을 기대했다.

주원은 연우의 허벅지를 자신의 팔에 걸치며 발끝부터 차례차례 입맞춤을 뿌렸다. 마치 소중한 보물을 다루듯 그러면서도 조금씩 안달 나게 그녀를 몰아붙였다. 제일 끝 허벅지 안쪽에 뜨거운 숨이 닿았을 땐 연우가 질겁하며 몸을 뒤틀었다.

어째 날이 가면 갈수록 연우가 좋아하는 곳을 아는 기분이었다. 그 덕분에 정신은 점점 더 혼미해지고 아랫배는 바짝 힘이 들어갔다.

주원은 그 모습에 만족한 웃음을 지으며 연우의 클리토리스를 손으로 벌렸다.

"읏."

축축해진 아래에 찬기가 훅 들어오자 연우가 질겁했다. 주원은 아랑곳하지 않고 클리토리스를 손으로 문지르며 혀끝으로 여성을 핥았다.

"악! 주원아……."

굉장히 낯선 경험이었다. 질 안으로 손을 넣어 섹스 전 쾌감을 이끌어내긴 했어도 아래를 핥는다는 건 상상조차 할 수 없던 일이었다.

"괜찮아. 괜찮을 거야."

연우는 대답할 틈이 없었다. 혀로 날을 세워 이미 자잘한 파동을 일으키는 여성 안으로 뜨거운 숨이 훅 닿았기 때문이었다.

"으읏."

자신과 상관없는 신음이 입가를 타고 흘렀다. 주원은 연우를 몰아붙이면서 그 남자의 웃음이 지워지길 바랐다.

가슴속에 묻어둔 소유욕이 이 순간 소용돌이치며 그를 집어삼키는 중이었다.

혀끝으로 여성을 공격하며 엄지로 클리토리스를 비비자 연우가 엉덩이를 비틀었다. 꿀처럼 애액이 떨어지고, 그 애액을 주원이 혀로 핥았다.

낯선 쾌감이었다. 한 번도 느껴보지 못한 생경한 경험이었다. 무섭고 겁나고 싫기도 하고 좋기도 하고 알 수 없는 감정들이 공존하고 있었다.

"주원아……."

혀끝이 더 깊숙이 들어갈수록 배 깊은 곳은 열망으로 가득 찼다. 온몸을 비틀며 연우는 숨을 몰아쉬었다. 마치 궁지로 쥐를 몰아넣은 고양이처럼 처절하게 연우를 몰아붙였다.

항상 느끼지만 잠자리에서 승자는 주원이었다. 모든 것을 맞춰주고 그녀를 받아주지만 섹스에서는 전혀 달랐다. 주원은 격하게 몰아붙이고 그 뒤의 만족스러운 쾌감을 좋아했다.

입술이 떼어진 자리에 다시 찬기가 들자 또다시 바르르 떨기를 반복했다.

"이제 그만……."

그만 하라고 하고 싶었다. 이제 그만 날 놀리라고. 하지만 그 순간 입술이 겹쳐졌다. 잠시 찰나 마주친 주원의 눈에는 욕망이 번들거렸다.

주원의 허리에 다리를 감기고 그 순간 단번에 연우의 안으로 그가 꿰뚫고 들어왔다. 나가려는 신음도 키스로 모두 다 집어삼켜버렸다. 부르려던 주원의 이름도, 터지는 신음도 모두 다 집어삼킨 뒤였다.

"연우야……."

입술이 떼어진 주원은 연우를 애달프게 불렀다. 가슴속에 묻어둔 짙은 감정이 사라지길 바라면서. 거칠게 연우의 품속으로 파고들었다. 더 깊게 더 강하게.

극도로 몰린 후에 맛보는 쾌감은 항상 달콤하다. 오물오물 조여 대는 여성이 오늘따라 더 꽉 조여 댔다. 등줄기로 타고 드는 격렬한 느낌에 주원은 더 강하게 연우의 안에서 더 격정적으로 파고들었다.

연우는 주원의 목을 한껏 껴안으며 주원의 입에 입을 맞췄다. 뜨거운 숨 한 자락, 신음 한 자락 새어나가지 않게 온몸을 부딪치며 서로를 힘껏 껴안았다.

아래에서 느껴지는 쾌감과 같은 곳에서 공명하는 심장소리를 느끼며 격렬하게 몸을 맞춰 움직였다.

이 순간만은 온전히 소유하고 있는 연우를 느끼기 위해, 그리고 주원의 따스한 품 안으로 파고들기 위해 서로를 보듬고 껴안았던 거 같다.

연우의 품 안에서 자신을 분출하며 주원은 마음을 다시 다잡았다. 아직은 버틸 수 있을 거 같다고.

여름이 얼른 끝났으면 좋겠다. 이 무더운 더위가 얼른 사라지고 서늘한 가을이 왔으면 좋겠다. 약간 쓸쓸하게 느껴지는 가을이 좋았다. 붉게 물든 단풍을 바라보며 청명하게 맑은 하늘 아래에 있는 것이 좋았다. 덥지도 춥지도 않은 그런 날씨. 연우가 좋아하는 날씨였다.

"들어가."

아직도 허벅지 사이가 아리고 브래지어에 가슴이 스칠 때마다 찌릿하게 아려왔다. 그 뒤로 몇 번을 더 절정에 올랐는지 기억도 잘 나지 않는다. 결국 끝이 난 건 집에 돌아갈 시간이 임박해서였다.

"응, 너도 잘 가."

주원은 항상 같은 자리에 서서 연우가 들어가는 것을 바라보았다. 연우의 뛰어 들어가는 뒷모습, 닫히는 현관문, 불 켜지는 연우의 방까지.

내일 보자는 이야기를 하거나 몇 시에 만나자는 약속 따위를 해본 적은 없었다. 몸에 익숙한 그 시간들에 맞춰 서로를 만나고 서로를 보듬어줄 뿐이었다.

연우의 방에 불이 켜지고, 10분 정도를 그 앞에서 서 있었다. 아무 일도 없을 것이 분명하지만 불안하고 또 불안했다.

"왜 안 가?"

연우의 방 창문이 열렸다. 창틀에 턱을 기댄 채 연우가 주원을 내려다보며 물었다. 어느새 옷까지 갈아입은 후였다.

"이제 가려고."

"얼른 가."

퍽 다정한 대화는 아니었다. 하지만 그것이 오히려 잘 가라는 인사보다 더 애틋하고 다정하게 느껴지는 것은 왜일까.

"간다."

주원이 뒤돌아서서 손을 흔들고 연우가 주원의 뒷모습을 보며 말없이 손을 흔들었다.

여름의 시원한 바람이 코끝으로 천천히 불었다. 그 속엔 주원의 향기가 뒤섞여서 들어오는 것 같았다. 연우는 가만히 주원의 돌아서 가는 뒷모습을 바라보다, 주원이 아주 작아져 보이지 않을 때즈음, 자신의 방에 불을 껐다.

연우를 바래다주고 주원은 연우와 함께 걸었던 그 길을 다시 되돌아갔다. 차도 없이 그저 걷는 그 길, 연우와 걸었을 그 길을 걷고 또 걸었다.

같이 왔던 그 길을 이제는 혼자 돌아갔다. 10년 넘게 함께 걸었던 그 기억들을 밟으며 그 길을 주원은 조용히 걸었다. 그리고 그 추억들에 자신의 기억들을 덧입혀서 홀로 그 길을 걸었다.

내일도 모레도 그리고 계속 그 길에 자신의 기억들을 덧입힐 것이다.

주원은 연우가 눈을 뜨면 항상 눈앞에 있었다. 어딜 가던, 어디에 있건, 주원이 그녀의 시야에서 벗어난 일은 거의 없었다.

연우는 어려서 주원의 집에서 거의 살다시피 했다. 아침에 등원하는 것을 빼고는 하교는 주원의 집으로 했고, 저녁까지 주원의 집에서 해결하는 일이 허다했다. 그렇게 된 것은 아주 작은 계기였다.

연우는 6살 때 이곳으로 이사를 왔다. 중간에 이사를 왔지만 연우는 그때까지만 해도 사교성이 꽤 좋았다. 맞벌이 가정이어서 아주 어렸을 때부터 어린이집에서 살다시피 한 덕분에 나름 사교성도 좋았다.

그런 연우는 반 친구들하고 쉽게 친해졌지만 그중에서도 못 친해진 아이도 있긴 했다. 그것은 주원이었다.

지금은 꽤 소탈해 보이지만 그때까지만 해도 주원은 둘도 없는 왕자에 굉장히 까다로운 성격이었다. 흙장난을 좋아하는 아이들과는 다르게 흙이라도 조금 묻으면 화를 냈고, 자신이 책을 읽는 동안 누군가 말을 시키면 들은 체 만 체했다. 그것은 어린이집 선생님한테도 해당됐는데, 죽어도 찰흙을 맨손으로 만지지 않겠다고 울어서 결국 찰흙놀이를 할 때도 주원은 비닐장갑을 끼고 하곤 했었다.

외동아들이니 무리도 아니었지만, 연우가 생각하기엔 주원의 천성이었던 것 같다. 주원의 부모님이 그렇게 떠받들며 주원을 키우지는 않았었다.

엄마의 늦은 퇴근 때문에 연우는 항상 종일반에 있어야만 했다. 대부분 친구들을 5시 반이면 집에 돌아가지만 연우는 7시까지 그곳에 있어야 했다.

그것이 어린 나이에 너무 싫었다. 7시까지 있는 애들은 몇 명 없었고, 그들마저 엄마가 일찍 데리고 가는 일이 대부분이어서 연우 혼자 남을 때가 많았다. 그조차도 늦게 되면 할머니가 데리러 오곤 했다.

오전엔 신이 나게 놀았지만 오후만 되면 연우는 항상 시무룩했다. 7시까지 거의 혼자 놀다시피 해야 했고, 할 일이 많은 선생님들이 돌아가면서 봐주고는 있었지만 그것이 친구와는 달랐다.

그날도 부러운 눈길로 하교하는 애들을 부럽게 바라보고 있었다. 특히 연우는 주원이 가장 부러웠다.

주원의 엄마는 가정주부셨는데 항상 주원을 어린이집까지 데리러 오곤 했다. 그것은 주원에게는 너무도 당연한 일이었지만 연우는 그것이 못 견디게 부러웠었다.

그래서 주원을 부러 괴롭히고 그랬다. 주원이 가지고 노는 장난감을 일부러 망가트리기도 하고, 주원의 그림에 물을 엎기도 했다. 주원이 그저 미웠었다. 아니, 주원의 엄마가 갖고 싶었다.

그날도 연우는 하교하는 주원을 부러운 눈길로 쳐다봤었다. 모든 것은 갑작스러운 일이었다. 주원이 연우의 손을 꽉 잡고 끌어당긴 것이다.

주원의 행동에 주원의 엄마도 놀라고 어린이집 선생님도 놀랐다. 그중에서도 가장 놀란 것은 연우였을 것이다.

"너도 같이 가자."

"주원아, 연우는 엄마가 나중에 오실 거야."

"그래. 주원아 어서 가자."

주원의 엄마와 선생님이 어르고 달랬지만 주원은 꽉 잡은 연우의 손을 놓지 않았다. 연우는 순간 굳은 결의를 한 것처럼 주원의 손을 놨다.

"잠깐만!"

연우는 안으로 쌩 들어가서 자신의 가방과 모자를 얼른 챙겨 들고 나왔다. 주원의 엄마와 선생님은 서로의 얼굴을 보며 난감한 표정을 지었다.

"저, 혹시 연우네 어머님과 통화 가능할까요? 아무래도 아이들이 떨어지지 않을 거 같아서요."

선생님이 결국은 연우의 엄마와 통화를 끝내고, 연우와 주원은 나란히 주원의 집으로 하교를 했다.

그것이 시작이었다. 가끔 지나가다 안면이 있는 정도였지 주원의 엄마와 연우의 엄마는 말 한번 제대로 나눠본 적 없는 사이였다. 연우의 엄마도 주원의 엄마도 모두 얼떨떨하긴 마찬가지였다.

평소엔 별로 친하게 지내지도 않던 둘이 주원의 집에서는 매일 함께 논 것처럼 신이 나서 놀았다.

주원의 집은 어린 연우가 느끼기에 온기 그 자체였다. 주원의 엄마가 직접 만든 간식부터 조용히 책을 읽어주는 주원의 엄마의 모습까지, 주원의 집은 연우가 꿈꾸던 가장 이상적인 집이었다. 연우는 주원의 집이 너무 좋았다. 아니 이곳에서 매일매일 살고 싶었다.

"나도 너희 엄마 딸 할래."

"그건 안 돼!"

"왜! 나도 할래!"

결국 이 말도 안 되는 일 때문에 싸우긴 했지만 전반적으로 둘은 꽤 잘 놀았다.

"나 너희 집 매일 놀러 와도 돼?"

"응. 와."

까다로운 줄만 알았더니 주원이 나름 정이 있는 모양이었다.

연우는 그날 주원의 집에서 밥 두 공기를 거뜬하게 비워냈다. 엄마가 해주는 음식과는 사뭇 다른 맛있는 음식이 상에는 가득했다. 주원의 엄마는 요리가 특기였고 연우의 엄마는 요리는 영 젬병이었다. 물론 나중엔 조금 나아지긴 했지만 그래도 주원의 엄마를 따라가진 못했다.

주원의 집에서 목욕까지 하고 주원과 연우는 그곳에서 손을 꼭 잡고 잠에 빠졌다. 나중에 온 연우의 엄마가 연우를 보고 무척이나 놀랐다고 했다. 연우는 할머니 집에서도 쉽게 자는 아이가 아니었다고. 그래서 굉장히 놀랐다고.

주원의 엄마는 연우를 무척이나 예뻐했다. 재미없는 외동아들 하나뿐인 집에 딸이 하나 생긴 것 같다고 기뻐했었다.

그렇게 시작된 인연으로 연우는 거의 매일 주원의 집으로 하교를 했다. 연우의 엄마가 안 보내려고 해도 주원과 연우가 끝끝내 우겨서 결국은 가고 말았다. 주원과 연우는 매일 싸우고 티격태격하면서도 둘도 없는 친구가 되었다.

우리는 그렇게 지금까지 쭉 함께였다.

07.

아랫배가 사륵사륵 아프다. 찝찝한 느낌이 드는 것을 보아 생리가 터진 모양이다.

연우는 생리통이 심한 편이었는데, 이런 날은 꼼짝도 없이 온종일 누워만 있어야 했다. 허리가 끊어질 거 같이 아프고 아랫배가 찢어질 것 같이 아팠다.

이럴 땐 주원이 배를 쓰다듬어주곤 했다. 그 손이 약손이라도 되는 것처럼 배가 진정되곤 했다.

연우는 허리를 굽히고 억지로 몸을 일으켰다. 웬만하면 약을 먹지 않으려고 하지만 오늘은 그 강도가 심해 도저히 참을 수가 없었다.

알약을 물과 함께 털어 넣고 화장실로 들어갔다. 대충 샤워를 마친 후, 연우는 주원에게 문자를 보냈다.

-죽을 거 같음.

1분도 되지 않아서 주원에게 답장이 왔다.

─집 앞이야.

역시 우리는 이렇게 통한다. 연우는 주원의 문자에 웃으려고
했지만 다시 느껴지는 고통 때문에 인상을 와락 찌푸렸다. 기어
가다시피 해서 현관문을 나섰다.

생리통 약은 참 오묘하다. 약을 먹고 한참 동안 배가 미친 듯
이 아팠다가 순식간에 가라앉아버린다. 그 미친 듯이 아픈 순간
을 잘 넘겨야 하는데, 연우는 산통을 겪는 산모처럼 이불을 항상
쥐어뜯곤 했다. 그나마도 주원이 옆에 있으면 커다랗고 따뜻한
손으로 배를 쓱쓱 문질러주니 낫긴 했지만.

"어디 아파?"

주원은 이상하게 자신보다 자신의 변화를 더 빨리 알아채곤
했다. 연우는 나름 밖이라고 굽혔던 허리를 펴고 걸으려고 했지
만 그게 잘되지 않는다.

"아프구나."

서주원은 역시 똑똑하다. 말을 하지 않아도 이렇게 단번에 알
아챈다. 그 모습이 참 흡족하고 만족스러웠다. 그리고 그다음 말
은 더 만족스러웠다.

"업어줄까?"

"안 돼, 나의 이미지를 지키겠어!"

연우의 말에 주원이 픽 웃어버렸다. 백주대낮, 사람들이 지나
가는 거리에서, 그것도 한여름에, 주원에게 업힐 순 없었기 때
문에 연우는 거의 부축 받다시피 주원에게 기대서 그의 집으로
왔다.

"많이 아파? 약은?"

"먹었어."

주원의 집에 들어오자마자, 연우는 장렬하게 전사했다. 방바닥에 모로 놓은 채 미동조차 없었다. 주원은 그런 연우의 머리를 자신의 무릎 위에 올려놓고 연우의 배를 큰 손으로 천천히 쓰다듬었다.

"약 언제 먹었어?"

"너 만나기 직전에."

참 이상하기도 하다. 주원의 손이 약손은 아니겠지만 커다란 손으로 다정하게 배를 쓰다듬어주자, 그 고통이 조금 덜해지는 거 같았다. 주원이 가진 온기 때문인지도 몰랐다.

"이상해. 네가 쓰다듬어주면 정말 하나도 안 아픈 거 같아."

"그것참 다행이네."

계속 한 동작을 하다 보면 팔이 아프고 귀찮을 법도 한데 주원은 한 번도 그런 얼굴을 보인 적이 없었다. 그래서 엄마에게도 부리지 않는 어리광을 자꾸만 주원에게 부리게 되는지도 모르겠다.

"멜론빙수 먹으러 가고 싶어."

"아프다며."

"빙수 먹으러 간다고 말하면 배가 더 안 아플 거 같아."

어리광 같은 말에 주원이 그녀의 코를 슬쩍 꼬집었다. 주원은 그녀에게 싫다는 말을 별로 해본 적이 없었다. 굳이 우선순위를 뽑자면 본인보다 연우가 더 먼저일지도 모르겠다. 항상 연우 위주였고 모든 것을 연우에게 맞춰줬다.

어쩌면 죄책감에 사로잡혀 있는 주원을 멋대로 이용하는 건지도 모르겠다. 이런 생각들을 주원에게 이야기한 적은 없었다. 자신만 가지고 있는 여러 가지 의구심을 주원에게는 얘기하지 않는 자신이 비열하고 치졸한 것인지도 모르겠다.

그것을 다 말해버리면 주원이 그녀를 완전히 떠나갈까 봐 두려워 연우는 더 말을 하지 못한다.

어쩌면 이 모든 것은 주원을 빼앗기기 싫은 자신의 이기심인지도 모르겠다.

약기운이 슬슬 돌며 연우는 그나마 살 만해졌다. 처음부터 이렇게 살 만하면 참 좋으련만, 약이 흡수되는 시간 동안 연우는 그야말로 죽어났다. 정말이지 생리라는 것은 안 했으면 좋겠다.

주원이 사온 뜨거운 밤식빵을 호호 불며 우유를 마셨다.

드르륵, 항상 진동으로 해두는 연우의 핸드폰이 요란하게 울렸다. 연우는 양손에 쥔 밤식빵을 한쪽만 내려놓으며 발신인을 확인했다.

-누나 뭐하세요? 여름인데 또 놀러 어디 안 가요? 여기 되게 좋은데.

시후는 만난 지 며칠 후 난데없이 문자로 자신의 존재감을 알려왔다. 번호는 유라에게 졸라서 물었다고 했다. 유라와의 안면 때문에 도저히 무시하지는 못하고 간간이 답을 해주자 이제는 아주 매일같이 연락이었다.

"누구야?

연우의 잔에 우유를 따라주던 주원이 물었다.

"왜 있잖아. 유라가 소개팅시켜 주겠다고 했던 애. 우리 바다에서도 봤다던데?"

주원은 그저 가볍게 웃었다. 그 웃음은 꽤 살벌했는데, 아쉽게도 연우는 눈치채지 못했다. 주원의 머릿속으로 지나가는 인물은 바로 자신의 소개팅 장소에 따라나온 그 눈웃음치던 재수 없는 녀석이었다.

하지만 연우가 말했다. 봤다며, 역시 그 녀석을 처음부터 염두에 두지 않았던 것이 분명했다. 묘한 소유욕이 다시 한 번 몸 안에서 들끓었다.

답장을 하려던 연우의 입술에 진한 키스를 했다. 연우의 입에선 달달한 밤 향과 함께 우유 향이 뒤섞여 있었다. 연우가 손에 쥐고 있던 휴대폰을 슬며시 빼앗으며 옆으로 치워버렸다. 그러곤 연우의 양 뺨을 부여잡고 느긋한 키스를 즐겼다.

사악한 악마가 주원 안에서 웃었다.

혀끝에 감도는 뜨거움이 싫지 않다. 연우와의 키스는 항상 장난같이 시작하지만 그 끝은 뜨거웠다. 얽혀드는 혀를 느긋하게 빨아들이다 애무하듯 격정적으로 빨아들였다. 숨겨온 발톱이 보이는 순간이었다.

연우도 주원의 목에 손을 감고 키스에 집중했다. 천천히 부드럽게 그리고 끝엔 숨을 앗아갈 듯 격정적으로 빨아들이는 주원의 그 열정적인 키스가 좋다. 물론 남과 해본 적이 없으니 남과의 키스는 어떤지 모른다. 하지만 굳이 알고 싶지는 않다.

자신은 주원 하나면 충분했다.

우리는 우리 사이에 누군가를 넣을 생각이 없었다. 우리는 머릿속에 평생 함께라는 알 수 없는 각인이 새겨진 것 같았다.

주원이 입술을 떼며 가볍게 연우의 입술에 쪽 입을 맞췄다. 연우를 바라보는 그 눈이 촉촉하게 젖어 있었다. 적당히 부풀어오른 빨간 입술이 지나치게 색정적이다.

이번에는 연우가 쪽, 주원의 입술에 입을 맞췄다. 그러고는 뺨, 코, 눈꺼풀 순으로 가볍게 입을 맞췄다. 주원에게 나는 향기가 지나치게 그윽하다. 아찔한 쾌감을 느끼는 것처럼 심장이 쿵쾅거렸다.

듣기 좋은 울림, 같은 곳에서 공명하는 심장소리에 연우는 주원에게 안겨 잠시 눈을 감았다.

입술이 떼어지고도 진동소리가 드르륵, 다시 울렸다. 바닥에 떨어진 휴대폰이 여러 번 소리를 냈지만 그 소리에 귀를 기울이는 사람은 아무도 없었다.

"주원아, 아줌마는 언제 오신데?"

"다음 달에 오실 모양이던데."

"얼른 오셨으면 좋겠다."

연우는 주원의 엄마를 유난히 좋아했다. 어려서부터 키워주다시피 한 것도 있었지만, 주원의 엄마는 진심으로 연우를 딸처럼 대해줬다.

엄마에게 못 부려본 어리광도 주원의 엄마에겐 맘껏 부려보고 사랑도 듬뿍 받았다. 가끔은 주원의 사랑을 빼앗은 건 아니었나 싶긴 하지만, 꼭 그런 것만은 아닌 거 같았다.

우리는 남매처럼 자랐고, 남매보다 더 큰 애정을 가지고 있었다. 그게 연우는 좋았다.

"아저씨는 요새도 바쁘셔?"

"그렇지, 뭐."

연우가 그저 담담하게 웃었다. 아빠는 참 어려운 사람이었다. 연우는 진심으로 주원의 가족이 되고 싶었다. 자신의 엄마 아빠가 아닌 주원의 부모님이 자신의 부모님이었으면 좋겠다는 생각을 늘 했다.

연우의 아빠는 항상 바빴고 그녀에게 큰 애정을 준 적이 없었다. 그것은 엄마도 마찬가지였다. 차라리 엄마가 바쁠 땐 애틋하기라도 했는데 꿈을 잃어버린 엄마는 이제 애틋한 모양새도 아니었다. 그래도 연우는 엄마에게는 나름 애정을 가지고 있었다.

하지만, 아빠에게는……. 미안한 얘기지만 전혀 애정이 없었다.

그런 연우의 마음을 아는 주원이 그녀의 머리를 가볍게 쓰다듬었다. 괜찮다는 말보다 주원의 이런 행동이 더 와 닿을 때가 있었다. 바로 지금처럼.

"밥 먹자."

"응."

주원이 차려놓은 밥상에 나란히 앉아 서로의 얼굴을 보고 밥을 먹었다. 어려서부터 같은 음식을 먹고 자라다시피 했는데 연우는 요리를 영 못했지만 주원은 요리를 잘했다. 이것도 머리랑 관련이 있는 건가.

주원은 연우의 식성을 누구보다 잘 알았다. 초딩 입맛이면서도 은근히 토속적인 입맛이었는데, 상에 김치가 없으면 밥을 잘 먹지도 않았다.

연우가 좋아할만한 반찬들을 그녀의 앞에 가지런히 놔주고 찌개를 가운데 올려놨다. 그리고 국자로 찌개를 덜어 그녀의 옆에 놔주었다.

별다를 거 없는 소박한 밥상이었다. 정말 특별하지도 않았고, 항상 먹을 수 있는 김치찌개에 콩자반, 멸치볶음, 옛날 소시지, 김치. 이것이 상에 오른 전부였다. 하지만 집에서 먹는 답답한 밥보다 이곳에서 먹는 것이 마음 편하고 더 맛있었다.

"이거 맛있다. 네가 한 거야?"

연우가 멸치볶음을 집어먹으며 말했다.

"그거 며칠 전 아줌마가 가져다주신 거야."

아, 짧은 탄식 후 연우는 입에 넣었던 밥을 오물거렸다.

어린 시절 연우가 기억하는 엄마는 굉장히 멋지고 반짝반짝 빛이 나는 사람이었다. 매일 예쁜 옷을 입고 높은 힐을 신으며 곱게 화장을 하고 아침마다 출근을 했었다. 생기를 완전히 잃은 지금과는 전혀 다른 모습이었다.

엄마는 연우가 8살 이후 완전히 일을 그만둬버렸다. 그때의 큰 다툼을 연우는 아직도 기억한다.

"네가 밖에 나가서 일만 안 했어도 저렇게 되진 않았을 거 아니야!"

"그게 다 내 책임이란 말이야?"

"그럼! 일하는 내가 애까지 보리? 처음부터 네가 다 잘할 수 있다고 해서 시작했던 일이잖아! 내가 일하지 말고 애 보라고 하지 않았어?"

"연우가 내가 좋아서 생긴 애야? 나만 좋아서 생겼냐고!"

8살 연우가 사라지고 돌아온 후, 아빠와 엄마의 삶은 완전히 변해버렸다. 엄마와 아빠는 제발 돌아와만 달라고 울던 것을 완전히 잃어버린 사람 같았다.

그저 자신의 죄책감과 책임감을 미루고, 서로를 물어뜯고 싸우며, 연우를 더 피폐하게 만들었다. 그렇게 연우가 사라졌다 돌아온 것은 모두 다 연우의 책임이 되어버렸다.

엄마는 아빠와의 다툼 이후, 반짝반짝 빛나는 삶을 포기하고 오로지 연우의 엄마로만 살았다.

늦은 죄책감, 그것이 엄마를 피폐하게 만들었고, 아빠와도 멀어지게 만들었다.

그녀의 부모님은 항상 바빴다. 특히 아빠는 연우가 눈도 뜨기 전에 회사를 나갔고 연우가 잠이 든 후에 돌아왔다. 왜 그렇게 아빠가 바빴는지 지금도 잘 이해하지 못했다. 그저 엄마나 할머니가 언뜻 말하기론 그녀를 잘 키우기 위해 열심히 일을 하는 것이라고 했다.

한때는 그런 아빠가 자랑스러워 아빠가 쉬는 날이면 쫄래쫄래 아빠의 뒤를 쫓아다니고 아빠에게 사랑받고 싶어 애걸복걸

하던 시절이 분명히 있었다. 자그마한 관심이라도 더 받고 싶었다.

하지만 연우에게 관심을 주기엔 아빠는 너무 바빴고 피곤했다. 그녀와 놀아줄 수 없었고, 잠시 쉬는 시간을 그녀에게 쓰길 원치 않았다. 왜 그렇게 그녀에게 냉담했는지, 그녀를 보고 왜 그렇게 불편한 표정을 지었는지, 아직도 잘 이해하지 못하겠다.

그리고 더 큰 후에 아빠에게 보이는 것은 그녀를 향한 죄책감이었다. 그것은 그녀를 더 아프게 만들었다.

이제 그녀의 옆엔 반짝반짝 빛나던 엄마도, 그녀를 위해 일을 한다던 아빠도, 모두 다 무관심의 대상이 되어버렸다.

그 맛있던 멸치에 더 이상 손이 가지 않는다. 엄마는 음식도 제대로 할 줄 모르던 사람이었다. 그런 사람이 요리를 하고 그녀를 보듬고 그녀를 키우고 집안일을 한다는 것은 모두 생소한 것이었다.

완벽주의자니 모든 것을 다 잘하고 싶었겠지만, 그런 엄마를 보는 것이 굉장히 힘든 일이었다. 물론 지금도 마찬가지다.

엄마는 더 이상 반짝반짝 빛나지 않는다. 예쁘게 화장을 하고 높은 힐을 신고 예쁜 옷을 입고 아침마다 출근하지 않는다.

온전한 연우의 엄마였지만 밤마다 남모르게 흘리는 일에 대한 갈망들이 연우를 더 힘들게만 만들었다.

8살 사라졌던 연우가 모든 것을 잘못했던 것처럼.

설거지를 하고 먹었던 것들을 모두 치우고 나란히 앉아 누웠다. 이제 더 이상 배는 아프지 않았다. 약기운이 바짝 돈 덕분이었다.

주원은 이따금 연우의 아픈 배를 쓰다듬어주었다. 따뜻하고 큰 손이 쓰다듬는 그 느낌이 좋아 연우는 부러 아프지 않냐는 말을 하지 않았다.

어쩌면 똑똑한 서주원이라 그것을 미리 알아챘을지도 모르겠다. 하지만 주원은 싫은 내색을 보이지 않았고, 연우도 괜찮다는 말을 하지 않았다.

어려서 부리지 못한 어리광을 마음껏 부릴 수 있는 곳이 주원의 집이었다. 주원의 집에 있으면 그 따뜻한 집에 일원이 된 것 같은 착각을 불러일으키곤 했다.

주원의 엄마가 안고 그녀를 재워줄 때는 세상을 다 가진 것만 같았다.

"연우는 세상에서 제일 예쁜 아이야. 그리고 사랑스러운 아이야."

주원의 엄마는 늘 그녀를 보듬어 안고 말해주었다. 나직하고 다정하게 속삭이며 너는 충분히 사랑받고 있다고 말해주었다. 그것이 좋아 주원의 집에 매일 갔다.

연우의 엄마가 집에서 기다리고 있지만, 그것을 부러 모른 체 했다.

매일 울고 있는 엄마가 싫었다. 그녀의 탓인 양, 그녀를 원망스럽게 보는 엄마가 싫었다. 그러면서도 그녀를 사랑한다고 거짓을 내뱉는 엄마가 싫었다. 가장 싫은 것은 그런 엄마가 자신을 싫어하게 될까 봐 사랑받기 위해 안달복달하는 자신이었다.

엄마는 싫었고 아빠는 무서웠다. 하지만 제일 무서운 건 엄마의 무관심이었었다.

"안 좋은 기억 떠올랐어?"

주원이 걱정스럽게 물었다. 그러고는 뺨에 묻은 눈물을 쓱 닦아주었다. 연우는 그저 고개를 저으며 자신도 모르게 흘리고 있는 눈물을 팔로 쓱 닦았다.

밑바닥까지 내보인 자신의 모습을 온전히 아는 사람은 주원 하나뿐이었다. 섹스를 하고, 그와 키스를 나누는 것은 온전히 그를 독차지하기 위한 교활한 독점욕 때문인지도 모르겠다.

날 버리지 말아 달라는, 애원 섞인 울음이었다.

연우는 말없이 눈물을 닦아주는 주원의 손을 꽉 잡았다. 아린 기억들은 이따금 그녀를 지독히도 괴롭혔다. 특히 이 시기는 그녀에게 끔찍한 기억들만 안겨주곤 했다.

※

여름의 가뭄이 계속되고 있었다. 덕분에 극심한 무더위는 계속되었고, 연우는 계속해서 죽어가고 있었다. 그 님도 이제는 가시고, 매일같이 주원의 집에서 있었지만 그것도 하루 이틀이지 심심하고 무료하기 짝이 없었다.

하지만 나가기엔 날이 너무 덥다. 아스팔트엔 아지랑이가 길게 피어오르고 계란을 톡 던져놓으면 지글지글 익어버리겠다.

"응, 왜?"

연우는 뒹굴거리다, 울리는 휴대폰을 얼른 받았다.

-너 지금 서주원네지?

"응, 왜?"

-알았어.

왜, 라는 질문에 대답조차 없이 전화가 뚝 끊겨버렸다. 연우는 끊긴 휴대폰을 멍하니 바라보고 있었다.

"왜 그러는데?"

옆에서 책을 읽고 있던 주원이 무슨 일이냐는 식으로 물었다.

"아니, 유란데 너희 집이라니까 알았다고 끊네?"

"그래?"

주원의 심드렁한 반응에 더 이상 할 말이 없어 연우는 텔레비전을 이리저리 돌렸다. 연우는 책이 싫었다.

어려서 애니메이션도 보고 싶었고, 아이들 사이에 유행하는 드라마도 보고 싶었다. 항상 집은 고요하고 적막했고, 밤에는 을씨년스러운 분위기가 흘렀다.

엄마는 항상 그녀의 옆에서 동화책을 읽어주며 그녀가 잠들기를 기다렸다. 그리고 남는 시간에는 그녀에게 책을 쥐여주며 책이란 얼마나 좋고, 마음의 안식을 찾을 수 있는지, 충분한 설명을 해주었다.

하지만 연우에게 필요한 건 책이 아닌 그저 온기를 나눌 수 있는 엄마였다. 완벽주의자인 엄마는 그것을 이해하지 못했다.

주원의 엄마는 그녀에게 한 번도 책을 읽으라 강요한 적이 없었다. 책을 좋아하는 분이셨지만 집에서만큼은 주원과 신나게 놀아주셨다.

그때 주원이 살던 곳은 단독주택이었는데 주말이면 주원의 부모님과 마당에서 축구를 하기도 했으며 고무 풀장을 꺼내놓고 신나게 물장구를 치기도 했다.

가끔은 줄넘기를 가르쳐주겠다며 열심히 하던 아저씨 다리에 쥐가 나던 일도 있었고, 야구를 하다가 주원이 친 공에 집 창문이 깨진 일도 있었다.

그때마다 주원의 부모님과 주원 그리고 연우는 한바탕 웃음을 터트리곤 했다. 연우는 그 속에서 따스함을 배웠다. 그리고 사람 사는 공기가 이렇게 온기가 넘친다는 것을 배웠다. 하지만 그 마법은 집에 돌아가면 모두 깨어져버렸다.

그녀가 돌아갈 때쯤이면 울고 있던 엄마가 눈이 부어서 나오는 것이 보기 싫었다. 따스한 척, 엄마는 널 사랑한다는 가식적인 말을 하는 것도 싫었다.

반짝반짝 빛나던 엄마는 그녀보다 더 일을 사랑하는 사람이었다.

"멜론빙수 사다줄까?"

주원은 보던 책을 덮고 무료하게 누워 있는 연우를 보며 물었다. 아무래도 집에만 갇혀 있다시피 하니 지루하고 무료할 것이다. 그런 연우가 조금은 안쓰럽기도 했다. 하지만 그녀나 그나 밖을 좋아하는 사람은 아니었다.

"멜론빙수?"

다소 망설이지만 두 눈이 기대를 한껏 품은 것을 보니 아무래도 사다줘야 할 모양이었다. 주원은 속으로 웃음을 삼키며 몸을 일으켰다.

공주님이 원하시는 것이니 미천한 몸이 직접 나서드려야지. 주원이 옷을 갈아입는 사이, 요란한 벨소리가 울려댔다. 아무래도 방문자는 성격이 꽤 급한 사람인 모양이었다.

"누구야?"

옷을 갈아입다 말고 나온 주원이 물었다. 하지만 연우도 이제 막 일어난 참이었다. 인터폰을 확인하기도 전에 방문자는 자신의 존재를 알려왔다.

"야! 김연우! 서주원! 너희 뭐해! 우리 왔어!"

"아……."

전화를 멋대로 끊어버리더니 아무래도 이곳에 오려고 했던 모양이었다. 주원은 들어가서 마저 옷을 갈아입고 연우는 문을 열었다.

"어쩐 일이야?"

"어쩐 일은! 나가자!"

어딜, 이라는 물음을 하기 전에 성격 급한 유라가 먼저 말을 꺼냈다.

"야, 이 좋은 방학에 집구석에만 있으려고? 이제 곧 해도 질 텐데 나가서 맥주도 한잔하고 빙수도 먹고 밥도 먹고. 어때?"

싫다고 거절할 명분이 없었다. 그새 옷을 갈아입고 나오는 주원과 연우의 시선이 짧게 마주쳤다. 어차피 무료하던 참이었다.

움직인 곳은 그다지 먼 곳은 아니었다. 집에서 제일 가까운 번화가였고, 연우와 주원이 평소 자주 나오던 곳이었다. 민혁도 이사 가기 전까지 이곳에서 자주 어울리곤 했었다.

술을 좋아하지는 않았다. 단지, 친구들과 마시는 그 자리는 좋아했다. 즐겁고 수다스럽고 자신만의 감정들을 펼쳐놓는 딱 그곳이 좋았다.

연우가 좋아하는 치킨과 멜론이 통으로 들어간 과일주, 그리고 배가 고프다는 민혁을 위해 참치찌개를 시켰다. 마지막으로 주원과 민혁이 마실 소주까지.

유라와 연우는 드라이아이스가 몽글몽글 솟아오르는 멜론을 보며 감탄을 했다. 그리고 달콤한 술을 한 잔 비우고는 서로를 보며 배시시 웃었다.

찾았다! 완벽한 내 술!

"저 단걸 왜 먹는지 모르겠어."

"김민혁 씨는 소주나 드세요."

유라가 밉살스러운 말을 하는 민혁을 한마디 톡 쏘아붙여주었다. 쌤통이다, 작게 웃고는 유라와 사이좋게 술을 마셨다.

주원이 찌개를 떠 그릇에 덜어주고, 유라가 치킨을 다른 그릇에 덜어주었다. 민혁과 연우는 가만히 앉아만 있어도 양쪽에서 다 해주니 그저 편하기만 했다.

술자리는 금세 무르익었다. 그저 웃기만 해도 좋았고, 작은 에피소드만 얘기해도 그들은 크게 웃었다.

"아, 잠깐만! 나 누가 근처에 왔다고 해서."

유라가 나가기 전까지는 꽤 괜찮았었다. 민혁이 알 수 없는 눈빛으로 유라를 바라보았고, 연우는 어깨를 으쓱거렸다.

"멜론빙수보다 이게 맛있어?"

"응. 그래도 내일 사줘."

연우의 당연하다는 듯한 대답에 주원이 픽 웃어버렸다. 그럼 그렇지. 김연우가 이거 하나로 넘어갈게 아니었다.

유라는 나간 지 얼마 지나지 않아 다시 들어왔다. 하지만 그녀는 누군가 함께였다.

"미안, 미안. 시후가 이 근처라잖아. 그래서 내가 오라고 했어."

분명 말은 그렇게 하지만 유라의 말투가 왜 국어책을 읽는 톤과 흡사했을까. 흐음, 주원이 그를 탐탁지 않은 눈길로 쳐다보았다.

"안녕하세요."

"그래, 얼른 앉아."

성격 좋은 민혁이 자리를 터주고, 테이블 가운데에 민혁이 앉았다.

"누나, 오랜만이네요?"

시후가 연우를 보며 생긋 웃었다.

"그러게. 근데 어쩐 일이었어?

"아, 그게……. 친구가 이 근처 살았거든요. 마침 누나도 있다고 해서 얼른 이쪽으로 왔죠."

"자, 자, 분위기가 왜 그래. 마셔 얼른."

민혁이 시후에게 소주잔을 건네주고 주원은 말없이 소주잔을 비웠다.

"제가 와서 불편하신 건 아니죠?"

시후가 서글서글하게 주원을 바라보며 물었다. 주원은 그가 별로 마음에 들지 않았다. 연우를 빤히 바라보는 것도 그렇고, 연우에게 치근대는 것도 마음에 들지 않았다. 연우를 누군가 눈에 담고 있다는 생각을 해본 적은 별로 없었다. 하지만 그 느낌은 예상했던 것보다 더 기분이 나빴다.

"그럴 게 뭐 있어. 얼른 마셔."

대답 없는 주원 대신 민혁이 얼른 말을 치고 들어왔다.

"그래, 시후야. 많이 먹어. 예전엔 동아리 때문에 많이 부딪히고 했는데 요샌 통 못 보네."

"누나 얘기 아직도 많이 해요."

"그래?"

유라가 흡족한 웃음을 지으며 시후와 술잔을 부딪쳤다. 연우는 주원의 불편해하는 감정이 고스란히 전해졌다. 주원은 시후가 마음에 들지 않는 것일까.

"누나, 누나도 한 잔 받으세요."

연우가 얼떨떨한 표정으로 잔을 받았다. 소주를 기울이려는 것을 재빨리 주원이 커다란 손으로 막았다. 연우는 순간 난감해졌다. 주원에게 가로막힌 시후의 손이 꽤나 무안해졌기 때문이다.

"내가 소주를 못 마셔."

"아, 그러시구나. 그럼 과일소주는 드시죠?"

시후가 옆에 있는 병을 들어 연우의 잔에 따랐다. 주원은 시후의 행동을 가만히 바라보았다.

"형도 한 잔 받으세요."

방금 전 주원의 노골적인 태도가 싫을 법도 한데 시후는 붙임성 있게 주원에게 말을 걸었다.

"근데 두 분은 친구이신 거예요?"

"응."

당연한 대답. 연우의 입에서 나오는 것은 늘 우리가 했던 말이었다. 어디를 가든, 누구를 만나던, 항상 했던 그 같은 대답이었다. 하지만 친구라는 말에 안도하듯 눈빛이 달라지는 시후가 가히 마음에 들지는 않았다. 처음으로 그 친구란 단어가 싫어지고 있었다.

연우는 예쁜 편이었다. 분명 그의 눈엔 그랬다. 동글동글한 눈도 그렇고 여린 몸의 선들도 그랬으며 하얗고 작은 얼굴에 오밀조밀 들어가 있는 이목구비도 그랬다. 그런 연우에게 남자들이 접근을 안 한 것은 항상 주원이 있었기 때문일 것이다. 그것을 주원이 모르지 않았다.

항상 짧은 머리를 질끈 묶고 아무것도 신경 쓰지 않은 척 다니지만, 그런 연우의 모습이 예쁜 것이었다.

연우는 잠시 생각했다. 왜 앞과 옆에 있는 사람들이 이리 어색한 조합이 되고 말았는지를······.

방금 전 유라가 테이블에 머리를 박고 난 후, 민혁은 부랴부랴 유라를 데리고 나갔다. 해서, 제일 남으면 안 되는 우리 셋이 이렇게 남은 것이다.

술이란 그런 법이었다. 조금씩 조금씩 올라오는 알코올의 기운에 우울했던 기분도 금세 업되고, 싫었던 사람까지도 좋아지고, 어색했던 자리조차도 편안해진다.

하지만 그것은 알코올의 영향을 받는 사람에게만 속하는 얘기였다. 세 사람은 알코올의 영향에 완전 무관한 사람들이었다. 주원은 두 병을 조용히 혼자서 비워나갔다.

"저 사실 그때 바닷가에서 누나 처음 본 거 아니에요."

어색하던 틈에 시후가 입을 열었다.

"아 그랬어?"

연우는 남에게 무관심한 사람이었다. 자신을 스치듯 본 것을 기억한다고 해서 그것을 굉장한 의미를 갖거나 특별한 인연이라고 생각하지 않는다.

연우의 심드렁한 반응에도 시후는 이야기를 이어나갔다.

"입학한 지 얼마 안 됐을 때, 벤치에 혼자 앉아 있는 누나를 봤어요."

연우에게는 그저 특별할 것도 없는, 그저 하찮은 날 중 하나였다. 하지만 그 기억은 시후에게는 굉장히 특별했는데, 늦잠을 잔 덕에 첫 수업부터 지각을 하게 된 시후가 부랴부랴 뛰어가던 길이었다.

꽃샘추위의 봄바람이 매섭게 몰아닥치고, 이제 막 새순이 돋기 시작한 나무 아래 연우가 앉아 있었다. 강렬한 햇살이지만 뼛속까지 스미는 바람에 홀로 앉아 있는 연우는 참 쓸쓸해 보였더랬다. 그리고 조금은 남다른 사람이다 생각했다.

그 추위에 캠퍼스에 홀로 앉아 있었으니까.

시후는 연우를 스쳐 지나갈수록 연우가 흥얼거리는 허밍에, 그리고 눈을 감고 노래를 부르고 있는 연우의 모습에, 눈길을 빼앗겨버렸다.

순간 차가운 바람이 연우의 머리칼을 헝클어 놨다. 그 모습에 가슴속에 뜨거운 온기가 퍼지는 거 같았다.

첫눈에 반했다는 느낌을 그때 처음 받았다. 바닷가에서 연우를 봤을 때, 운명이라 생각했다. 그리고 마지막으로 인연을 유라를 통해서 만들었다.

시후는 자신만의 이야기를 더 이상 털어놓지 않았다. 사실 그의 생각은 연우가 궁금하며 설레길 바란 것이었다. 하지만 주원이 따라주는 멜론 주를 마시는 연우는 그다지 관심이 없어 보였다.

시후는 자신의 매력이 떨어진다고 생각하진 않았다. 자신을 좋아하던 여자애들이 그동안도 많았고, 현재도 많았다. 그런데 연우는 자신에게 관심은커녕 그를 귀찮아했다. 그래서 더 연우에게 눈길이 가는지도 모르겠다.

주원에게 어리광을 부리는 연우의 모습이 자꾸만 눈길이 갔다.

"일어나자."

두 병의 마지막 잔을 입 안으로 털어 넣은 주원이 자리에서 일어났다.

"어, 어?"

덩달아 자리에서 일어난 연우가 순간 몸을 비틀거렸다. 그 비틀거리는 연우의 몸을 시후가 본능적으로 잡았다. 손을 내밀었던 주원의 손이 갈피를 잃고 되돌아가고 알 수 없는 침묵이 잠시 흘렀다.

"여기 앉아 있어. 계산하고 올게."

"알았어."

주원은 시후의 손을 쳐내며 연우를 자리에 앉혔다. 그러곤 차분히 말했다. 주원이 가는 뒷모습을 보며 시후도 맞은편에 다시 앉았다.

친구랬다. 하지만 주원이 날카롭게 쳐낸 손은 아직도 얼얼했다. 시후는 어이없게 웃으며 주원의 뒷모습을 가만히 바라봤다.

해는 모두 들어가고, 아스팔트의 뜨거운 열기도 사라졌다. 하지만 여름밤의 공기는 아직도 뜨거웠다. 주원과 연우 그리고 시후가 나란히 건널목 앞에 섰다.

"어느 쪽으로 가세요?"

"이쪽."

연우가 손가락으로 갈 곳을 가리켰다. 시후는 순순히 고개를 끄덕였다. 물러날 자리는 알고 있었다. 더 있어봤자 그에게 도움 될 일은 없었다.

"그럼 여기서 헤어지죠. 즐거웠어요."

"그래, 조심히 가."

연우가 시후에게 잘 가라는 인사를 건네는 찰나였다.

순간이었다. 상황이 다시 오묘해진 것은.

오토바이가 빠르게 연우의 옆으로 지나갔고, 시후와 주원은 놀라며 연우의 손목을 잡아당겼다.

하지만, 한 사람은 갈피 잃은 손을 거둬들여야만 했다.

"괜찮아요, 누나?"

주원은 멍하니 시후의 품에 안긴 연우의 모습을 바라봤다. 사고 회로가 완전히 정지되는 느낌이었다. 아무것도 잡지 못한 맨손이 유난히도 쓸쓸해졌다.

주원은 쓸쓸한 미소를 지었다.

자신이 아닌 다른 사람이 연우를 똑바로 바라보고 있다. 그리고 자신만이 담았던 연우를 나 아닌 다른 사람이 자꾸 담아내려 하고 있었다. 자신만이 소유하고 있었던 연우를 누군가 빼앗으려 하고 있었다.

여름밤을 식힐 시원한 바람이 불어 닥쳤다. 하지만 여름밤, 그 열기는 더 뜨겁게 달아오르고 있었다.

08.

　시후 품에 안겨 있는 연우를 빼앗듯 자신의 품으로 끌어당겼다. 연우가 잠시 당황한 거 같지만 별다른 제스처를 취하지는 않았다. 연우를 꽉 잡은 주원의 모습을 시후가 잠시 비웃었던 것도 같다. 물론 착각일지도 모른다.

　하지만 나는 도대체 무엇이 두려워서 연우를 빼앗듯 데려왔을까, 수없이 많은 반문들을 해보지만 결국 연우를 누군가에게 빼앗기기 싫은 독점욕 때문일 것이다.

　이따금 민혁이 쓸데없는 질문을 할 때가 있었다.

　"너는 연우가 어디가 좋아?"

　무슨 소리냐는 듯 민혁을 바라볼 때면 그는 이렇게 대답해왔다.

　"네가 김연우를 어떻게 보는지 모르는구나? 사랑스럽기 그지없다는 눈으로 쳐다봐. 연우가 무엇을 하든, 넌 웃어. 우리한텐 이렇게 새치름하면서 말이야."

그땐 실없는 소리라고 생각했다. 연우는 그저 내게 동생 같은 존재라고, 그저 가족이기에 지켜주어야 한다고 생각했었다. 하지만 일 년이 지나고 이 년이 지나고 민혁의 이야기가 점차 현실로 다가왔다.

우리의 키스는 마음을 담은 것이 아닌 서로를 위로해주는 행위였다. 그리고 그렇게 생각해왔다. 하지만 어느 순간 그 키스가 자신의 마음을 담고 있었다.

주원의 마음이 연우에게 쏠렸다. 보듬어주고, 안고 싶고, 그녀와의 있는 시간 순간순간이 즐겁고 행복했다. 그리고 그 마음의 무게와 비례하게 독점욕 또한 증폭되었다. 어쩌면 그녀를 가두어둔 것은 연우 스스로가 아니라 주원일지도 몰랐다. 연우를 바라보는 그 눈이 모두 싫었고, 연우를 향해 속삭이는 말들이 전부 다 싫었었다.

첫사랑, 우리에게 첫사랑은 어쩌면 서로일지도 모르겠다. 우리는 서로의 모든 것을 지켜주고 서로를 이해하는 유일한 사람이자, 가족이자, 친구이자, 연인이었다.

잠이 든 연우의 뺨을 다정하게 쓰다듬었다. 아마 그녀는 이 사실을 알면 지레 겁을 먹고 도망갈지도 모른다. 아니, 여태껏 그어져 있지 않은 선을 그어버릴지도 모를 일이었다. 그래서 자신의 고백을 장난처럼 넘겨버릴 수밖에 없었다. 연우가 마음의 준비가 되길 기다리면서.

"왜?"

눈을 반쯤 감은 연우가 물었다. 주원은 평소에도 말이 많은 편은 아니었다. 그녀가 하는 말을 들어주고, 그녀가 필요한 것을 먼저 챙겨주는 사람이었다. 한데 가만히 꽉 잡고 있는 손이 아릴 정도로 힘이 들어가 있었다.

무언가 불안할 때 나오는 행동들이었다.

연우는 마치 주원을 안심시키듯 그의 뺨을 느릿하게 쓰다듬었다. 반쯤 감긴 눈이 이미 졸음을 이기기 힘들어 보여, 그 모양새가 우스웠다.

입꼬리를 끌어당기며 주원이 잔잔하게 웃었다. 그러고는 뺨에 닿아 있는 손바닥에 입을 살짝 맞췄다.

"간지러워."

"꿈은 계속 꿔?"

나직한 울림이 좋았던 거 같다. 연우는 주원의 품으로 파고들며 눈을 느릿하게 감았다 떴다.

"그냥. 늘 있는 거잖아."

주원은 대답 대신 연우의 등을 다정하게 쓰다듬었다. 남들이 보면 게으르다고 할지 모르지만 연우와 주원에게는 단꿀과 같은 시간이었다. 오늘처럼 연우가 못 잤던 날은 특히 더했다. 그래도 다행이라 여겼다. 연우의 유일한 휴식처가 자신이어서.

이기적인 생각이지만, 이대로 연우가 자신의 품에 있었으면 좋겠다. 가슴에 가득 담아놨던 물그릇이 욕심으로 넘쳐흐르는 순간이었다.

하루하루 그 욕심들과 검은 마음이 가득 차서, 그녀에게 감히 보여줄 수도 없게.

평소와 같은 날이었다. 익숙하게 주원의 집에 가고, 그곳에서 하루 종일을 보내고, 돌아오는 일의 반복이었다. 하지만 오늘은 아침부터 감이 좋지 않았다.

엄마가 울었다. 서둘러 숨기고는 있었지만, 어느 순간부터 볼 수 없었던 엄마의 부은 눈을 오늘 다시 봤다. 속이 상하거나, 화가 나기보다 연우는 설핏 웃음이 났다.

또, 라는 단어가 머릿속을 배회하고, 그것을 아무렇지 않게 생각해야만 하는 자신이 싫었다.

"주원이 집에 가게?"

"응."

엄마는 숨기려고 했지만 연우는 이미 보았다. 하지만 그것을 아는 체하진 않았다. 어려서는 늘 있던 일이었다. 단지 근래에는 뜸했을 뿐.

"더워. 오늘 그러니까……."

집에 있었으면 좋겠다는 말을 하고 싶었던 거다. 엄마는 집에 갇혀 지내면서 연우와 함께 있길 원했다. 특히 이렇게 한바탕 아빠와 싸웠던 날이면 연우를 껴안고 넋두리를 하고 싶어 했다. 하지만 엄마를 감당하기엔 연우는 너무 피폐해졌고, 정신적으로 힘이 들었다. 엄마의 우울증까지 견디기엔 연우는 어렸고, 그만큼 약했다.

"다녀올게."

엄마의 말을 자르며 연우는 신발을 신었다. 어차피 엄마는 더 이상 연우를 붙잡지 않을 것이다. 운동화를 신는 내내 우울한 기분과 찝찝한 기분이 묻어났다.

현관문을 열고 나가자, 엄마의 말처럼 이글거리는 해가 그녀를 맞이했다.

눈살을 찌푸리며 한 발 내딛었다. 하지만, 이미 왔을 거라고 생각한 주원은 보이지 않았다.

이런 일은 흔한 건 아니었다. 어리둥절하게 휴대폰을 꺼내보자 메시지 하나가 와 있었다.

-도착하면 전화할 테니까 집에 있어.

연우는 닫힌 문과 휴대폰을 번갈아가면서 봤다. 집에 다시 들어갈 엄두가 나질 않는다. 엄마는 반갑게 그녀를 맞이하겠지만 그만큼 엄마와 있는 시간은 숨이 막혔다.

반짝반짝 빛나던 엄마는 이제 눈물이 많아진 그저 중년의 아줌마였다.

연우는 주원이 오는 길을 그대로 걸어가야겠다고 생각했다. 주원이 아무리 과보호라 해도 이 정도로 화를 내진 않을 것이다.

길게 그려진 하얀 선을 따라 발을 막 뗐을 때였다.

"누나!"

이글거리는 해 때문에 자신을 부르는 사람이 잘 보이지 않는다. 눈을 한참을 찌푸린 후에야 그 사람이 누군지 알아볼 수 있었다.

"어?"

"우연이네요?"

아이스아메리카노와 자몽에이드를 들고 시후는 연우에게 싱긋 웃었다.

"이 근처 살아?"

"아니요. 아는 사람이 살아서요. 이렇게 만난 것도 굉장한 우연 아니에요?"

"아, 그러네."

연우는 심드렁하게 내뱉었다. 시후에겐 큰 우연일지 몰라도 연우는 그다지 관심이 없었다. 게다가 스스럼없이 다가오는 저 성격이 연우는 어색하고 별로 좋지는 않았다.

"그죠? 이거 받아요. 얼마나 우연이야. 내가 또 딱 아메리카노하고 자몽에이드를 사왔어."

연우는 얼떨결에 자몽에이드를 받아들었다. 연우의 담백한 말투에도 시후는 그것을 곧이곧대로 받아들이며 주눅조차 들지 않았다.

"근데 어디 가요?"

"주원이네."

하얗게 페인트칠된 길을 따라 연우는 열심히 걸었다. 옆에서 따라오는 시후가 꽤나 귀찮았지만, 무시하기엔 조금 민망해 건성으로 대답하기로 했다.

"그래요? 별다른 선약은 없는 거네요?"

"이게 선약이지."

"매일 보는 사이게 무슨 선약. 나랑 어디 좀 가요."

시후가 연우의 손목을 잡고 끌었다. 연우는 당황스러워 손목을 빼려 했지만 시후는 막무가내였다.

"어디 가는데! 나 약속 있다니까?"

"유라 누나한테 다 들었어요. 매일 놀러 가면서 그게 무슨 약속이에요. 나랑 오늘 데이트해요."

"야! 야!"

연우가 끌려가면서 소리를 지르고 시후를 발로 차기도 해보았지만 이리저리 잘만 피해 다녔다. 남자의 힘이 이리도 센 것인지 연우는 새삼 실감하는 중이었다.

연우는 시후에게 이끌려 결국 번화가까지 나왔다. 이리 더운 날, 이유라처럼 자신을 끌고 나오는 사람이 또 있을 줄은 상상도 못했다.

"누나, 이거 잘 어울리겠네요. 한 번 해봐요."

반짝반짝 큐빅이 자잘하게 들어간 리본 머리띠를 그녀의 머리에 씌워주며 시후가 활짝 웃었다.

"난 이런 거 안 해."

뭐든 건성으로 대답하고 귀찮아하는 연우를 보고도 시후는 싫은 내색 한번 하질 않았다.

"그럼 이건 어때요?"

이번엔 꽃 모양의 머리띠를 그녀에게 씌워주려는 것을 연우가 얼른 피했다.

"야 너 내 말 못 들었니? 싫다니까?"

가뜩이나 여름이 쥐약인 연우는 아침부터 연이은 사건으로 짜증이 극대화되고 있었다. 잠시 얼굴이 굳어지는가 했더니 시후가 다시 생글생글 웃었다.

네 입술이
닿을 때

"알았어요. 그럼 다른 데 가요."

저것도 재주라면 재주였다. 성격이 좋은 건지 멍청한 건지. 연우는 시후에게 손목이 잡혀 끌려가면서 울리는 휴대폰을 꺼냈다. 발신인은 주원이었다.

아뿔싸. 시후에게 정신이 팔려 주원에게 전화를 걸어야 한다는 사실조차 잊고 있었다. 연우가 휴대폰을 받으려는 찰나, 시후가 휴대폰을 빼앗았다.

"지금 뭐 하는 거야?"

"오늘은 나랑 데이트한다고 했잖아요."

"야!"

시후는 가볍게 거절 버튼을 누르고 이제는 휴대폰을 아예 꺼서 제 가방에 넣어버렸다.

"오늘 하루 나랑 놀다 보면 그 형보다 내가 더 좋을 줄 어떻게 알아요?"

"그럴 일 없거든?"

"사람 일은 그렇게 장담한다고 되는 게 아니에요. 어? 저거 예쁘네."

"야!"

연우가 아무리 소리쳐도 시후는 듣는 둥 마는 둥이었다. 차라리 이럴 줄 알았으면 집으로 다시 돌아갈 걸 그랬다. 울며 겨자 먹기로 끌려가면서 연우는 화를 낼 주원 때문에 걱정이었다. 제발 오늘은 무사히 넘어가길…….

주원은 끊겨버린 휴대폰을 바라보았다. 도무지 이건 무슨 상황일까. 다시 한 번 전화를 걸었지만 연우의 휴대폰은 꺼져 있었다.

머릿속이 새하얗게 변하는 거 같았다. 온몸에 소름이 끼치고 불안감이 온몸을 감쌌다. 심장이 거칠게 뛰며 숨을 쉴 수가 없었다.

연우 엄마에게 물어본 결과 연우는 한참 전에 집에서 나갔다. 14년 전의 사건이 다시 오버랩되며, 주원의 얼굴이 새하얗게 질렸다. 연우는 항상 그렇게 한순간에 사라졌었다.

혼자 장시간 외출했던 연우에겐 항상 안 좋은 일이 따라다녔으니까. 길거리에서 기절하고 쓰러져 병원에 실려 갔던 것이 한두 번이 아니었고, 도로로 쓰러져서 교통사고가 날 뻔한 적도 있었다. 요새는 그가 항상 옆에 붙어 있어서 그런 일이 없긴 했지만, 아직도 그때만 생각하면 심장이 철렁 내려앉고 다리가 풀렸다. 그것이 주원이 연우를 혼자 놔두지 않는 가장 큰 이유기도 했다.

연우랑 잠시 길이 엇갈린 거라고, 자신을 애써 다독이며 주원은 성급한 걸음으로 집으로 향했다.

잠시 연우가 장난을 치고 있는 게 분명했다. 자신이 늦게 와서 부리는 심술 같은 장난뿐일 것이다. 절대 예전과 같은 상황은 아닐 거다.

주원의 손이 초조하게 떨려왔다. 집으로 가는 발걸음이 불안하고 더 급박해졌다.

제발 연우가 그곳에 있기를 빌면서. 제발, 아무 일도 없길 빌면서.

연우의 머리 위엔 시후가 사준 머리띠가 끼워져 있었다. 끝끝내 거절했지만 시후는 고집을 부렸다. 결국 연우는 그것을 머리에 끼웠고, 만족해하는 시후를 보며 어이없는 웃음을 흘렸더랬다.

집에서 나온 지 얼마나 됐는지 모르겠다. 주원에게 연락을 해야 한다는 생각은 하고 있었는데 쉽게 틈이 나질 않았다. 시후는 막무가내로 그녀를 여기저기 끌고 다녔다.

"야 나 더운 거 싫어한다고!"

결국 연우가 버럭 소리를 지르자, 시후의 발걸음이 멈췄다.

"그럼 아이스크림 사줄까요?"

"됐어. 내가 앤 줄 알아?"

"마침 저기 있네요."

연우는 결국 시후와 아이스크림 노점상 앞에 섰다. 싫은 듯, 억지로 끌려온 듯, 행동을 취하고는 있지만 소프트아이스크림을 좋아하는 연우는 곁눈질로 아이스크림을 계속해서 쳐다보고 있었다.

"전 바닐라로. 누나도 바닐……."

"난 반반!"

"알았어요. 반반 주세요."

아이스크림을 나름 사이좋게 받아들고 시후와 근처 공원 벤치에 앉았다.

"솔직히 말해 봐요. 초딩 입맛이죠?"

"아이스크림 좋아한다고 초딩 입맛이야? 그럼 이 세상 사람 다 초딩 입맛이게?"

"아닌 거 같은데…….'"

계속 딴죽을 건 시후를 사뿐히 무시하고 연우는 아이스크림만 먹고 있었다. 이쯤 되면 주원이 걱정할 것이라는 생각을 해야 하긴 했는데, 연우는 시후가 자꾸 정신없이 구는 탓에 주원을 잊고 있었다.

"근데 누나 배 안 고파요?"

그러고 보니 오늘 이 아이스크림 빼고는 먹은 것이 없었다.

"고파."

건수를 잡은 듯한 시후의 눈빛을 보니 결국 점심도 이 아이와 먹겠구나, 싶었다.

젠장, 조금만 늦게 나올 것을 그랬다. 그랬다면 시원한 에어컨 바람을 쐬면서 점심을 먹을 수 있었을 텐데…….

"야, 나 잠깐만 전화 좀."

"이제 가요. 내가 여기 맛집 빠삭하거든요?"

또 듣지도 않고 자신의 멋대로 끌고 가버린다. 연우는 화를 낼까 하다 이만 참았다. 낯선 이와의 외출이 그다지 나쁘지 않았으므로. 사람을 편안하게 하는 재주를 지닌 아이였다.

"파스타 어때요?"

이렇게 막무가내인 것만 빼고.

연우가 집에 없었다. 있을 거라고 생각한 연우가 집에 없다. 다리의 힘이 쫙 풀려 주원은 그곳에 주저앉아버렸다. 커다란 손으로 마른세수를 하며 불안함을 애서 잠재우려하고 있었다. 도무지 연우가 갈 곳이 기억이 나질 않는다.

어디서부터 잘못된 걸까. 주원은 덜컥 겁이 났다. 8살 때처럼 연우가 사라져버리면 어쩌지? 그것도 모두 주원의 탓이었다.

머리를 기댄 채, 침착해지자 다짐했다. 연우는 그때처럼 웃으면서 돌아올 것이라고.

한참 기대어 앉아 있던 주원이 어디론가 전화를 걸었다.

"여보세요?"

목소리가 꺼끌거리며 목이 멘 것처럼 잘 나오지 않았다. 울음이 섞였을지도 모르겠다. 무섭고 두려웠다. 차라리 연우가 아닌 자신이 사라졌으면 좋겠다.

─여보세요?

"연우, 혹시 같이 있어?"

─아니.

주원은 주먹을 꽉 쥐며 전화를 끊으려 했다. 연우를 찾아야만 했으니까. 그때처럼 위험에 처했을지도 모르니까. 울면서 자신을 기다릴지도 모르니까.

─아! 시후랑 같이 있는지도 모르겠다. 걔가 얼마 전에 연우 집 물어봤거든.

자신의 귀를 잠시 의심했다. 유라가 하는 말이 과연 무엇인지, 주체할 수 없는 화가 그를 휘감았다. 화를 참고 억눌러보지만,

도저히 화를 참을 수가 없을 거 같았다.

　그러면서도 연우가 어쩌면 괜찮을 거라는 안도감이 그의 거칠게 뛰는 심장을 지그시 눌렀다.

　"그 새끼 어디 있어."

　―어?

　"그 새끼 어디 있냐고!"

　연우는 결국 근처 파스타집으로 끌려왔다. 이곳의 크림파스타가 그렇게 맛있다며 그녀를 꾀어냈는데, 귀가 얇은 연우는 그것에 솔깃했다.

　시후는 자주 왔던 곳처럼 익숙하게 주문을 하고 뚫어지게 연우를 쳐다보았다.

　"왜 그러는데?"

　"누나가 예뻐서요."

　순간 얼굴이 홧홧하게 달아올랐다. 남에게 이런 식의 발언은 들어본 적이 없던 거 같다.

　"얼굴 빨개지니까 귀엽네요."

　"시끄러워!"

　괜스레 민망해져 소리를 질러버렸다. 잠시 공공장소라는 것을 망각했던 연우가 순간 당황해 하자, 시후는 목젖이 보일 정도로 호탕하게 웃었다. 연우의 당황하는 모습이 우스운 모양이었다.

　"아, 잠깐만요. 네, 누나."

-야! 어디야!

　유라의 목소리가 연우에게까지 들릴 정도였다. 그때 정말 아차 싶었다.

　주원과 연우는 이렇게 갑자기 없어지는 일에 익숙지 않았다. 주원이 사색이 되어서 자신을 찾아다닐 거 같은 생각이 지금에서야 났다.

　남들에겐 아무렇지 않은 일이지만 주원과 연우에겐 달랐다.

　"아, 나 가봐야겠다."

　"잠깐만요."

　시후가 전화를 서둘러 끊으며 손목을 잡았다. 하지만 연우의 불안감은 이미 온몸에 퍼진 후였다.

　두려움, 암담함, 그리고 공포, 연우가 겪었던 것을 지금 주원이 겪고 있을 것이다. 주원은 이것을 가벼이 여기지 않을 것이 분명했다.

　"미안, 놔줘. 나 가봐야 해."

　시후는 그제야 연우의 상태가 심상치 않음을 느꼈다. 여태껏 가겠다며 투정을 부리던 때와는 다른 모습이었다. 음식이 나오기도 전이라서 상황이 난감할 법도 한데 시후는 쉽게 자리에서 일어났다.

　"데려다줄게요. 그 형한테도 그렇게 얘기하라고 했어요."

　"아……."

　순간 안도의 한숨을 내쉬었다. 잘 있다는 것을 확인시켜줬으니, 주원은 안심할 것이다. 하지만 연우는 주원을 너무 단순하게 생각한 것이었다.

주원이 어떤 성격인 줄 뻔히 알면서도 그저 주원을 안심시켰다는 생각에 다른 것은 생각하지 못했다.

계산을 하고 파스타집을 빠져나왔다. 이미 오후의 강렬했던 햇살이 한풀 누그러진 뒤였다. 얼마나 시후와 돌아다닌 건지 휴대폰이 없으니 감이 잡히질 않았다.

"나 저기서 버스 타면 돼."

"같이 가요. 혼자 보내면 왠지 안 될 거 같아."

"아니, 괜찮아."

시후의 손을 뿌리치며 서둘러 달려갈 생각이었다. 걱정하고 있는 주원을 얼른 보듬어줘야겠다 생각했었다. 하지만 그런 생각조차 할 수 없어져버렸다.

"누나, 저쪽……."

연우의 눈이 불안으로 떨리고 있었다. 이미 사색이 된 얼굴이 그 불안감의 정도를 알려주었다. 몸이 사시나무 떨리듯 떨리고 입술이 새파랗게 질려버렸다.

그것은 한순간이었다.

"누나! 왜 그래요!"

시후가 연우의 어깨를 잡고 흔들었다. 그녀의 시선이 한곳에 박혀서 떨어질 줄을 몰랐다. 도대체 무슨 일이냐고 연우를 다그쳐 물어도 연우의 굳은 몸은 거기서 꼼짝도 하지 않았다.

잔뜩 공포에 질려 있는 연우의 귀엔 아무것도 들리지 않았다.

'어때, 예쁘지?'

남자가 소름끼치게 웃었다. 괴성 같은 소리가 귀를 사납게 찔러댔다. 칼이 닿을 때마다 하얀 쥐는 거칠게 몸을 버둥거리며 소리를 냈다.

'기다려. 너도 이렇게 될 거야.'

"사, 살려주세요……."

남자는 웃었다.

"누나! 왜 그래요!"

잡은 어깨가 한없이 가냘프게 느껴졌다.

"싫어! 놔! 놓으라고!"

거칠게 발버둥을 치며 시후에게 벗어났다. 마치 무언가로부터 도망가려 하듯. 눈을 지배하고 있는 환상에서 도망가듯, 연우는 무엇에 홀린 사람처럼 천천히 뒷걸음질 쳤다.

그리고 시후가 붙잡을 새도 없이 끼이익, 바닥에 닿는 타이어의 마찰음이 허공을 갈랐다.

"연우야!"

저 멀리서 뛰어오던 주원도, 그 광경을 멍하니 바라보는 시후도, 그때가 1초처럼 느릿하게 흘러가는 거 같았다.

쾅, 날카로운 파열음과 함께 연우가 바닥으로 추락했다.

지독히도 싫어하는 햇빛을 바라보며, 자신을 안은 주원을 바라보며, 연우가 희미하게 웃었다.

불안에 떨던 여름의 끝자락이었다.

09.

　지금처럼 뜨거웠던 여름날이었다. 한동안 계속됐던 여름 장마가 가고 모처럼 화창한 날씨였다. 우리는 8살이 되었고, 여전히 함께 다녔다.

　그날은 연우에게는 조금 특별한 날이었다.

　"연우야! 주원아!"

　주원의 엄마가 교문 앞에서 팔을 벌려 그들을 맞이했다.

　"아줌마!"

　"엄마!"

　주원의 엄마 품에 안기며 아이들이 비비적거렸다. 하지만 오늘은 주원의 집으로 가지 않는 날이었다. 왜냐하면 처음으로 엄마가 연우를 학교로 데리러 오기로 했기 때문이다.

　엄마는 여성복 브랜드의 의상디자이너였다. 잦은 외국 출장과 바쁜 일정으로 연우를 챙기는 것은 할머니나 주원의 엄마의 몫이었다. 항상 할머니가 데리러 오시긴 했지만, 연우는 대부분

주원의 집에서 시간을 보냈다.

그때마다 주원의 엄마는 그녀를 흔쾌히 맡아주었고, 폐라는 것을 알면서도 연우의 엄마는 연우를 막지 못했다. 그래도 연우는 바빠서 자신을 챙겨주지 못하는 엄마이지만 이때까지만 해도 엄마가 좋았었다.

"아줌마가 데려다 줄까?"

이 날은 주원의 할머니 생신이시기도 했다. 보통은 주원의 집에 가서 노는 연우지만, 이 날만큼은 어쩔 수 없이 연우 엄마가 데리러 올 수밖에 없었다.

연우는 천천히 고개를 가로저었다.

"아니요. 엄마가 여기서 꼭 기다리랬어요."

"그래도……."

"아니에요! 저 어디 안 가고 기다릴게요."

꽤 씩씩하게 말하는 연우를 더 이상 막을 수가 없었다. 더구나 지방까지 내려가야 하는 주원의 엄마는 더 이상 이곳에서 지체할 시간이 없었다. 낯선 사람은 절대 따라가면 안 된다고 몇 번 신신당부를 하고 주원의 엄마가 어렵게 자리를 떠났다.

뜨겁게 내리쬐는 햇빛 때문에 연우의 이마에 땀이 송골송골 맺혀 있었지만 연우는 교문을 떠나지 않았다.

엄마가 곧 올 거니까.

연우는 주원이 선물로 사준 작은 곰인형을 손에 쥐고 팔다리를 움직이며 무료한 시간 동안 인형놀이를 했다. 하지만 한참을 기다려도 엄마는 오지 않았다. 연우는 설마 길이 엇갈린 건 아닐까, 엄마가 집으로 오라고 했던 것은 아니었을까, 내심 불안해졌다.

자신의 자리처럼 턱 차지하고 앉았던 자리에서 일어나 엉덩이를 털었다. 그러고는 교문 언덕 밑을 서성거리며 조금씩 걸었다.

그때 유행하던 노래를 부르며, 곰인형을 손에 꼭 들고, 엄마와 마주치면 아까 주원의 엄마에게 했던 것처럼 달려가 안겨야지 했다.

"연우야, 어디 가니?"

"안녕하세요."

동네에서 가끔 마주친 적 있는 아저씨였다. 누구에게나 꽤 친절한 사람이었는데, 가끔 연우를 데리러 오는 할머니는 저런 젊은이가 요새는 드물다고 말하곤 했었다.

"누구 기다리는 거야?"

"엄마요!"

엄마가 데리러오는 거 자체가 연우에게는 들뜰만한 일이었다. 예쁘고 반짝반짝 빛나는 엄마는 학부모 참관수업 때도 거의 모습을 드러내지 못했다.

그럴 때마다 대부분 할머니가 오셨고 연우는 부모님이 오는 아이들이 부러웠다. 나도 예쁜 엄마가 있다고 자랑하고 싶었다. 이럴 때 친구들에게 엄마를 자랑하면 참 좋았겠지만 야속한 엄마는 아직까지 모습을 보이지 않았다.

"그래? 이 더운데?"

"더운데, 그래도 괜찮아요."

"아저씨가 아이스크림 사줄까?"

"네?"

더위에 목이 바짝바짝 마르던 연우에겐 단비 같은 이야기였다. 하지만 엄마와 주원의 엄마의 이야기를 떠올리며 고개를 가로저었다.

"아니에요. 엄마가 여기서 기다리랬어요."

"아, 참. 아까 오다가 할머니를 만났는데 집으로 오라고 했는데 내가 그걸 깜빡했네. 가자. 아저씨랑 아이스크림 먹으면서 데려다 줄게."

연우는 잠시 머뭇거렸다.

"엄마는요?"

"엄마가 집으로 오실 거야. 못 믿겠으면 전화해볼까?"

연우의 머릿속에 있는 아저씨는 좋은 사람이었다. 할머니도 그렇게 말했고, 연우가 볼 때도 아저씨는 좋은 사람이었다.

종종 지나가다 아이스크림을 주고 가기도 했고, 연우에게 과자를 주기도 했다. 아저씨는 좋은 사람이었다. 그래, 그렇게 생각만 하고 있었다.

그 시각, 연우의 엄마는 갑자기 원단 때문에 한바탕 소동이 일어났다. 원단공장에서 원자재 문제로 충분히 원단을 공급해줄 수 없다는 통보를 들었기 때문이었다. 겨우 찾은 원단이었는데, 그거에 맞춰 장신구까지 전부 생각해놨었는데 새로 찾아야만 할 판이었다. 가뜩이나 이렇게 바쁠 때 연우까지 데리러 가야 한다니 앞이 깜깜하기 짝이 없었다.

부랴부랴 친할머니에게 전화를 걸어 연우를 데리고 와달라 얘기를 했다.

"어머님, 연우 좀 데리고 와주세요. 제가 일이 생겨서 도저히 나갈 수가 없네요."

—어머, 얘! 그걸 지금 얘기하면 어떡해. 나 지금 백화점에 나왔는데.

"죄송해요. 부탁 좀 드릴게요."

늦었는데 어쩌냐는 할머니의 말에 그저 부탁한다는 말만 되풀이하고는 일에 다시 몰두했다.

그때가 1시가 지나고 있는 시각이었다.

연우는 똑똑하고 엄마 속을 썩이는 아이가 아니었으니까, 할머니를 기다릴 거라고 생각했다. 하지만 아이들은 엄마 생각대로 움직이지 않는다.

그것은 연우 엄마의 아주 큰 착각이었다.

아저씨와 나란히 손을 잡고 익숙한 길을 걸었다. 이 길은 아주 익숙한 길이었다. 매일같이 주원과 함께 오붓하게 등하교를 하는, 그런 길.

연우는 엄마 대신 할머니가 온다는 얘기에 다소 시무룩해 있었지만 그것을 티 내지는 않았다. 연우가 속상해하면 엄마와 아빠가 힘들다고 할머니가 벌써 수도 없이 얘기했기 때문이다.

"무슨 맛 먹을까?"

"딸기 맛이요."

아저씨는 굉장히 좋은 사람이었다. 홀로 가는 연우가 걱정된다며, 집까지 데려다 주겠다고 했으니까. 엄마와 주원의 엄마 이야기가 떠올랐지만, 낯선 사람이 아니라 괜찮다고 여겼다.

"아, 연우야. 갑자기 아저씨가 배가 아파서 그런데 아저씨 집이 저기 저 앞이거든? 잠깐만 들렀다 가자."

"네? 그치만……."

연우가 잠시 망설였지만, 아저씨는 막무가내로 연우를 끌어당겼다. 금방이면 된다는 말과 함께.

"그래도……."

연우는 순간 갑자기 모든 것이 무서워졌다. 여기 있는 아저씨도, 돌아갈 길도. 하지만 아저씨는 연우를 번쩍 안고 괜찮다는 말과 함께 집으로 들어갔다.

비명을 지를 새도 없었다. 아저씨가 입을 막았고, 그 좁은 골목길엔 연우와 아저씨 빼고는 아무도 없었다. 격렬하게 저항을 할 수도 없었다. 모든 게 갑작스럽고 겁이 났다.

아저씨의 집은 불을 켜지 않으면 완전히 어두운 곳이었다. 간간이 햇빛이 들어오긴 하지만 그것은 아주 극소량이었다. 가구들과 옷가지들은 어지럽게 널려 있었으며, 곰팡내와 뒤섞인 비릿하고 알 수 없는 악취가 났다.

그것은 코를 찌르는 굉장한 악취였는데, 지금도 그 냄새는 도무지 뭔지 알 수가 없었다. 그저 어렴풋이 짐작만 할 뿐이었다.

"연우는 아저씨하고 있는 게 싫으니?"

아저씨가 어떤 얼굴로 그런 질문을 했는지 햇빛에 반사되어 자세히 보질 못했다. 그저 극심한 두려움이 연우를 엄습했었다는 것밖에 기억이 나질 않는다.

아저씨는 바닥에 넘어져 있는 의자를 세워 연우를 앉혔다. 그러고는 하얀 밧줄로 의자에 앉은 연우를 빠져나올 수도 없이 꽁꽁 묶었다. 당황해 몸을 버둥거리는 연우의 머리를 천천히 쓰다듬었다.

"기다려. 굉장히 재밌는 놀이니까."

"지, 집에 갈래요."

본능적인 두려움이 왈칵 솟구쳤다. 갑자기 아저씨도 어둑어둑한 이 집도 다 무서웠다. 집에 간다는 연우의 목소리에 아저씨의 목소리가 낮게 돌변했다.

"어른 말씀 잘 들어야 착한 어린이지."

연우는 몸을 버둥거리는 것을 멈췄다. 어디선가 들어본 적 있는 말이었다. 아빠에게 놀아 달라 떼를 쓰면, 아빠가 항상 했던 말이었다. 아빠는 연우를 잘 키우기 위해 돈을 열심히 벌기 때문에 이렇게 귀찮게 하면 안 된다고 했었다.

'아빠 말 잘 들어야 착한 어린이지.'

연우는 착한 어린이가 되어야만 했다. 엄마를 힘들게 해서도 안 되고, 아빠를 힘들게 해서도 안 되고, 항상 어른들에게 활짝 웃는 착한 어린이여야만 했다.

할머니는 늘 말해왔다. 아빠와 엄마는 굉장히 바쁜 사람이기 때문에 연우까지 힘들게 하면 안 된다고. 그것은 나쁜 어린이라고. 그 모든 이유엔 연우를 너무 사랑하기 때문에 연우에게 모든 것을 해주기 위해 열심히 일을 하는 것이라고도 했다.

착한 어린이, 그때는 착한 어린이에 집착할 수밖에 없는 나이였다.

그래서 착한 아이가 되어야 한다고 수십 번 수백 번도 넘게 들어왔다.

연우가 상을 받아가도, 친구들과 달리기에서 1등을 해도, 받아쓰기에서 백 점을 맞아도, 엄마는 잠시 기뻐할 뿐이었다. 그리고 연우는 그때 알았다.

그저 착한 아이는 가만히 앉아 있으면 되구나, 하고.

연우가 사라진 지 3시간이 지났다. 할머니가 동네 놀이터를 다 찾아봐도, 알고 있는 친구들 집에를 다 가봐도, 어디에도 연우가 없었다.

다급한 마음에 지방에 내려가는 중이란 것을 알면서도 주원의 엄마에게까지 전화를 했지만, 교문에서 헤어진 게 끝이라는 대답만 받았다.

"연우야! 연우야!"

작은 연우가 사라지기는 너무 쉬운 일이었다. 교문에 있을 거라 생각했던 연우는 아무리 불러도 나타나지 않았다.

–어머님, 다 찾아보셨어요? 그래도 없어요?

일을 하던 연우의 엄마는 한참만에 통화가 됐고 아빠는 그마저도 통화가 되질 않았다.

"없어! 어디 큰일 난 거 아닌지 모르겠다. 어쩌냐."

걱정스러운 연우 할머니의 말에 연우의 엄마는 난감한 목소리로 말했다.

−그이는요? 그이는 연락도 안 돼요?

"계속 해봐도 소용없어."

−꼭 이럴 때만! 어머님, 거기서 기다리세요. 제가 갈게요.

엄마가 오고 아빠가 오고 연우를 찾아보았지만 해가 질 때까지도 연우의 행방을 찾을 수 없었다.

울며불며 경찰에게도 매달려보고 연우의 반 친구 엄마들에게도 물어도 연우는 감쪽같이 사라진 후였다.

다급하게 주원이네까지 서울로 올라왔다.

"괜찮을 거예요. 연우 곧 돌아올 거예요."

주원의 엄마가 쓰러지듯 오열하는 연우의 엄마를 서둘러 달랬다.

왜 미처 몰랐을까. 연우는 고작 8살 아이였는데. 연우의 엄마가 자신의 아둔함을 뒤늦게 후회해봐도 소용이 없었다. 연우는 사라졌으니까.

그리고 그날 밤 연우는 돌아오지 않았다.

잠이 들었던 거 같다. 화장실을 가고 싶다는 말에도 아저씨는 몸을 풀어주지 않았다. 그저 이것이 재미있는 놀이의 시작이라고만 했다.

두려움에 오줌을 지리고, 울며불며 소리쳤지만, 엄마도 주원
도 주원의 엄마도 아무도 그녀에게 와주지 않았다.

"연우야, 이거 볼래?"

아저씨는 웃고 있었다. 벗어나려고 발버둥치는 하얀 쥐의 목
덜미를 잡고 섬뜩하게 웃었다. 코앞까지 온 날카로운 쥐 울음에
몸을 뺐지만 의자에 묶인 채라 연우가 할 수 있는 것이 없었다.

"엄, 엄마에게 보내주세요……. 엄마한테 보내주세요……."

도돌이표처럼 계속되는 연우의 말이 지긋지긋하다는 듯 짝,
연우의 여린 뺨을 후려쳤다.

"시끄러워 죽겠네."

약한 살은 작은 충격에도 금세 빨갛게 달아올랐다. 맞은 충격
에 연우는 울먹거리며 입을 다물었다. 이런 식의 구타가 익숙지
않아 더 겁이 났다.

아저씨는 노래를 부르며 쥐를 도마 위에 올렸다. 그저 그것이
그 사람이 말하는 재미있는 구경의 시초였다.

서걱서걱, 칼에 쥐 몸통이 썰리는 소리와 함께 날카로운 비명
이 연우를 두려움에 떨게 했다. 눈을 질끈 감아도, 귀를 울리는
끔찍한 비명소리는 계속됐다.

살겠다고 쥐가 아무리 발버둥을 쳐봐도 단단히 잡고 있는 아
저씨의 손이 느긋하게 쥐의 몸통을 썰었다.

조각조각. 미쳐 제 죽음을 인지 못한 쥐의 빨간 살이 파들파
들 떨렸다.

"어때, 예쁘지?"

"싫어! 저리 가! 엄마한테 보내줘!"

연우가 의자에서 몸을 비틀며 고개를 거칠게 도리질 쳤다. 몸통이 반이 사라진 쥐를 보며 흡족하게 웃고 있는 아저씨도, 코를 찌르는 지독한 피 냄새도 모두 다 싫었다.

처음 맛보는 끔찍한 공포와 두려움에 연우가 오줌을 지리고, 구역질을 해댔다.

"우우우욱!"

위액을 게워내며 자신의 앞에서 죽어가는 쥐를 보지 않게 연우는 고개를 완전히 돌려버렸다.

"재미있는 구경 하자고 했잖아."

짝, 고개가 반대편으로 돌아갔다. 눈을 감으려고 할 때마다 가차 없이 시작되는 구타에 연우는 눈을 감을 수도 없었다.

한 번도 경험하지 못한 공포가 연우를 짓눌러댔다. 엄마, 아빠가 보고 싶었고 주원의 가족들이 그리웠다. 집에 돌아가고 싶었다.

주원의 엄마가 읽어주는 동화책에서는 모두 왕자님이 공주를 구하러 오곤 했다. 하지만 연우에게 그런 왕자님은 없는 모양이었다. 아무도 연우를 구해주러 오지 않았다. 시간이 지나면 오겠지, 아침이면 오겠지 했던 생각들은 모두 다 착각이었다.

"기다려. 너도 이렇게 될 거야."

아저씨는 남은 쥐의 머리를 서걱서걱 다시 썰어 그녀의 눈앞에서 흔들었다. 공포로 얼룩진 연우의 눈동자를 보며 흡족한 미소를 지었다. 피가 잔뜩 묻은 손으로 연우의 뺨을 톡톡 건드렸다.

"사, 살려주세요……. 살려주세요! 엄마! 주원아! 아빠!"

연우는 아이처럼 엉엉 울었다. 난생처음 느껴보는 지독한 공포였다. 거칠게 뛰고 있는 심장도 날카롭게 빛나는 저 칼도, 온몸에서 느껴지는 끔찍한 시선도 겁이 났다.

연우는 죽음이라는 것을 정확히는 몰랐지만, 그때 자신이 죽을 거라고 생각했다.

죽어가면서 흘리는 고통 어린 비명 같은 소리, 살겠다고 버둥거리는 의지, 마지막 숨이 끊어질 때의 잔혹하고 광기 어린 남자의 웃음, 그리고 섬뜩하게 빛나던 남자의 눈빛.

그것이 연우의 기억 전부였다.

천운이라고 했다. 하늘이 도왔다고. 사람들은 모두 하나같이 말했다. 돌아온 연우를 부둥켜안고 연우의 가족들은 한나절을 울었더랬다.

"엄마가 미안해……. 엄마가 다 잘못했어……. 엄마가 다 미안해……. 돌아와줘서 고마워……."

엄마는 끊임없이 같은 말을 반복했다. 난생처음 봤던 아빠의 눈물도, 엄마의 눈물도, 연우는 그것들을 초점 없는 눈으로 살폈다.

연쇄살인마, 사람들을 그 아저씨를 그렇게 불렀다. 7살 어린이, 70대 노인, 20대 여성, 30대 여성, 60대 노인 등 5명의 사람을 죽이고, 그 마지막 희생양이 바로 연우였다. 남자가 노린 것은 전부 여성이었고, 사체는 토막 내 근처 야산 등지에 버렸다고 했다. 사체의 지문감식조차 할 수 없게 지문을 모두 지워버린 것과 손톱이 모두 빠져 있는 것이 특징이라고 했다.

남자의 범행은 의류수거함에 피 묻은 옷이 발견되면서 범행이 발각되었다.

급습한 경찰대의 검거로 연우는 무사히 풀려날 수 있었고, 남자는 경찰에 연행됐다고 했다. 그 집 안방에서 전리품으로 남겨놓은 피해자의 손톱들과 범행에 사용됐던 도구 일체가 다 나왔다고 했다.

남자의 이야기는 각종 언론의 헤드라인을 장식하고, 남자의 그간 행적들이 낱낱이 보도됐다. 그리고 며칠 후, 한 공중파 뉴스에서는 남자의 컴퓨터에서 발견된 아동포르노가 특종으로 방송됐다.

남자는 아동성애자였다고 경찰수사 결과 밝혀졌다고 한다.

생존자, 어린 연우에게는 거대한 타이틀이 붙었다. 유일하게 남은 생존자. 언론은 연우를 앞다투어 취재하기 위해 몰려왔고 그녀의 학교까지 기자들이 몰려들었다.

연우는 다행히도 타박상 외에는 별다른 이상은 없었지만, 학교를 나갈 수도, 집으로 돌아갈 수가 없었다. 매일 진을 치고 있는 기자들 때문이었다.

연우는 병원에서 끔찍했던 기억들을 떠올리며 계속된 진술에 지쳐갔다. 아동심리치료를 지속적으로 받았지만, 나아지는 것은 없었다. 떠올리기 싫은 악몽을 떠올릴 때마다 고통과 두려움에 몸부림쳐야만 했다.

연우의 일이 마무리됐을 땐, 한참의 시간이 지난 후였다. 그 끔찍한 고통 속에서 연우는 집으로 다시 돌아왔다.

한동안 엄마는 회사에도 나가지 않고 연우 곁에서 연우만 바라봤다. 학교도 당분간 쉬었다. 그토록 바라던 엄마와 함께하는 시간인데도 연우는 하나도 기쁘지 않았다.

엄마와 24시간 붙어 있으면서도 그저 엄마가 어색하고 싫었다. 예전처럼 좋지 않았고 오히려 그 시간이 불안하고 불편했다.

아저씨가 다시 칼을 들고 자신을 죽이러 올 거라는 생각밖에 들지 않았다.

엄마 품에 안겨서 잠드는 동안에도, 두렵고 무서웠다. 악몽을 꾸길 수차례, 연우는 하루하루 말라 갔다. 밥을 거부했고 두려움에 어두운 방 안에서 나가지 않았다. 밖으로 나가면 아저씨가 당장에 그녀를 끌고 갈 것만 같았다.

꿈에서 죽어가던 쥐를 봤다. 파들파들 떨리던 그 붉은 살이 또렷하게 보였다.

"연우야! 괜찮아……. 엄마가 있잖아……. 괜찮아……."

엄마 품에서도 울다 자다 깰길 얼마나 반복했는지 모르겠다. 그동안 찾아왔던 주원도, 연우가 가장 좋아했던 주원의 부모님도 모두 만날 수 없었다. 아니, 엄마가 원치 않았다.

"우리 이사도 갈 거야. 거기는 나쁜 사람도 없고, 연우랑 엄마랑 아빠만 있는 거야. 새로운 친구들도 만날 수 있을 거고."

"주원이는……?"

"주원이는 이제 못 만나."

"싫어!"

연우는 엄마의 몸에서 격렬하게 저항하며 저만치 도망갔다. 주원과 주원의 가족과 헤어지는 것이 싫었다. 차라리 엄마가 자신의 엄마가 아니었으면 좋겠다고 생각했다.

엄마 품에서 떨어지려고 바동거리는 연우를 안고 엄마는 하염없이 울었다. 돌아와서 고맙다고, 엄마가 미안하다는 말을 계속해서 했다.

연우가 피폐해진 만큼 엄마도 생명을 잃은 나무처럼 피폐해져갔다.

그날, 오랜만에 주원이 집으로 놀러 왔다. 정신과의사의 권유였다. 하지만 여전히 연우는 구석에서 나오질 않았다. 주원이 반가웠지만 아저씨가 주원까지 데리고 갈까 봐 덜컥 겁이 났다.

"그럼 나도 여기 있을게."

냉큼 돌아갈 줄만 알았던 주원은 연우의 옆에 앉아 학교에서 있었던 일을 이야기해주었다.

다들 연우를 너무 그리워하고 보고 싶어 한다고도 말했다. 그리고 아이들이 쓴 편지를 하나하나 읽어주었다.

"그리고 이거."

언제 떨어진 지도 모르는 작은 곰인형을 연우의 손에 꼭 쥐여주었다. 남자의 집 앞에서 발견된 곰인형을 주원이 몰래 찾아온 것이었다. 사람들에게 밟혀 꼬질꼬질해진 인형의 몸을 깨끗하게 빨고 말렸다. 연우에게 주기 위해서.

"내가 지켜줄게. 얘랑 같이."

연우가 흔들리는 눈으로 주원을 쳐다봤다.

"우리 엄마 딸 하는 것도 허락해줄게. 그러니까 가지마."

대답조차 없는 연우의 손을 꽉 잡고 주원이 말했다. 내 동생 되는 거 허락해줄 테니까, 가지 말라고.

연우는 그 순간 주원의 품에 안겨 한참을 울었더랬다. 왜 안 왔냐고, 널 한참을 불렀었더라고, 너무 무서웠다고, 뒤죽박죽 섞인 말들을 주원에게 쏟아냈다.

주원은 그저 미안하다고만 몇 번이고 말했다. 주원의 탓이 아니었는데, 그저 연우에게는 누군가의 마음이 필요할 때였다.

연우를 재우려 침대맡에 앉아 있는 엄마의 손을 꽉 잡았다. 돌아온 후, 말도 없고 평소처럼 웃지도 않던 연우의 행동에 엄마는 다소 놀란 표정을 지었다.

"이사……, 안 갈래……."

주원이 그랬다. 그 아저씨가 오면 혼내 줄 거라고. 내가 널 지켜주겠다고. 동생은 오빠가 지켜줘야 하는 거라고 주원이 말했다.

처음엔 안 된다던 엄마도 주원의 엄마의 설득과 연우의 고집에 이사를 포기하게 됐다. 그렇게 주원과 지속적으로 만나고, 상담치료를 받으면서 어느 정도 연우는 회복되는 거 같았다. 학교도 다시 나가고 겉으로 보기엔 문제가 없었다.

돌아간 학교의 친구들은 주원처럼 그녀를 반갑게 맞이해줬다. 친구도 많았던 연우는 쉽게 학교생활에 적응하는 듯했다.

하지만, 대서특필된 기사 한 줄이 문제였다.

아동성애자.

그 기사 한 줄로 아무런 상관없던 마지막 생존자인 연우를 보던 시각들이 바뀌었다. 일부 사람들이 색안경을 끼기 시작했기 때문이다.

사람의 말이란 그렇다. 한 사람이 지나가고 또 한 사람이 지나가는 순간, 살이 붙고 사실보다 눈덩이처럼 불어난 거짓들이 더 많았다. 연우의 입을 거치지 않은 말들이 사실처럼 퍼져 나갔다. 그 이야기들이 눈덩이처럼 불어났을 땐, 이미 연우는 아무것도 할 수 없었다.

하지만, 어느 순간 바뀌어버린 일부 사람들의 인식들이 연우를 힘들게 했다. 그 인식은 그 사람도 모르는 사이 아이에게 전해지고 그 아이는 연우에게 장난거리로 말했다.

8살 아이가 감히 입에 담기도 어려운 말이었지만, 그 아이는 그것이 정확히 뭔지 몰랐을 것이다. 그저 어른들이 내뱉는 입방아를 아무렇지 않게 연우에게 전달한 것일 것이다. 하지만 그것은 연우에게 큰 비수로 꽂혔다.

'더러워.'

과연 그 아이들은 더럽다는 그 말이 어떤 뜻인지 알고는 있었을까. 매일 밤 연우는 수없이 많은 반문들을 해왔다. 매일 아침저녁으로 목욕을 하고 씻어도 그 아이들은 그녀를 더럽다고

네 입술이
당을때

했다.

웃으면서 친하게 지내던 친구들조차 순식간에 무서워졌다. 모두가 가진 색안경이 아닐지라도 그 순간 상처는 모두가 가진 색안경으로 보이게끔 만들었다.

연우는 다시 혼자가 되었다.

두려움의 감정, 공포에 짓눌려 숨도 쉴 수 없는 그 감정들을, 연우는 사람의 입에서 다시 한 번 느껴야만 했다. 그 지독히도 아픈 비수들은 연우 혼자 감당해야 할 몫이었다.

어느 누가 대신 감당해줄 수 없는 연우의 몫.

연우는 사람을 믿지 않는다. 아니, 그 속에서 나오는 말을 믿지 않는다. 그녀가 주원과 주원 가족 외엔 남은 아무도 믿지 않았다.

어린 나이에 느낀 삶이란 그랬다. 하루하루 알 수 없는 공포와 사람들의 눈초리, 그리고 받고 싶지 않은 관심 속에서 하루하루 살아야만 했다.

연우는 자신을 숨겼다. 밝고 명랑했던 연우는 주원 외에는 그 아무하고도 어울리지 않았다.

어린 연우가 느끼는 그 관심은 두렵고 무서운 공포의 대상에 지나지 않았다. 그렇게 외톨이가 되고, 남을 경계하고 두려워하고, 결국엔 남을 싫어하게 만드는 계기를 만들어버렸다.

그녀의 옆엔 주원의 가족과 주원 외에는 아무도 없었다.

"너는 너무 예쁜 아이야. 그러니까 다 네 탓이 아니야."

다정하게 속삭여주는 사람은 엄마가 아니라 주원의 엄마였다.

엄마, 아빠는 매일같이 싸웠으니까. 엄마는 항상 우느라 연우의 마음까지 들여다볼 수 없을 만큼 아팠으니까. 연우는 그저 그런 거라고 생각했다.

반짝반짝 빛나던 엄마는, 매일같이 미안하다고 울던 엄마는, 결국 연우를 위해 자신의 꿈을 버렸다. 그리고 온전히 연우를 위해 살겠다 했다. 이제 연우가 필요할 때 항상 있겠다고.

하지만 꿈을 버린 엄마는 눈에서 생기를 잃었다. 연우가 커갈수록 엄마의 우울감과 무기력함은 더 심해졌고, 연우 역시 그런 엄마를 보고 싶지 않았다.

엄마의 꿈을 짓밟아버린 것이 모두 다 자신 때문인 거 같았다. 내가 그날 없어지지만 않았으면, 내가 그렇게 가지만 않았으면, 반짝반짝 빛나던 엄마는 지금도 반짝반짝 빛났을 것이라고 스스로를 자책해야만 했다. 그리고 연우는 마음속에서 엄마를 버렸다.

자책하는 자신이 너무 괴로워서 연우는 엄마에게서 도망쳤다. 매일 우는 엄마를 알면서도, 못 본 척 몇 날 며칠이고 주원의 집에 있었다.

그래야만 덜 힘드니까. 여전히 연우는 엄마, 아빠가 싫었다. 자신에게 관심을 두지도 않는 냉정한 아빠, 매일 우는 나약한 엄마, 모두 다 싫었다.

그녀에게 의지할 수 있는 사람은 오로지 주원과 주원의 부모님뿐이었다.

눈을 감기 전까지 주원의 품에 있었던 거 같다. 보지 않아도, 안긴 느낌과 체향으로도 주원인 걸 알 수 있었다. 우리는 그런 사이였으니까.

까무룩 정신을 잃었던 거 같은데 눈을 뜨니 낯선 곳이었다. 연우는 하얀 천장에 환하게 들어오는 불빛을 느릿하게 바라봤다.

"깼어?"

엄마가 울음 섞인 눈으로 그녀를 내려다보고 있었다. 지독히도 싫어하는 모습. 연우는 몽롱한 눈으로 주위를 둘러봤다.

주원과 시후가 그녀를 내려다보고 있었고 엄마는 여전히 안절부절못했다. 그리고 아빠는 없었다. 너무도 뻔한 상황이라 연우는 설핏 웃음이 났다.

나는 바쁜 사람이야, 항상 자기 스스로 그렇게 생각하는 사람이었다. 나는 바쁘니까, 널 돌볼 의무는 없어. 나의 책임과 의무는 딱 여기까지야. 그것은 딸이 납치를 당하고, 지금처럼 아플 때도 마찬가지였다.

참 이기적이고 냉정한 사람이었다.

엄마에게 왜 아빠와 결혼했냐는 말에, 그저 자기 일에 열중하는 그 모습이 좋았다고, 그 모습이 너무 열정적이어서 그것을 꼭 닮고 싶었다고. 어쩌면 그것은 사랑이 아니라 그저 동경이었는지도 모른다.

엄마가 사랑한 아빠는 열정적으로 일을 사랑하는 사람이어서 일과 자신 외에는 모두 무관심한 사람이었다.

아빠는 결혼하지 말았어야 하는 사람이었다. 가족이 귀찮고, 자신에게 사랑을 구걸하는 사람에게 사랑을 나눠주는 일이 귀찮았는지도 모르겠다.

"아!"

몸을 일으키려던 연우가 팔에서 느껴지는 고통에 짧게 신음했다.

"골절이래. 하루 정도 입원해서 다른 곳 상태 보자고 했어."

연우가 묻기 전에 주원이 상황에 대해 이야기했다.

"도대체 어떻게 된 거야. 엄마가 얼마나 놀랐는지 알아?"

"미안."

질책하는 엄마에게 그저 희미한 웃음으로 화답했다. 모든 일은 내가 다 잘못한 거니까, 엄마의 걱정은 모두 연우의 잘못이었다.

"음료수 좀 뽑아올게."

무덤덤한 표정으로 주원이 내뱉었다. 역시 화가 난 건지도 모르겠다. 주원이 그녀의 얼굴을 제대로 쳐다보지 않는다.

자리를 떠나는 주원의 뒷모습에 가슴이 찌릿하게 아려왔다. 이런 나를 질려 하는 것은 아닐까, 이런 나를 주원마저 버리지는 않을까, 괜스레 겁이 났다.

"누나 미안해요."

주원이 나가자, 시후가 자신의 잘못이라는 듯 자책하며 고개를 푹 숙였다.

"아니야, 내가 잘못한 일이잖아."

이따금 연우는 자신이 괜찮아졌다고 생각했다. 늘 같은 시기에 겪은 악몽들은 으레 치르는 연중행사 같은 것들이라 솔직히 아무렇지 않다고 생각했다. 하지만 목이 잘려 있는 쥐를 보는 순간 온몸이 빳빳하게 굳어져, 잊었던 악몽 속으로 연우를 집어넣었다.

거대한 소용돌이가 그녀를 집어삼키고 잊고 싶은 과거 일을 끄집어내며, 그녀를 현실 속에 있지 못하게 만들었다. 끔찍한 두려움이 그녀를 집어삼키고 거대한 공포가 그녀를 휘감았다. 잔인하고, 잔혹한, 그리고 음산한 남자의 웃음은 그녀를 끔찍한 공포 속으로 항상 밀어 넣었다.

"근데 왜 갑자기 차에 뛰어든 거야?"

도저히 이해할 수 없겠다는 듯 엄마가 물었다. 이미 경찰과 사고 운전자가 다녀간 후였다. 연우는 잠시의 망설임도 없이 웃으며 대답했다.

"그냥, 발을 헛디뎠어."

시후가 그 모습에 다소 놀란 표정으로 연우를 바라봤지만 묻지는 않았다. 그녀의 눈에 자리 잡힌 그 공포를 아직도 잊을 수가 없었기 때문이다.

무엇이 연우를 그리도 끔찍한 공포 속으로 몰아넣었는지 시후는 아직 그 답을 찾지 못했다. 하지만, 물어볼 수가 없었다.

열어서는 안 되는 판도라상자 같았다. 그녀의 아픈 상처를 더

헤집어 놓는 결과를 낳을지도 모른다는 불안감. 그것이 시후의
궁금증을 잠재웠다.

"조심 좀 하지."

"그러게."

역시 시후를 따라 밖으로 나가는 것이 아니었다. 약간의 후회
가 밀려왔다. 하지만 그 후회들을 굳이 내뱉지 않았다. 옆에서
계속 안절부절못하는 시후의 모습이 보였기 때문이다.

"이만 가봐."

연우가 시후를 보며 가라는 듯 문 쪽을 가리켰다.

"아, 저 그러니까……."

"난 괜찮으니까 가봐. 엄마도 이만 가고."

"엄마가 옆에 있을게."

엄마는 꽤 단호한 표정으로 말했다.

"아니야, 나 혼자……."

"아줌마, 제가 있을게요."

어느새 음료수를 들고 돌아온 주원이 말했다. 시후가 날카로
운 눈빛으로 쳐다봤지만 주원은 그것을 가볍게 무시했다.

"그래, 그럼 내일 연우 갈아입을 옷 챙겨올게."

고집을 피울 것이라고 예상했던 것과 달리 엄마는 순순히 물
러났다. 아마도 연우의 마음을 알고 있는지도 모르겠다. 선하게
그려지는 상황 속에 연우는 더 이상 그 상황에 있고 싶지 않았
다. 엄마는 아빠와 한바탕 싸움을 했을 것이다. 아니 지금 돌아
가서도 마찬가지일 거다.

술에 취해 잠드는 엄마, 우는 엄마, 연우를 원망스러운 눈으로 바라보는 엄마, 연우에겐 그 모든 것들이 끔찍한 고통이었다.

엄마의 마음을 알지만 연우에게 엄마를 볼 때면 드는 자괴감 때문에 엄마를 외면해야만 했다.

"내일 아침에 올게."

"누나 저도 내일······."

"아니, 넌 올 필요 없어."

연우는 시후에게 딱 선을 그어버렸다. 여기는 네가 낄 수 없는 자리라고, 더 이상 끼지 않아도 된다고, 그렇게 말하는 거 같았다. 하지만 시후는 웃으며 한 발 물러섰다.

"알았어요. 그럼 몸조리 잘하세요."

사람들이 사라지고 연우와 주원 단둘만이 남았다. 보호자 의자에 앉은 주원은 말이 없었다. 무슨 말을 해야 할까. 차라리 장난이라도 걸면 편할 텐데, 연우는 이 끔찍하고 무거운 침묵이 싫었다.

"화 많이 났어?"

"······."

주원은 대답이 없었다. 대답 없는 주원은 연우와 눈도 마주치질 않았다. 두려움, 버려질까 봐 두려워하는 것은 결국 주원과 연우 둘 다였다.

한참 주원은 자신의 생각들을 정리하고 있는 거 같았다. 연우가 주원을 보며 희미하게 웃어도 주원은 연우 쪽을 쳐다봐주질 않는다.

찌릿, 날카로운 것이 심장을 뚫고 지나가듯 자잘한 통증이 느껴졌다. 철저히 외면받는 느낌에, 연우는 주원과 함께 있으면서도 이곳이 쓸쓸하고 외롭게 느껴졌다.

"나는……."

그리고 어렵사리 주원이 말을 내뱉었을 때 비로소 연우는 안도했다. 마른세수를 하는 주원은 지치고 피곤해 보였다. 연우는 조심스럽게 주원의 손을 잡았다.

따스한 온기, 비로소 심장의 통증이 가라앉았다.

"겁이 났어."

주원의 목소리가 탁하게 가라앉아 있었다. 아니 어쩌면 물기가 서려 있는지도 모르겠다. 연우는 그럴수록 주원의 손을 더 꽉 잡았다.

날 질려 하지 말라고, 나를 버리지는 말아 달라고. 마음을 담아 주원의 손을 꽉 잡았다.

"그때처럼 널 완전히 잃어버릴까 봐, 겁이 났어."

어렵사리 뱉은 말이었다. 연우의 사고 장면을 보면서 주원은 머릿속으로 아무 생각도 할 수 없었다.

웃으며 헤어졌던 연우, 그리고 줄이 끊어진 마리오네트인형처럼 아무것도 하지 못했던 연우, 소문에 사람들을 등지던 연우, 그리고 자신 때문에 부모님이 싸우는 것을 보며 슬퍼했던 연우.

그 모습들이 머릿속에 파노라마처럼 스쳐 지나갔다.

덜컥 겁이 났더랬다. 쓰러지는 연우를 보며 잡히지 않는 손을 뻗었을 그때, 도저히 잡을 수 없었던 연우를 보며, 겁이 났다.

이렇게 완전히 떠나버릴까 봐.

가슴속에서 느껴지는 참담함, 패배감, 그리고 커다란 상실감에 주원은 쓰러진 연우를 한참 동안 안고 있었더랬다.

"괜찮아. 난 돌아왔잖아."

소유할 수 없는 감정들이 밀려들어온다. 과연 연우가 사라지면 자신은 어떨까. 검은 어둠 속에 홀로 있듯 온몸에 소름이 끼치고 가슴이 무너졌다.

마치 자신의 이런 검은 속을 알 듯 연우가 미소를 지었다.

"걱정하지 마. 난 어디 안 가. 우리는 항상 함께 할 거잖아."

이기적인 말. 어쩌면 이 모든 것은 말로 주원을 붙잡아 놓는 자신의 이기심일지도 모르겠다. 하지만, 아직은 자신의 이기적인 마음을 조금 덮어두려고 한다.

아직은, 아직은……

주원이 몸을 일으켜 침대에 비스듬히 기대 있는 연우의 입술에 입을 맞췄다. 부드럽게, 자신의 가슴속에 담긴 증폭된 마음을 표출하듯, 그리고 조심스럽게 연우에게 입을 맞췄다.

애틋하고 또 애절하게 자신의 마음을 담았는지도 모르겠다. 그러면서도 연우가 알지 못하길 바랐다. 지탱할 수 있는 유일한 끈, 그녀를 붙잡아줄 수 있는 유일한 손길, 그것은 연우가 원하는 그 친구라는 이름에서만 허용됐다.

그래야, 우리의 관계가 유지되는 것이라고 어리석은 생각을 그때는 했었다.

잠시 그저 그 사람과는 어떤 식으로 대화를 나누는지 아주 조금 궁금했었다. 하지만 반쯤 열린 병실문 앞에서 시후는 발걸음을 돌려야만 했다.

뺨을 때릴 줄 알았다. 당연히 그럴 거라고 생각했다. 하지만 자신의 생각들을 모조리 깨버리듯, 연우는 웃고 있었다. 그것도 아주 편안하게.

그 광경에 설핏 웃음이 났다. 오늘 완벽하게 그어진 선이 하나가 더 생겼다.

그 다음 날 연우는 퇴원했다. 다행히도 왼쪽 팔이 골절된 것 말고는 별다른 이상이 없었다. 다행인 일이었다. 연우는 부은 팔이 가라앉을 때까지 반깁스를 하고 일주일 후 통깁스로 바꿨다. 그 덕분에 연우는 거의 집에만 있어야 했다. 엄마의 불안한 모습 때문이었다.

사고 때문에 예전 사건에 트라우마를 겪는 사람이 연우뿐은 아닌 모양이었다. 엄마도 주원도 모두 다 그때의 사고를 떠올리고 있었다.

"연우야, 오늘은 닭볶음탕이야. 얼른 나와."

엄마는 연우가 집에 있는 것을 아이처럼 좋아했다. 예전엔 그 모습이 미치도록 싫었다. 자신에게 모든 것을 기대고, 원망을 담았던 그 눈이 그녀를 숨 막히게 했었다.

하지만 연우가 모르는 사이 엄마는 나이가 들어 있었다. 반짝반짝 빛나던 시절도 모두 예전이 되어버렸다.

"우와, 어머님 진짜 진수성찬이네요."

시후는 요 며칠 매일 그녀의 집을 찾아오곤 했다. 쫓아내고 단호하게 거절하려 해도 엄마가 시후를 너무 좋아했다. 특유의 낙천적이고 밝은 성격이 엄마는 마음에 드는 모양이었다.

연우가 맞은편에 앉자, 엄마가 그 앞에 앉아 그녀의 밥 위에 생선을 발라주었다.

"어서 먹어."

닭 뼈를 발라주는 엄마의 얼굴은 그 어느 때보다 행복했다. 연우는 그것을 말없이 입 안으로 넣고 씹어 삼켰다.

"어머님 진짜 맛있어요."

"어머, 그래? 자주 와! 연우가 주원이 빼고 친구는 처음 데려오는 거라 나도 너무 반가워서 좋네."

시후의 말을 기분 좋게 받아주면서도 엄마는 연신 연우의 밥 위에 반찬을 올려주었다.

"어때?"

"맛있어."

"정말? 우리 연우가 콩자반을 좋아했구나. 엄마는 몰랐네."

항상 이런 식이었다. 그저 으레 예의상 맛있다고 대답하는 연우를 말리며 주원이 있을 땐 그녀가 좋아하는 것들을 얘기해주기도 했다.

엄마는 그렇게 연우를 하나씩 알아가고 있었다. 처음엔 엄마의 이런 어색한 친절이 부담스러워 그저 대꾸 없이 밥을 먹곤 했다. 그러다 주원에게 한소리 들었다.

'아줌마는 너한테 다가가려고 하시는 거야.'

어쩌면 주원의 말이 맞는지도 모르겠다. 엄마는 노력하고 있었다. 아니, 그녀는 어린 시절에 받은 상처로 인해 나만 아프다고 주장하며 엄마를 이해하지 않으려 한지도 모르겠다.

"주원이가 네가 좋아하는 반찬 많이 알려주고 갔어. 엄마가 다 만들어줄게."

엄마는 라면 물도 잘 못 맞추던 사람이었다. 그런 엄마가 이제는 요리를 하고 있었다. 온전히 그녀를 위해서라고, 주원이 말했다. 괜스레 밥을 먹을 때마다 목이 메고 울컥해지는 기분을 느껴야 했다.

시후는 그녀가 심심해한다는 명분으로 그녀의 곁을 떠나지 않았다. 주원이 오는 시간을 대강 알아서인지 이제는 아침 일찍부터 그녀의 집으로 쳐들어오곤 했다.

"내일부터 오지 마."

"저도 오고 싶어서 오는 게 아니라 누나가 나 때문에 다친 게 아닐까 신경 쓰여서 오는 거예요. 그러니 나을 때까지는 올 거예요."

"네 탓 아니니까."

"아, 요새 텔레비전은 참 재미가 없어."

시후는 항상 그녀가 오지 말라고 단칼에 끊어도 이런 식으로 딴청을 피우곤 했다. 한여름에 이렇게 더운 집이 뭐가 좋다고.

엄마는 여전히 창문을 열지 않는다. 그나마 한여름에 통깁스를 하고 있는 그녀를 위해 에어컨 정도는 허용해주었으니 망정이지 아니었다면 당장 주원의 집으로 뛰어갔을지도 모른다.

하지만 엄마는 긴팔 티셔츠를 입고 있었다. 30도가 웃도는 이런 날씨에서도 엄마는 소매 짧은 것을 입지 않았다.

"엄마 잠깐 마트 좀 다녀올게. 놀고 있어."

"어머님, 다녀오세요!"

깍듯하게 시후가 엄마에게 인사를 하고 소파에 털썩 앉았다. 연우는 에어컨 바람 때문에 도저히 방으로 들어갈 수가 없었다. 아마 방 안은 찜통이나 다름없을 것이다.

"이제……."

그만 제발 좀 가라는 말을 하려던 참이었다. 채널을 돌리던 시후가 입을 열었다.

"그때 봤어요. 두 사람 키스하던 거."

"그래서?"

시후는 연우가 놀라서 그를 쳐다볼 줄 알았다. 담담하고 담백한 대답에 새삼 놀란 것은 시후 자신이었다.

"두 사람은 도대체 뭐예요?"

끝내 며칠을 고민하고, 이곳에 와서 며칠째 눈치만 봤던 그 질문을 어렵사리 내뱉었다.

"친구라고 했잖아."

"친구는 그런 거 안 해요."

신경질적이고 귀찮다는 듯한 연우의 말에 시후의 목소리가 다소 올라갔다. 하지만 자신을 똑바로 바라보고 있는 연우의 눈빛에서 너도 남들과 똑같구나, 라는 종류의 시선이 느껴졌다.

왜였을까. 이것은 자신이 생각하는 일반론이었다.

"미안해요. 질문을 바꿀게요. 그럼 왜 사귀진 않아요?"

아무렇지 않게 모든 것을 쉽게 대답하던 연우가 이번엔 대답을 좀 망설였다. 거절하지는 않을까, 혹여 너는 이 일에 상관할 사람이 아니야, 라고 대답하지는 않을까. 약간 걱정이 됐다.

"사랑은 잃을 수 있지만 친구는 잃지 않아."

"싸울 수도 있잖아요."

시후가 얼른 덧붙였다. 연우가 웃음기 섞인 눈으로 시후를 바라봤다. 마치 그들 사이를 아무것도 모르는, 그 사이에서 철저한 이방인이 된 듯한 기분이었다.

"우리는 싸우지 않아. 그리고 고작 싸움 따위로 우리가 끝날 정도로 우린 하찮은 사이가 아니야."

"그게 뭐예요. 그냥 두려워서 앞으로 못 나아가는 거뿐이잖아요. 겁쟁이네. 둘 다."

투덜거리듯 내뱉는 시후의 말에 연우는 더 이상 대꾸하지 않았다. 맞받아치지 않는 연우의 행동을 시후는 담담하게 받아들였다.

그에게 솔직하게 대답하고 있는 연우의 마음을 어느 정도는 알 거 같다. 끼어들 틈조차 없는 사이라는 것을 알려주고 싶었던 것 같다.

세 번째 선이 오늘 또 그어졌다.

"아, 저 이만 가볼게요."

시후는 갑자기 부산스럽게 밖으로 나갔다. 충분히 의도가 전해진 듯 보였다. 그나마 다행이었다. 어떤 의미에서 자신에게 다가오는지 모르겠지만, 그에게 마음을 내줄 마음의 자리는 한 곳도 없었다.

연우는 운명을 믿는다고, 어설프게 내뱉던 자신의 행동들이 웃음이 났다. 운명이란 것은 혼자만의 운명이 될 수도 있다는 것을 이번에 알았다.

시후가 밖으로 나오자 주원이 담벼락에 기대어 그를 쳐다보고 있었다. 주원이 온 것을 뻔히 보면서 물었었다. 그가 듣는 줄 알면서도 겁쟁이라는 말을 내뱉었다. 저열한 마음이었는지도 모르겠다. 하지만 그러고 싶었다. 형식적으로 친구라고 내뱉는 것을 알면서 물은 것도, 겁쟁이라고 얘기하는 것도 모두 주원에게 돌리는 화살이었는지도 모르겠다.

"너 여기 계속 왜 오는 거냐?"

주원은 시후가 이곳에 오는 동안 단 한 번도 그에게 말을 걸지 않았다. 아니, 없는 취급을 했다는 것이 정확했다. 철저한 배제, 그것은 너는 우리 사이에 낄 수 없다는 무언의 경고였다.

"좋으니까 오죠."

날이 선 듯한 시후의 말에 주원이 그를 비웃듯 스치고 지나갔다. 시후는 그 외면이 견디기 힘들게 자존심 상했다.

"어차피 친구라서 다가가지도 못하잖아요. 거기서 끝, 아닌가?"

현관문을 열려던 주원이 뒤를 돌아 시후를 똑바로 바라봤다. 하지만 그것이 더 그의 자존심을 상하게 했다. 자신의 비아냥거림에 발끈해 화를 낼 거라고 생각한 것과 달리 주원은 지나치게 여유가 있었다. 그것이 더 분했다. 자신은 상대도 안 된다는 뜻이기도 했다.

"그렇다고 해도 네가 끼어들 틈 따위가 없지."

주원이 연우의 집으로 들어가는 것을 보며 시후는 쓰디쓴 패배감을 안아야 했다. 하지만 이것은 연우가 그은 선보다는 덜 아팠다. 친구들이 첫눈에 반한다는 소릴 할 때면 웃기는 말 좀 하지 말라고 항상 핀잔을 주곤 했었다. 운명이란 없는 것이라고, 그렇게 믿고 살아왔다.

하지만, 연우를 보고 연우의 곁을 맴도는 동안 깨달았다. 그런 사랑도 있다는 것을. 사랑이 아닐 수도 있었다.

아직은 호감 단계일지도 모르겠다. 그저 전투의지에 활활 타올라 자존심이 상해 아픈 것일지도 모르겠다.

하지만 연우가 운명처럼 다가왔다는 것만은 확실히 알고 있었다.

연우는 텔레비전도 꺼둔 채, 멍하니 까만 화면만 쳐다보고 있었다. 겁쟁이, 그래 그들은 겁쟁이였다.

"왔어? 왜 이렇게 늦었어?"

연우가 주원을 발견하고 쪼르르 달려왔다. 팔이 제법 아팠을 텐데 연우는 아픈 티를 많이 내지 않았다. 약 먹는 것도 싫다고 징징대는 주제에. 이런 것을 걱정 끼치긴 싫은 모양이었다.

"아줌마는?"

"마트."

"빙수 사왔어."

"아, 진짜? 이거 사느라 늦은 거야?"

"그냥 겸사겸사."

주원은 테이블 위에 빙수를 꺼내놓고 뚜껑을 따, 연우에게 숟가락을 쥐여주었다. 연우가 평소 좋아했던 멜론빙수였다.

"맛있다."

기뻐하는 연우를 보자, 방금 전까지 났던 화가 거짓처럼 스르륵 가라앉는 거 같았다. 요 며칠 찾아오는 녀석, 여유 있는 척했지만 사실은 불안했다. 가두어둔지도 모를 연우를 한순간에 빼앗길까 봐 조바심이 났다.

"이제 시후 안 올 거야."

조바심의 정체를 과연 연우는 알고 있었을까. 왜, 라는 물음을 하기도 전에 연우가 다시 말을 덧붙였다.

"내가 선을 그었거든. 아마 똑똑한 녀석이라 알아들었을 거야. 그러니까 이제 늦게 오지 마."

연우가 주원에게 희미하게 웃으며 말했다. 과연 그 선을 그으면서 연우는 어떤 표정이었을까. 남에게 모진 말을 하고 싶지 않아 그들과 관계하는 것을 더 꺼렸다.

하지만 결국 모질게 내쳐야 하는 상황에서 연우는 나름 용기를 낸 것이었다.

이제 그가 용기를 낼 차례였다.

여름이 막바지로 접어들고 있었다. 하지만 그 열기는 밤에도 계속되었다. 간간이 부는 바람 외에는 뜨겁고 습한 느낌이 계속 됐다.

연우와 주원은 근처 공원을 나란히 산책했다. 집에서만 있던 연우에겐 꿀맛 같은 나들이였다. 엄마의 불안함을 알기에, 한동 안은 집에만 있었더랬다.

"좋다."

더운 열기도 상쾌하게 느껴질 만큼 바깥 공기가 달콤했다. 아 직 깁스를 하고 있는 손에는 유라와 민혁이 신이 나게 낙서를 해 놓았다.

어린애도 아니고 무슨 짓이냐고 핀잔을 주었지만, 연우도 그 들을 적극적으로 말리지는 않았다. 낯선 경험이었으니까. 우리 둘만 있을 때는 느낄 수 없는 것들을 넷이서 느끼곤 했다.

"뭐 마실래?"

"나 자몽주스!"

편의점을 지나가던 길에 주원이 묻자, 연우는 기다렸다는 듯 대답했다. 못 말린다는 듯 주원이 편의점으로 들어가서 자몽주 스와 커피를 사 들고 나왔다.

"저기 잠깐 앉자."

주스에 뚜껑을 따서 연우에게 건네주며 주원이 말했다. 공원 가로등 밑에 나란히 앉았다. 달콤하면서 쏩쓸한 자몽주스를 마

시며 밤하늘을 바라봤다. 연우가 바라보는 그곳을 주원도 바라
보고 있었다.

두려워서 다가가지 못하는 겁쟁이, 그래 두려웠던 것이다. 연
우가 자신에게 싫증을 내버릴까 봐. 밑바닥까지 모두 보이면 지
레 겁먹고 도망가 버릴까 봐. 모두 다 주원을 두렵게 만들곤 했
었다. 안정적인 관계와 언제 끝날지도 모르는 사이에서 몇 년을
고민했었다.

"할 말 있어."

"응? 뭔데?"

하지만 이제 마음을 굳혔다. 다른 누군가와 함께 있는 연우를
상상하는 것만으로도 끔찍하게 싫었다. 그런 마음으로 사느니,
자신의 마음을 숨기느니, 주원은 한 번 더 제대로 용기를 내기로
했다.

연우를 차지하기 위해.

"네가 내 옆을 떠나지 않았으면 좋겠어."

드러내지 않은 독점욕이 점점 증폭되어간다. 연우가 갑자기
무슨 소리냐는 듯 주원을 쳐다봤다. 주원은 자신을 바라보는 연
우의 눈을 똑바로 쳐다봤다. 이제 더 이상 숨기지 않겠다는 듯.

바람이 산들산들 불어온다. 뜨겁게 달아오른 지열을 식히듯
이. 마주 본 주원의 단호한 눈빛에 연우는 순간 멈칫했다.

주원이 잔뜩 긴장한 그녀의 뺨을 다정하게 어루만졌다. 엄지
가 연우의 눈을 부드럽게 스치고 뺨을 스쳤다.

그리고 도톰한 입술을 부드럽게 매만졌다.

"그럼 나도 네 곁을 떠나지 않을게."

치졸할지도 모르겠다. 연우의 약점을 뒤흔드는 걸지도 몰랐다. 하지만 그가 던질 수 있는 유일한 패였다. 널 떠나지 않겠다는 다짐, 그가 해줄 수 있는 최선이었다.

"그러니까, 이제……."

연우의 흔들리는 눈동자에 몸 안에서 들끓던 불안한 마음들이 천천히 그 불씨를 키웠다.

"너만 한 발짝 오면 돼."

제발, 한 발짝만 와달라고 애원하듯 그녀를 쳐다봤다.

10.

생각할 시간을 줘, 상투적인 대답. 장난으로 치부할 수 없는 주원의 진지한 눈빛에 연우는 그렇게 대답하고 말았다. 자신의 입에서 그런 말이 나올 줄 생각지도 못했다.

드라마의 단골 대사였다. 그 대사를 하는 여배우를 볼 때마다 그들을 비웃곤 했는데, 그게 막상 자신의 상황이 되니 그 사람이 어떤 마음으로 그 말을 내뱉었는지 조금 이해할 수 있을 거 같다.

우리의 미래를 생각해보지 않은 것은 아니었다. 누군가와 가정을 꾸리고 우리가 헤어지고, 더 이상 친구라는 이름이 남지 않을 때, 그때 우리는 각자 어떤 생각을 하고 있을까, 고민을 하곤 했었다.

하지만 우리는 아직 어렸고 아직은 꿈꾸지 않아도 되는 먼 미래라고 생각했다.

농담으로 가끔 말하곤 했었다.

'우리 나중에 그냥 우리 둘 옆에 아무도 없으면 결혼할까?'

대답도 없이 그저 웃기만 한 주원에게 대답을 종용했던 것은 바로 자신이었다. 하지만 현실이 눈앞에 치닫자 괜스레 도망가고 싶어졌다.

주원이 어떤 표정으로 어떤 마음으로 이야기를 했는지 연우는 충분히 알 수 있었다. 그 마음을 모두 알기에 섣부른 답을 내릴 수가 없었다.

우리는 사귀지 않아도, 충분하다고 생각했었다. 어쩌면 괜찮다는 생각들 사이로 작은 틈들이 조금씩 생겨났던 것은 아니었을까. 다른 사람과 있는 서로를 보며 그 틈이 조금 더 커져간 것은 아니었을까.

우리는 굉장히 견고하고 단단하게 이루어진 성을 쌓고 있었다고 생각했다. 남들은 절대 이해하지 못할, 그리고 남들은 절대 들어올 수 없는.

하지만 그것은 어리석은 착각이었다. 이 성은 모래처럼 하찮은 것이라서 커다란 파도 하나에 금방 무너질 수 있는 그런 것이었다.

"요 며칠 주원이가 안 오네?"

"바쁜가 봐."

걱정이 묻어나는 엄마의 물음에 연우는 꽤 담백하게 대답했다. 실은 걱정되고, 궁금해 죽겠으면서. 주원은 그날 이후 연우를 피하고 있었다.

아니 자신이 없는 곳에서 생각이란 것을 해보라는 건지도 몰랐다. 하지만 이 정도까지 자신을 피할 이유는 없었다. 괜스레 주원에게 화가 났다.

생각해보면 시작은 연우였다. 머릿속에 찾아온 혼란, 그 혼란의 정체들을 깨닫기 위해 주원이 와도 일부러 자는 척 방문을 열지 않았었다.

방문을 슬쩍 열어 그녀가 자는 것을 확인하고 주원은 돌아갔다. 그리고 그 이후로 주원은 연락조차 없었다.

아니, 갑자기 주원을 보는 것이 낯 뜨겁게 느껴졌다. 이유가 왠지는 연우 본인도 잘 모르겠다. 그저 그 상황이 숨 막히고 두려운 것은 아니었을까, 막연한 추측을 할 뿐이었다.

엄마와 함께 시간을 보낼 때면 주원은 늘 말했었다. 엄마가 어떤 마음으로 널 보는지 이제는 제대로 보라고. 너 혼자 아픈 것이 아니라고. 그렇게 말했던 주제에 자기 혼자 힘든 척을 하는 건지 모르겠다.

답은 내려지지 않았지만, 주원은 결국 머릿속에 내린 답이 있었던 것이다.

주원과 제대로 못 본 지 2주가 지났다. 그사이 개강을 했다. 이제 우리는 다시 마주쳐야 한다. 아니 이게 아니라도 우리는 만나야 하는 사이였다.

"팔은 언제 푼데?

"2주 후."

"근데 너 주원이랑 싸웠어?"

유라가 자못 궁금하다는 듯 물어왔다. 이게 싸웠다고 해야 할까. 아니 우리는 지금 시간을 갖는 중이었다. 시간을 달라고 한 것은 자신이었는데 그 시간이 엄청나게 더디게 흘러가는 거 같았다.

"아니."

"에? 아니라고? 그런데 이렇게 바람이 쌩쌩 분다고?"

"그건 내가 원한 일이 아니었어."

서주원은 참 살뜰한 사람이었다. 이렇게 냉전 중에도 자신을 데리러오니 말이다. 하지만 어떤 이유에서인지 연우는 주원에게 말을 걸 수가 없었다.

한 공간에 있으면서 이렇게 숨 막혀보기는 처음이었다. 어색함을 달래고자 날이 좋다는 말도 안 되는 소릴 지껄여도 주원은 심드렁하게 대꾸할 뿐 예전처럼 핀잔을 주거나 웃지 않았다.

그 모습이 화가 나 그다음부터 연우도 입을 꾹 다물었다.

사실 연락을 안 하려던 것은 아니었다. 하지만 그러고 가서 연락도 없는 주원이 얄미워 연우도 연락을 안 했다. 생각해볼 시간을 준다면서 무슨 자신을 죄인 취급하고 있었다.

"야 저거 주원이 아니야? 서주원!"

유라가 커다란 목소리로 주원을 불렀다. 뭔가 묘하게 기분이 나빠 고개를 홱 돌려버렸다. 하지만 그 사이 연우는 보고 말았다. 주원과 소개팅했던 그 여자와 다정하게 이야기를 나누고 있는 그의 모습을.

"어디 가냐?"

"약속."

"오호, 저 사람 너랑 소개팅했던 사람 아니야?"

"김민혁!"

갑자기 저 멀리서 천천히 걸어오던 민혁을 주원이 손짓으로 불렀다.

"왜? 뭔데?"

"연우 좀 데려다 줘. 나 오늘 늦을 거 같아."

분명 연우에게 향하는 말이었다. 하지만 연우는 괜히 딴청을 피우며 저만치 주원을 피해버렸다.

어쩌면 먼저 피한 것은 자신은 아니었을까.

주원이 오는 것을 알면서도 부러 자는 척을 하곤 했다. 결국 원인 제공자는 자신이었는지도 모른다.

"뭐? 그래. 알았어."

순순히 받아들이는 민혁의 어깨를 두어 번 두드리고 주원이 자리를 떠났다. 주원이 연우를 계속 보고 있는 것을 알았지만 연우는 주원과 눈을 마주치지 않았다.

"너희도 싸우긴 싸우는구나."

유라가 신기한 듯 말했다. 하긴 어렸을 때 빼고는 그다지 싸워본 적이 없었다. 아니, 이것을 과연 싸움이라고 할 수나 있을까. 서주원과 김연우의 싸움은 가당치도 않았다.

늘 주원이 져주는 쪽이었기 때문에 싸움은 일어나기도 전에 사그라졌다.

싸움……. 그 단어 대신 연우는 그저 커가는 성장통 중 하나라고 치부하고 싶었다.

주원이 그녀에게서 한참 떨어지자 그제야 연우는 그를 쳐다봤다. 멀리서 주원의 모습을 본 적이 별로 없었다. 그 뒷모습이 어떤지조차 잘 기억이 나질 않는다.

주원은 그녀에게 뒷모습을 보여준 적이 없었다. 낯선 여자와 함께 있는 주원의 모습, 다정하게 얘기를 나누는 모습, 이것은 손에 닿지 않을 때와 손에 닿을 때와는 다소 차이가 있는 느낌이었다.

"뭐야. 둘이 잘된 거였어?"

"몰라. 혜원이가 뭐 좀 부탁한 모양이던데."

민혁이 심드렁하게 대꾸했다. 연우는 계속해서 주원과 혜원의 뒷모습을 좇고 있었다.

기분이 나쁘고 화가 났다. 자신에게 거대한 숙제를 떠넘겨놓고 자신은 저만치 도망가버린 기분이었다.

연우는 아랫입술을 잘근 깨물며 앞서가는 주원을 물기 어린 눈으로 쳐다봤다.

"왜 그래, 김연우?"

"뭐가?"

"너 왜 울 거같이 그러냐고. 네가 네 입으로 그랬잖아. 친구라고."

평소처럼 냉소적으로 말하는 유라의 그 한 마디 한 마디가 유달리 가슴속을 후벼 팠다.

어쩌면 자신이 매일 친구라고 했을 때마다 주원이 이런 기분이었는지도 모르겠다. 아니라고, 우린 아무 사이가 아니라고 치부했을 때와 주원이 느꼈던 감정일지도 모르겠다.

"이제 쟤 기분을 좀 알겠어? 그리고 네가 무슨 짓을 저지르는지도 이제 알겠고?"

유라가 마지막 말로 쐐기를 박았다.

"빨리 결정하는 게 좋을 거야."

아무것도 모르겠다. 앞으로 나아가야 한다고 죄다 등 떠미는데, 이게 맞는지도 모르겠다. 좋아한다는 감정이 과연 그 끝을 맺을 수 있는 감정인지도 모르겠다.

혹여, 주원이 자신에게 질려버리면 우리는 갈피를 정말 잃어버린다. 그때 가서 친구를 할 수도 없는 노릇이었다.

우리의 해피엔딩을 어떻게 끝을 맺어야 하는지 연우는 도저히 알 수가 없었다.

어두운 터널 속에 홀로 버려진 기분이었다. 다들 앞으로 나아가고 있는데 그 틈바구니에서 낙오된 느낌이었다.

그러면서도 두려움이 엄습했다. 나에게 완벽하게 돌아올 거라는 그 자신감이 오늘은 들지 않았기 때문이다.

주원이 떠나갈까 전전긍긍 불안해하면서도 옆에 있어주겠다는 그를 자신도 모르게 쳐내고 있었다.

연우의 입가에 나직한 한숨이 타고 흘렀다.

"누나!"

"어? 왔어?"

시후가 연우의 옆으로 다가와 알은체를 했다.

"나 먼저 가볼게."

하지만 시후의 목소리가 들릴 리 없었다. 민혁이 재빨리 연우를 따라가고 유라가 안쓰러운 미소를 지으며 시후의 어깨를 다독였다.

가을이 한 발짝 다가오는데 그 열기는 참 참혹할 정도로 뜨거웠다.

우리는 서로를 모두 다 안다고 생각한다. 눈빛만 봐도 통하고 함께한 시간과 비례해 서로의 마음까지 모두 다 알 수 있다는 어리석은 착각을 하곤 했었다. 하지만 그 착각이 얼마나 위험한 것인지, 주원은 이번에 깨달았다.

차라리 착각이었으면 좋겠다. 한 발짝만 와달라고, 애원 섞인 부탁을 했을 때 연우는 당황했다. 그저 갑작스러운 고백에 도망가고 싶어 한다고 생각했었다.

차라리 그것이라면 다행이라고 생각했다. 그래, 도망가면 다시 옆에 데려다 놓으면 된다는 생각을 했다.

"연우야! 주원이 왔다. 어? 얘가 금방까지 놀더니 잠들었나보네."

이불을 푹 뒤집어쓴 채 누워 있는 연우를 보자 설핏 웃음이 나왔다. 모든 것을 안다고 생각했다. 그저 도망가는 것 중 하나라고 생각했다. 하지만 이것은 거부였다.

"어쩌니?"

"다음에 올게요."

차라리 이렇게 속속들이 알지 못해서, 연우가 정말로 자는 것이라고 생각했다면 얼마나 좋았을까. 하지만 그는 연우에 대해 너무 많은 것을 알고 있었다.

두려움, 연우에게서 느꼈던 감정은 그저 두려움이었다. 아니 그런 줄 알았다.

하지만 결국 연우가 그에게 내보였던 것은 거부였다.

사실 화가 나기도 했다. 그래서 연우를 일부러 피했다. 모든 것을 다 챙겨주고 연우만을 위해 살았다고 해도 이상할 것이 없었다. 모든 것은 연우에게 맞춰져 있었다.

그것이 너무 고통스럽고 괴로워 어설픈 연우의 화해의 손길도 뿌리쳤다. 구름이 잔뜩 낀 아침에 날이 좋다는 헛소리를 해대는 연우를 가볍게 무시한 것도 그 이유였다.

"저, 괜찮으세요? 제가 너무 다급해서…… 부탁할 곳이 없어서요."

혜원의 부탁을 사실 수락한 것도 연우와 같이 있는 시간을 만들지 않기 위해서였다.

"네? 아……."

"죄송해요. 생각나는 분이 오빠밖에 없어서요."

갑작스러운 아빠의 뺑소니사고로 자문을 구할 곳이 주원밖에 없었다 했다. 아빠는 중환자실에 입원해 계시고 경황도 없어서 그저 생각나는 사람 아무나 잡고 물어봐야만 했다고.

"괜찮아요."

섣부른 접근, 섣부른 고백, 그것으로 연우를 잃을 수는 없었다.

연우가 거부한다면 그 의견을 존중해줄 생각이었다. 하지만 마음
속에 치밀어 오르는 화까지 억누를 수는 없었다.

왜, 내가 아니야. 왜, 내가 안 되는데? 검은 마음이 소용돌이
쳐 그의 가슴을 짓눌렀다.

왜, 라는 물음이 생겨나는 순간 연우의 마음을 더 이상 이해
해줄 수 없을 거 같았다. 그래서 잠시 그녀와의 시간을 갖기로
했다.

❋

도저히 안 되겠다고 생각한 것은 오늘 낮이었다. 항상 자신과
먹던 점심 역시 같이 먹지 않았다. 선약이 있다는데 연우가 보기
엔 자신을 철저하게 외면하는 것이었다.

도대체 왜? 백번 양보해서 먼저 피한 것이 자신이라고 치자.
하지만 그렇다고 이렇게 피하는 것이 말이나 된단 말인가. 화가
나고 열이 받아 도저히 참을 수가 없었다.

'오늘도 약속이 있어.'

담백하게 말하는 주원이 얄미워 일부러 대답도 않고 왔다. 도
대체 한 번 끝났던 소개팅녀와 무슨 볼일이 남은 것일까. 괜스레
불안하고 겁이 나고 화가 났다. 그리고 다른 여자와 함께 있는
주원의 모습을 보는 것이 가슴 아렸다.

저것이 어쩌면 자신의 미래의 모습이 될지도 모르겠다. 혼자
가슴앓이하고, 가슴 아파하고, 그런 주원을 계속해서 지켜보는

것이. 그리고 여태껏 주원이 해왔던 일이기도 했다.

그 사건이 이후 다시 시작된 악몽, 주원은 그때마다 연우에게 어떻게 해줘야 하는지 너무 잘 알고 있었다. 자기 전 따뜻하게 데운 우유 한 잔과 함께 옆에서 잠이 들 때까지 이마를 쓰다듬어주며 손을 꼭 잡아주곤 했다.

그걸 이제 엄마가 대신했다. 커다란 손으로 그녀의 등을 다정하게 쓰다듬어주며 품에 안아주던 그것을 이제 엄마가 대신했다.

꼼지락거리며 때가 잔뜩 타버린 곰인형을 손으로 매만졌다. 자신의 대신이라며 놓고 갔던 그 곰인형은 그대로인데 그 옆에 주원이 없었다.

설핏 웃음이 나기도 하고 화가 나기도 했다. 더 이상 참을 수 없다고 느낀 것은 바로 그 때문이었다. 남에게 보내려고 준비하는 사람처럼 하나하나 자신이 했던 것들을 짐을 떠넘기듯 다른 사람에게 넘기고 있었다.

처음엔 그래 나도 독립해보겠다 생각했었다. 하지만 하루가 지나고 이틀이 지나고 사흘이 지나고 그 빈자리가 커질수록 연우는 울적해졌다.

우리는 이렇게 쉽게 끝날 사이가 아니었다. 우리가 그동안 가졌던 시간, 신뢰, 애정, 이 모든 것들은 이렇게 쉽게 허물어져서는 안 되는 것들이었다.

설사 누군가를, 다른 사람을 주원이 좋아하게 됐다고 해도. 주원이 누군가와 함께 있는 생각을 하니 화가 나 더 이상 견딜 수가 없었다.

이런 느낌을 주원도 받아봤을까.

연우는 주원의 집으로 갔다. 유라가 저녁을 함께 먹자고 했지만 그럴 마음이 들지 않았다. 갑갑하고 묵직한 이 마음을 얼른 해결해야만 해야 했다.

고작 며칠 안 눌렀다고 현관문 비밀번호를 누르는 것이 굉장히 어색하게 느껴졌다.

고작 며칠뿐인데…….

손가락을 떼면서 연우는 잠시 멈칫했다. 습관처럼 있던 사람도 이렇게 고작 며칠 만에 어색해질 수 있는 거구나. 우리가 몇 달 헤어져 있으면 이 문처럼 어색하게 변할지도 모른다. 갑자기 모든 것이 씁쓸하고 아팠다.

주원의 집은 변한 것이 없었다. 그녀와 단둘이 앉아서 놀던 작은 소파, 그 소파 위에 연우가 가져다 놓은 커다란 곰인형, 그리고 주원과 함께 항상 밥을 먹었던 소파 앞 테이블까지. 갑자기 모든 것이 아련한 추억처럼 느껴졌다.

눈가가 시리고 간지러워졌다. 우리의 시간은 추억이 아니었는데…….

주원은 저녁 늦도록 돌아오지 않았다. 연우는 낯설었던 주원의 공간에 다시 적응하려 했다. 자신이 집보다 더 편했던 공간이 이리도 어색해지면 그동안 함께한 시간이 너무 서글퍼질 것만 같았다.

연우는 몸을 웅크리며 둥글게 말았다. 주원이 없는 이 집은 따뜻한 곳이었는데 이제는 차게만 느껴졌다.

문을 연 주원은 잠시 멈칫했다. 자신의 신발 대신 다른 신발이 현관에 있었기 때문이다. 연우는 소파에서 웅크리고 앉아 있었다.

주원이 그녀를 보며 잠시 멈칫했다. 죽도록 피했는데 이걸 어떻게 해야 할까. 그런 그의 생각들을 무색하게 연우가 부스스 눈을 떴다.

"어쩐 일이야?"

주원은 부러 냉소적으로 내뱉었다. 연우는 웅크리고 있던 몸을 풀 생각조차 못하고 주원을 멍하니 올려다봤다. 우리 사이에 어쩐 일이야, 라는 단어가 언제부터 필요했을까. 순간 화가 났다. 눈물이 핑 돌고, 주원이 미워졌다.

"너 나한테 왜 그래?"

"뭐가?"

촉촉하게 젖어 있는 연우의 눈을 뻔히 보면서도 주원은 냉정하게 내뱉었다. 예전 같으면 달려와 품을 빌려줬으면서.

"갑자기 이러잖아! 갑자기 왜 피하는 건데?"

"갑자기……. 이게 다 갑자기라고 생각해?"

되돌아온 질문. 하지만 자신의 바라보는 주원의 눈빛이 너무 서늘하다. 숨쉬기 힘들 만큼 가슴이 아려왔다. 모든 것이 서럽게 느껴졌다.

"넌 나랑 키스하고 자면서 한 번도 앞으로 이렇게 전개될 거라고 생각 안 해봤어?"

해봤었다. 어떻게 한 번도 그런 생각을 안 할 수가 있겠는가.

우리는 연인보다 더 연인 같은 사이였다.

하지만 완벽하게 정의를 내리는 것이 연우는 두려웠다. 자신의 가장 소중한 것을, 소중한 안식처를, 그리고 누구와 맞바꿔도 절대 잃고 싶지 않은 소중한 사람을 잃을까 봐 두려웠다.

우리는 싸우지 않았다. 우리는 고로 헤어질 일이 없었다. 하지만 사랑이라는 것은 언젠가 식기 마련이었다. 어찌 그것을 연우가 알지 못했겠는가. 그래서 일부러 모든 것을 피했었다.

이렇게 하면 우리는 함께라고만 생각했다. 없었다고 생각했던 그 선은 우리 사이에 아주 견고하게 그어져 있었다.

"어차피 너 도망칠 거잖아."

망연히 연우는 주원을 올려다봤다. 담담하게 내뱉는 주원이 왜 이리도 고독하고 아파 보일까. 지금 비수를 내뱉는 것은 주원 쪽인데 오히려 그가 더 힘들어 보였다.

"도망칠 거 뻔히 아는데, 네 마음 알 거 같은데, 그럼 나보고 도대체 어쩌라는 거야!"

거칠게 내뱉는 한숨 사이로 앞머리를 쓸어 올리며 주원이 몸을 돌렸다. 서주원은 너무 똑똑했다. 자신의 마음을 너무도 잘 알고 있었으니까.

얼렁뚱땅 도망치자 했던 생각들이 가장 컸던 것은 사실이었다. 비겁하다고 해도 괜찮았다. 겁쟁이라고 해도 괜찮고, 남들이 멍청하다고 해도 괜찮다.

하지만, 주원이 아파하는 모습을 보는 것이 힘들 거라는 것은 왜 생각을 못했을까.

"이만 가."

주원이 그녀를 등지고 방 안으로 들어갔다. 웃음이 나와야 하는데, 이 상황이 어이없어서 웃어야 하는데 이상하게 눈물이 나왔다.

치졸한 자신의 마음이 자꾸만 합리화를 시키고 있었다. 나는 그저 준비가 필요했던 것이라고. 아니, 그 마음은 그저 주원의 마음을 다치게 하는 궁색한 변명일 뿐이었다. 자신은 그저 도망가고 싶었던 것이었다. 이 상황으로부터.

우는 연우를 보니 주원은 화가 났다. 치졸한 자신의 마음에, 연우는 준비가 안 된 게 아니라 그저 밀어내는 것인데, 그것을 안달복달하는 자신이 너무도 한심했다.

테이블 위에 잡히는 것을 바닥으로 집어던졌다.

연우는 닫힌 문을 망연하게 쳐다봤다. 주원은 자신이 가지고 있던 패를 모두 자신에게 보여줬다. 이제 갈 수 있는 건 주원이 아니라 연우였다.

이렇게 우리는 끝나면 안 되는 사이였다.

주원은 문을 등진 채 오롯이 서 있었다. 그 모습이 자신을 거부하고 있는 행위 같아서 연우는 가슴이 아팠다.

주원에게 다가갈 때마다 마치 그동안의 주원의 고민이 그녀에게 와 닿는 거 같았다.

왜 몰랐을까. 주원이 함부로 말을 내뱉는 사람이 아니었다는 것을. 수백 번 수천 번 고민하고 생각해서 결론을 내린 거라는 것을.

"오지 마."

탁하게 가라앉은 주원의 목소리가 그의 감정을 대변하고 있는 거 같았다. 다가가던 연우가 멈칫했다.

"지금 가. 지금 가면 네 마음 다 이해해줄게."

혼자만의 감정은 혼자만 끝내면 되는 것이었다. 지금 연우가 자신을 뒤흔들지 않는다면 몇 달, 아니 몇 년이 흘러도 혼자 이 감정을 모질게 내칠 작정이었다.

하지만 그 감정이라는 것이 모질게 내치고 거부하고 또 거부할수록 가슴속 깊이 자리 잡히는 것은 왜일까. 과연 이 넘쳐흐르는 마음을 모두 다 버릴 수 있을까.

아직도 주원은 자신이 없었다.

"주원아……."

"김연우, 제발 가."

완벽하게 내치는 말이면서 애원이 섞인 말에 연우는 그 자리를 떠날 수 없었다. 대신 느릿하게 주원의 손을 잡았다. 그 순간 주원이 그녀의 손목을 잡고 벽으로 밀쳤다. 숨결이 닿을 만한 거리였다. 간질간질, 주원의 체취를 느낄 수 있는 거리였다. 붉게 충혈된 주원의 눈과 피곤해 보이는 주원의 얼굴이 그동안의 주원의 시간을 말해주고 있었다. 그녀는 화를 냈지만 주원은 홀로 아픔을 견디고 있었던 것이다. 왜 진작 몰랐을까.

가슴이 울컥하고 눈물이 쏟아졌다.

연우는 그 모습이 안쓰러워 주원의 뺨을 쓰다듬었다. 미안하다는 말을 해주고 싶은데 도저히 입 밖으로 낼 수 없었다.

뺨에 닿는 손에 주원의 큰 손이 겹쳐지며 연우의 입술에 키스를 했다. 잡아주는 그 손은 한없이 다정했지만 입 안을 유린하는 혀는 한없이 흉포했다. 항상 자신을 위해 부드럽게 맞춰주던 주원과는 상반된 느낌이었다. 마치 자신의 소유권을 주장하듯 거칠게 입을 맞추던 입술이 아쉽게 떨어지며 입술을 핥았다.

촉촉하게 젖은 주원의 눈이 그녀를 아프게 바라보고 있었다.

"지금 밀어내면 너랑 나 예전으로 돌아가는 거야. 아무것도 몰랐던 그때로."

왜 그 말을 내뱉는 주원의 표정이 고통으로 일그러지는 것일까. 어찌 그녀가 서주원을 밀어내겠는가. 서주원이 김연우를 밀어낼 수 없듯이 연우도 똑같았다. 김연우는 서주원을 밀어낼 수 없는 사람이었다.

연우는 눈을 감으며 주원의 입에 가볍게 키스를 했다.

"안 가."

다시 한 번 연우가 주원의 입술에 키스했다.

"그러니까 너도 가지마. 내 옆에 항상 있어준다는 말 지켜."

주원의 눈이 자잘하게 흔들렸다. 알 수 없는 당혹감. 주원은 그녀의 마음을 원하면서 절대 그것을 얻을 수 있을 거라는 생각은 해본 적이 없었다.

"왜 대답 안 해?"

다그쳐 묻는 연우 때문에 이제야 현실로 돌아오는 거 같았다. 주원이 피식 웃음을 지었다. 이제 서주원 같았다. 미안해, 아프게 해서 미안해, 그런 말은 우리에게 어울리지 않으니까. 우리는 그저 함께면 되는 거다.

"네가 떠난다고 해도."

주원이 아직 눈물이 맺혀 있는 눈가에 키스를 했다.

"내가 싫어졌다고 해도."

연우의 뺨에 가볍게 입을 맞췄다.

"지겹다고 해도 절대 안 놔줄 거야."

그 말을 끝으로 주원은 연우의 양 뺨을 부여잡으며 못다 한 키스를 이어나갔다. 평소와는 다르고 조금은 거칠지만 부드럽게. 하지만 자신의 증폭된 마음을 숨기기는 어려울 거 같다.

농밀하게 이어지는 키스에 숨이 얽혀들고 타액이 얽혀들었다. 흐르고 또 흐르는 그 감정들이 연우에게 닿기를 바랐다. 검은 마음이 소용돌이치며 이 순간 그녀에게 소유권 주장을 원했다.

매번 억누르기만 했던 열망들이 폭주하듯 흘러나왔다.

뜨거운 숨이 입술을 집어삼켰다. 가볍게 빨아들이면서 시작한 키스는 어느새 진득해졌다. 아랫입술을 잘근 씹으며 저돌적으로 들어오는 그 혀의 느낌이 나쁘지 않다. 숨을 앗아갈 듯 격렬하게 빨아들이며 입 안 곳곳을 점령했다.

마치 음미를 하듯 느긋하게 시작하는 주원과는 사뭇 다른 모습이었다. 연우는 앗아가는 숨을 빼앗기지 않으려 발버둥을 쳤다. 숨이 막힐 듯 격렬한 키스가 이어졌다.

"하아……."

자신의 타액으로 번들거리는 주원의 입술을 보자 괜스레 기분이 좋아졌다. 연우는 주원의 입술에 가볍게 입을 맞췄다.

내 것이라는 도장. 그 여자애도 감히 들어올 수 없는 완전한 내 것이었다.

"살살해야 해."

이미 욕망으로 번들거리는 주원의 눈을 알아채고 연우가 여우처럼 말했다. 아직 깁스를 하고 있긴 하지만 평소엔 심히 불편한 정도는 아니었다. 하지만 육체적노동을 해야 하는 지금은 조금 달랐다.

"언제 푼데?"

연우의 깁스에 가볍게 입을 맞추며 주원이 제법 그윽하게 말했다.

"다다음 주."

"알았어."

순순히 물러나려니 했다. 분명 몸을 살짝 뗐으니까. 괜스레 아쉬워진 연우가 입맛을 다시던 그때였다. 주원의 말뜻은 그것이 아니었나보다.

"으악!"

연우의 옷을 끌어올리며 탐스러운 과일을 입 안에 잔뜩 머금었다. 그동안의 금욕생활에 대한 보상이랄까.

"팔 풀면 기대해라."

기대, 기대라는 단어에 괜스레 얼굴이 빨개졌다. 무슨 기대? 라고 여우처럼 물을까 생각하던 연우는 입술을 그만 빼앗겨버렸다.

반쯤 올라간 브래지어가 불편했지만 아직 주원은 그것까지 풀어줄 생각은 아닌 모양이었다. 농밀하게 혀가 얽혀들고 진득 진득한 열기가 흘러넘쳤다. 입술이 떼어진 자리에선 턱까지 차 올랐던 숨이 터져 나왔다.

연우의 티셔츠를 벗기고 반쯤 올라간 브래지어도 벗겨 침대 아래로 집어던졌다. 그러곤 자신의 티셔츠도 벗어 바닥에 던졌 다. 주원은 작지만 소담한 가슴을 손안에 움켜쥐며 그것을 단번 에 머금었다. 달콤한 과일을 먹듯 정점을 혀로 살살 굴리며 다른 가슴을 손으로 쥐락펴락했다. 예민한 살이 이리저리 흔들리며 야릇한 감정을 동반했다.

이미 그다음 행위를 아는지라 아랫배가 간질거리고 허벅지 사이가 뜨거워졌다. 주원의 입술은 여전히 가슴에 머물러 있었 다. 잔뜩 예민해진 유두를 이로 깨물고 혀끝으로 건들며 연우를 못살게 굴었다.

주원은 느긋하게 입술을 떼 배 아래로 옮겼다. 격렬하게 몰아 붙이던 키스와는 사뭇 다른 모습이었다. 다급하지 않게 몰아붙 이겠다 이거지? 간질거리는 허벅지를 비비며 주원을 살짝 흘겨 보던 그때였다.

"보고 싶었어."

주원의 손이 연우의 옷 사이로 들어오고 단번에 청바지와 속 옷까지 벗겼다. 갑자기 드러난 몸에 한기가 몰아닥쳐 연우는 바 르르 다리를 떨어야만 했다.

여리고 예쁜 숲을 손으로 쓰다듬으며 손가락으로 정점을 툭 건드렸다.

"앗."

"매일 보는데, 널 보는 거 같지가 않았어."

탄성 같은 신음이 흘러내렸다. 그 열망을 띤 숨소리에 주원의 손이 대담해졌다. 여린 꽃잎 사이를 배회하던 손이 단번에 여성을 뚫고 안으로 들어갔다.

갑자기 침범한 이물감에 연우의 몸에 힘이 바짝 들어갔다. 그럴수록 여성은 그 침입자를 더 꽉 물고 놔주질 않았다.

조여드는 손가락에 주원은 끙, 앓는 소리를 내야 했다. 야릇한 감정에 아랫배가 단단해졌기 때문이었다.

연우가 얼른 두 손으로 입을 막았지만 그 손을 치우고 주원이 느릿하게 입을 맞췄다. 자신의 손을 오물오물 조이는 빽빽한 여린 내벽을 손가락으로 움직이면서.

흘러나오는 더운 숨을 모두 주원이 삼켜버렸다. 신음 한 자락까지도 밖으로 내주지 않겠다는 모습이었다. 손은 더 대범해져 클리토리스를 찾아내 살살 문질렀다. 그리고 점점 질척해지는 몸 사이로 조금 더 깊고 빠르게 손가락을 밀어붙였다.

연우가 엉덩이를 비틀며 손가락을 더욱 조여 왔다. 그럴수록 손의 움직임은 더 빨라졌다.

웅얼웅얼, 키스를 하면서 뭐라 말을 했지만 주원은 그것을 가볍게 묵살했다.

"으웃. 서주원……."

입이 떼어진 순간 연우는 울먹이며 주원을 불렀지만 그는 피식 웃기만 할 뿐이었다. 아직은 저는 여유가 있다는 모습에 순간 화가 치밀어 올랐다.

사실, 숨기고 있을 뿐 주원은 해방을 요구하는 제 분신을 통제하기가 힘들었다. 하지만 그동안 참아왔던 것을 이렇게 헛되이 쓸 수는 없었다.

몰고 몰고 또 몰아 자신의 자제력이 한계에 이를 때, 그때 마침내 정복해야만 그 쾌감이 더 값지게 느껴지는 법이었다.

"넌 내가 조금도 그립지 않았어?"

자잘한 파동이 이는 내벽을 가볍게 손톱으로 훑으며 주원이 물었다. 화가 나 미칠 지경이지만 들썩거리던 엉덩이가 움직이던 손가락조차 빠져나간 지금 횅한 느낌에 다시 다리 사이를 비벼야만 했다.

"아앙."

앙큼한 신음을 흘리는 연우가 귀여워 주원은 그만 그녀의 말을 들어줄 뻔했다.

"어서 말해봐."

애액으로 묻은 손가락을 핥으며 주원이 미운 말을 해댔다. 연우가 붉게 상기된 얼굴로 조용히 웅얼댔다.

"나도."

"너도 뭐?"

주원이 다시 사악하게 웃었다.

"나도 보고 싶었다고. 이 자식아! 빨리해!"

웅크려 있는 것은 김연우와 사실 잘 맞지 않는다. 남에게 어떨지는 몰라도 최소한 자신에겐 그랬다. 한없이 여린 존재이면 서도 한없이 강한 존재였다.

주원은 연우의 오물오물 예쁜 입에 입술을 맞추며 그녀의 허벅지를 자신의 허리에 걸쳤다. 그러고는 천천히 남성을 밀어 넣었다.

처음부터 맞춰진 몸이란 건 없다. 조금씩 맞춰지고 그것이 서로에게 잘 맞아가는 것일 뿐.

주원이 질퍽해진 여성 안으로 몸을 끝까지 넣자, 둘은 숨을 몰아 내쉬었다.

"보고 싶었어. 많이."

주원이 뺐던 몸을 다시 쿵 밀어 넣으며 연우의 귀에 속삭였다.

"이제 매일 네 옆에 있을 거야."

"으, 응."

강렬하게 밀려오는 남성에 연우가 주원의 아래서 바르르 떨었다.

"사랑해, 연우야."

달콤하게 속삭이는 그 말을 끝으로 서로의 열망에 가득 찬 신음소리 외엔 아무 소리도 들리지 않았다. 강하게 밀어붙이는 주원의 말을 제대로 들을 수도 없던 연우는 정신없이 고개만 끄덕였다.

서로의 온기를 느끼며, 서로의 마음을 느끼며, 서로의 몸을 느끼며.

주원이 연우의 팔을 자신의 목에 감으며 무릎 위에 앉혔다.

몸 안 깊숙이에서 느껴지는 남성에 연우가 자잘하게 몸을 떨었다.

"주원아⋯⋯."

한 치의 틈도 없이 몸을 하나로 합치며 주원이 더 빨리 허리를 움직였다. 작은 틈이라도 생기면 마음이 횅해지는 사람처럼. 연우를 몰고 또 몰고 계속해서 움직였다.

우린 친구지만 사랑을 나누고 몸을 나누고 마음을 나눴다. 섹스는 우리에게 온기였다. 서로를 보듬어주고 상처 난 아픔을 달래주고 서로의 체온을 나눠주는 행위.

하지만 이제 우리는 진짜 사랑을 한다. 진정한 마음을 나누고 벅찬 가슴을 나누고 서로를 열망하는 그런 행위를, 우리는 사랑이라고 생각했다.

11.

　사랑을 하면 세상이 달라 보인다고 했다. 모든 것이 아름답게 보이고 바람에 굴러다니는 가랑잎조차 재미있고 즐겁다고 했다. 분명 그래야 하는데……. 우리 둘은 사실 진전이 없었다. 평소와 너무 같아서, 바짝 들어갔던 기운이 빠지기까지 했다.

　그나마 달라진 것은 서로에 대한 마음가짐 정도와 더 빈번한 애정 표현 정도였다. 하긴 나 오늘부터 사귀기로 했어요, 라고 해도 우리가 달라질 이유는 없었다. 그런 거에 달라진다면 우스운 일이기도 하고.

　"너희 둘 화해했구나?"

　유라가 묘한 미소를 지으며 저 멀리서 달려와서 알은체해 왔다. 마치 둘 사이를 모두 다 안다는 듯.

　"우린 싸우지 않았어."

　그렇지, 싸운 것은 아니었다. 연우는 가볍게 항변하며 주원의 팔짱을 쏙 꼈다.

"안 싸웠다고? 그럼 그건 뭐였는데?"

"그저, 서로를 생각하는 시간?"

"뭐래."

유라가 헛소리를 한다는 듯 면박을 주었다. 연우가 샐쭉하게 그녀를 쳐다봤지만 관심조차 없다는 듯이 자신의 남자친구 옆에 딱 붙어버렸다. 친구들이 화해한 것이 무척 기쁜 일이지만 앞으로 자신들의 데이트를 방해하지 말라고 엄포도 놓은 뒤였다.

"같이 가자고 사정을 해도 안 갈 거거든?"

"잘 생각했어. 그리고 같이 가자고 사정할 일 없어."

유치한 싸움에 민혁은 유라의 어깨를 주무르며 응원을 했고 주원은 고개를 돌려버렸다. 아침부터 쓸데없는 싸움에 기운을 빼는 저 둘을 이해할 수 없었기 때문이다.

"안녕하세요."

옥신각신 말싸움을 하는 사이로 낯익은 목소리가 들렸다. 높지도 낮지도 않은 미성이었는데, 그것은 우리가 익히 아는 사람이었다.

"어? 안녕."

유라는 꽤 반갑게 인사했지만 우리 세 사람은 약간 떨떠름할 수밖에 없었다. 시후가 파고드는 순간 주원이 그녀의 팔목을 잡고 자신의 쪽으로 잡아당겼다.

시후의 눈이 연우의 팔을 좇았다. 그리고 입가에 지어지는 미소는 씁쓸하기 그지없었다.

"화해, 하신 거예요?"

"응. 했어."

연우가 떨떠름한 표정으로 담백하게 뱉었다. 아, 그렇구나. 시후는 혼자 말을 삼키며 다시 인사를 하고 그들을 떠났다. 가을의 시작을 알리는 터라 아직은 더웠다.

주원이 잡은 곳이 한없이 뜨거워 연우는 슬쩍 주원을 밀었다. 그제야 자신의 행동을 알고 주원이 손을 뗐다.

"그럴 필요 없어."

안다. 주원도 연우가 평소 남에게 어떻게 행동하는지 알기 때문에 굳이 걱정을 안 해도 된다는 것을 누구보다 잘 알았다. 하지만 사람 마음이라는 것이 그렇게 쉽게 되는 것은 아니었다.

질투, 라는 감정 자신은 느끼지 않을 감정일 줄 알았다. 하지만 연우를 좋아하는 나 아닌 다른 사람의 등장은 주원을 바짝 곤두서게 했다. 그것은 연우도 마찬가지일 것이다.

"왜 이렇게 싸해?"

민혁이 어리둥절한 표정을 지으며 내뱉자, 세 사람은 어깨를 으쓱거렸다. 이럴 때보면 유라는 눈치가 참 빠른 사람이었다. 연우와 주원은 당사자니까 그렇다 치고, 유라는 아니었다. 그런데도 약간의 흐름만으로도 그 사이를 대충 파악하다니, 가히 무서운 여자였다.

"저 잠시만요. 누나. 저랑 얘기 좀 해요."

고백 한번 제대로 해보지 못했다. 자신의 마음을 최대한 표현하려고 했지만 그것은 십 분의 일도 되지 못했다.

물론 구차해 보일지도 모르겠다. 하지만 구차해 보일지라도 자신의 마음 한 번 정도는 전해 보고 싶었다.

"아, 우리가 잠시 자리를 피해…….""

민혁이 자리를 얼른 피해 주려 했지만 그 자리를 누구 하나 떠나는 사람은 없었다. 주원은 연우의 옆을 떠날 생각이 없었고, 유라는 그런 시후가 안쓰러워 차마 그 자리를 떠날 수가 없었다.

"아니, 괜찮아. 그리고 시후야, 미안한데, 그 얘기하지 마. 네가 어떤 얘길 하더라도 난 아니야."

처음으로 자신의 이름을 불러준 날, 가슴을 후벼 파는 날카로운 말을 들어야만 했다.

고백을 한다고 해서 달라질 수 있을까? 지금의 판도를 뒤집을 수 있을까? 아니면 그들이 헤어지길 기다릴 수 있을까? 모두 다 아니란 것쯤은 알고 있었다.

마음을 전할 자그마한 틈도 연우는 주지 않았다. 시후는 그저 씁쓸하게 웃을 수밖에 없었다.

"나 먼저 갈게."

연우는 주원에게 가볍게 인사를 하며 그 자리를 곧바로 떠났다. 유라는 안쓰러운 마음에 시후의 어깨를 다독였다. 어차피 그의 자리는 아니었을 것이다.

연우는 홀로 걸으면서도 한숨을 푹 내쉬었다. 처음부터 희망 따위는 주지 않는 것이 맞았다. 어설픈 거절이 시후를 더 힘들게 할 뿐이었으니까. 왜 자신을 좋아해 주는지 도무지 이유를 알 수는 없지만 이게 맞는 것이라 생각했다. 주원이 재빠르게 따라와 연우의 뒤통수를 쓰다듬었다.

"잘했어."

"얼씨구?"

말도 안 되는 응원에 연우는 픽 웃어버릴 수밖에 없었다. 우리는 새로 내린 관계의 정의를 굳이 사람들에게 말하지 않기로 했다. 아니, 말할 이유가 없었다.

평소 스킨십을 안 하던 사이라면 특별한 애정 표현을 하기 위해 말이라도 하겠지만 우린 그런 것에 너무 관대했었다. 남들도 그것을 당연하게 받아들이니 굳이 이제 와서 관계 정리를 할 필요가 없었다.

하지만 그것이 왠지 은밀하게 느껴져 더 달아오르는 기분이 드는 이유는 왜일까. 참 알 수 없는 일이었다.

우리는 늘 붙어 있었다. 한시도 떨어져 있던 날이 없었고, 만약 떨어져 있다면 그것은 둘 중 하나가 어딜 가야만 하는 상황일 때였다.

365일이 데이트 같은 날들이어서 굳이 연우는 데이트라는 단어를 생각하지 않았다. 우리는 늘 모든 것을 함께했고 사람들이 말하는 그 데이트를 늘 즐기고 있었다.

하지만 지금 온 메시지 한 통에 왠지 그 생각을 조금 바꿔야 할지도 모르겠다고 생각했다.

-데이트하자.

"뭔데 그래?"

휴대폰 액정을 뚫어져라 쳐다보고 있는 연우가 답답한지 유라가 물었다. 연우는 후다닥 휴대폰을 숨기며 아무 일도 아니라는 듯 어깨를 으쓱거렸다.

"수상하다, 너?"

"수상하긴, 무슨."

아무 일도 없다는 듯 대답하긴 했지만 꼭 도둑질하다 걸린 사람처럼 심장박동이 빨라졌다. 결국 도둑이 제 발 저린 격이었다.

괜히 강의를 열심히 듣는 척 연우는 교수님을 뚫어져라 쳐다봤다. 안 그럼 유라가 꼬치꼬치 캐물을 거 같았기 때문이다.

그러면서도 데이트라는 세 글자가 왠지 가슴에 와 닿았다.

데이트라, 데이트란 과연 뭘까? 우리에게 데이트는 과연 다른 것일까. 그 데이트라는 세 글자 때문에 괜히 느낌이 새로워졌다.

※

유라는 강의가 끝나자마자 도망갔다. 그동안 연우 때문에 못다 한 데이트를 하겠다며 쌩하니 도망간 것이다. 그리고 한마디 덧붙였다.

"친구들 절대 싸우면 안 돼."

싸워서 피해를 본 쪽은 자신들이라고 했다. 어쩌면 유라의 말이 맞는지도 모른다. 유라는 괜히 자신이 소개해준 시후 때문에 둘이 싸웠나 며칠을 안절부절 연우와 주원의 눈치만 살폈으니까.

"어디 가는데?"

연우가 목적지도 말하지 않고 가는 주원에게 물었다. 주원은
그저 웃기만 했다.

"너 말 안 하면 내가 기대하게 되잖아. 얼른 대답해."

"데이트하자고 했잖아. 그동안 김연우랑 못 본 영화도 보고,
놀이기구도 타고, 맛집도 다니고, 교외로 드라이브도 가야 하고,
한강으로 돗자리 싸들고 소풍도 가야 하고 할 거 많아."

연우가 풋 웃음을 터트렸다.

"그게 뭐야. 여태껏 우리가 했던 거잖아."

"근데 데이트란 단어에 조금 설레지 않았어?"

"별로."

설레서 도대체 무슨 데이트를 할까 궁금해했던 주제에 연우
는 다소 샐쭉하게 대답했다. 하지만 연우의 속을 열두 번도 넘게
들여다볼 수 있는 주원이었다.

아까부터 아이처럼 보채는 모습에 이미 그녀의 마음속을 간
파한 뒤였다.

"별로라니까 집으로 가야겠다."

주원이 유턴하는 곳에서 핸들을 꺾는 시늉을 하자 연우가 얼
른 주원의 손을 잡았다.

"안 돼. 갈 거야. 그래서 첫 번째 코스는 뭔데?"

자못 궁금해 미치겠다는 듯 초롱초롱한 눈으로 물어오는 연
우 때문에 주원은 그만 피식 웃고 말았다. 김연우는 역시 그의
손바닥 안이었다.

주원의 차가 춘천, 가평 이정표를 따라 움직이는 것을 보고 연우가 슬쩍 당황했다. 그러고 보니 차에 달그락거리는 소리도 심상치가 않았다. 연우가 불안한 눈으로 주원과 한적한 도로를 번갈아가며 일별했다.

"뭐야, 왜 그쪽으로 빠져?"

"글쎄?"

궁금증을 잔뜩 유발하는 주원의 말에 연우는 차창에 매달리다시피 하며 밖을 끊임없이 바라봤다. 이건 무슨 신종놀이인 걸까. 그사이 차는 가평 이정표를 따라 달리고 있었다. 달그락거리는 정체불명의 소리가 연우를 불안하게 만들었다.

춘천은 스키장이다 뭐다 해서 몇 번 가보았지만 막상 그 길목에 있는 가평은 가본 적이 없었다.

"아, 진짜 뭔데?"

"궁금해?"

"응. 궁금해."

자못 궁금해 미치겠다는 연우에게 커다란 떡밥 하나를 던져주기로 마음먹었다.

"캠핑 갈 거야."

"캠핑? 어디로?"

"보시다시피."

그래, 방금 확인했었다. 가평. 캠핑이라 했으니 필시 산속일 것이다. 우리가 예전에 갔던 캠핑지들이 모두 다 산속이었다.

앞에는 작은 개울이 유유히 흐르고 서울에서는 맛볼 수 없는 달콤한 공기를 마시며, 자연이 그려놓은 한 폭의 풍경을 볼 수 있는 고즈넉한 곳.

"그럼 저 뒤에 실린 건 텐트랑 캠핑도구겠네?"

"정답."

아침부터 달그락거리는 소리가 들린다 했더니, 그 정체가 바로 저것들이었다. 연우는 갑작스러운 여행에 묘한 설렘을 느꼈다.

"왜, 갑자기?"

"전에 왔을 때 좋아했잖아. 그리고 네가 또 오자며."

바로 작년 이맘 때쯤이었다. 한창 캠핑 열풍이 불었고 주원과 연우는 캠핑광이신 민혁의 아버님 덕분에 캠핑용품을 가볍게 빌릴 수 있었다. 그래서 무작정 떠난 것이 캠핑이었다.

처음엔 텐트를 어떻게 치는지도 알지 못해 엄청 헤맸었다. 하지만 똑똑한 서주원이 있었기 때문에, 그런 것들은 크게 문제가 되지 않았다. 서울에서는 감히 볼 수 없던 밝은 별들도 한가득 보고, 난생처음 반딧불도 봤다. 그 기억이 꽤 좋아 연우는 몇 번이고 주원에게 거듭 말했었다. 우리 꼭 다시 가자고. 그게 지금이 될 줄 몰랐다.

"나 근데 텐트 치는 거 많이 못 도와주는데?"

연우가 자신의 팔을 들며 말했다. 아직도 연우는 깁스를 풀지 않았다.

"조금만 잡아주면 돼."

연우는 알았다며 고개를 끄덕였다.

차가 구불구불한 산길을 따라 올라갔다. 해가 산 중턱에 걸려, 모든 것을 태워버릴 듯 강렬하게 타올랐다. 연우는 그것을 연신 휴대폰 카메라로 담았다.

자연이 준 아름다운 그림을 지금 당장 감상하는 것보다, 담아두고 두고두고 보고 싶은 욕심이 더 컸기 때문이다.

굽이굽이 한참을 올라가서 차가 멈춰 섰다. 산에 오르기 전 주원과 연우는 근처 마트에 들러 고기랑 식재료들을 샀다.

둘이 먹을 건데 욕심은 많아서 또 가득 담고 말았다. 아마 주원이 말리지 않았으면 연우는 더 샀을지도 모를 일이었다.

차에서 내리자 선선한 가을바람이 연우의 얼굴로 와 닿았다. 어루만지듯 흩뿌리는 바람은 달콤하기 그지없었다.

"저기야?"

"응."

주원이 트렁크에서 짐을 꺼내다 말고 대답했다. 연우와 주원이 도착한 것은 호명산에 위치한 캠프장이었다. 연우가 자갈이 깔린 주차장에서 자신들이 캠핑할 장소를 바라봤다.

생각보다 더 좋았다. 구역이 계단식 개별 데크로 나누어져 있어서, 다른 사람과 교류하는 것을 원하지 않는 둘에겐 적합한 장소였다.

"먼저 올라가."

주원이 짐을 바닥에 내려놓으며 말했다. 연우는 순간 쌜쭉한 표정을 지으며 주원의 옆에 달려가 찰싹 붙었다.

"나도 한 팔 있거든?"

연우가 멀쩡한 팔을 들며 말하자, 주원이 피식 웃어버렸다. 1박 2일이지만 짐은 생각보다 많았고, 연우가 한 팔로라도 거들어야 할 판이었다.

"그러네. 한 팔이 있네. 그럼 이거 들어."

최대한 가벼운 가방을 연우의 팔에 들려주고 주원이 양손 가득, 그리고 어깨에 짐을 멨다. 그렇게 옮기고도 주원은 두 번이나 더 차에 갔다 와야만 했다.

텐트는 리빙쉘텐트로 이너텐트와 거실로 쓸 수 있는 공간이 따로 마련돼 있는 것이었다. 생각보다 고가여서 주원과 연우는 살 엄두를 내지 못했었다. 매번 민혁에게 빌리기 미안해서 캠핑을 자주 나서지 못했는데 다행히 주원의 아버지가 한국에 오실 때 구매를 한 덕에 주원과 연우가 잘 쓰고 있었다. 주원의 아버지도 연우나 주원과 여가생활 즐기는 게 비슷해서 한국에 오실 때마다 일이 끝나면 캠핑을 즐기셨다.

주원이 폴을 연결해서 텐트에 끼웠다. X자로 폴을 교차하여 형체를 잡은 것을 연우가 잡고 있으면 주원이 폴을 웨빙의 아이렛에 연결하고 몸체에 행거를 걸었다. 그러곤 후라이 코너부분을 잡아당겨 지면에 고정했다. 주원은 겉텐트를 마무리 짓고 이너텐트를 안쪽에 설치했다. 마지막으로 타프까지 설치하고 가져온 것들을 꺼냈다.

거실 쪽으로 쓸 공간엔 의자 두 개와 버너를 그리고 타프를 설치한 부분엔 커다란 화로를 꺼내놨다. 연우는 그 사이 이너텐트에 두꺼운 매트를 깔고 침낭을 꺼내놓고 얼른 문을 닫았다.

혹시라도 모기가 들어오면 정말이지 끔찍해지니까.

"배 안 고파?"

주원이 휴대폰으로 시계를 힐끔 보더니 말했다.

"고파. 무지 고픈 거 같아."

주원의 물음에 갑자기 잊었던 허기가 몰려왔다. 연달아 배고
프다고 말하는 연우를 보며 주원이 또 서둘러 움직였다. 주원이
밥을 안치고 숯을 피우기 위해 불을 붙였다.

"도와줄 건?"

"그 팔로?"

연우는 그제야 자신의 처지를 다시 한 번 인식했다. 그래, 팔
을 다쳤지. 하는 수 없이 테이블에 간단한 반찬들을 꺼내놓는 정
도로 만족했다.

여행의 묘미라 함은 바로 바비큐였다. 주원이 굽는 족족 연우
가 테이블 위로 나르고 상 위에 고슬고슬 지어진 밥을 한가득 퍼
그릇에 담았다.

별거 없는 상이 꽤 풍족해 보였다. 남은 불씨에 포일에 싼 고
구마까지 넣어두고 주원과 마주 앉았다.

"불편하지 않았어?"

주원이 연우의 팔을 쳐다보며 물었다.

"왼팔인데, 뭐."

가볍게 으쓱하며 대답했지만, 주원은 그 말이 편치 않았다.
치졸한 마음 때문에 연우가 아픈 것을 알면서도 부러 찾아가지
않았다. 아픈 것을 유일하게 내색할 사람이 자신밖에 없었는데

그것을 피해버렸었다. 괜스레 미안한 마음이 가득 찼다.

"이거 먹어봐."

아픈 팔로 지지대를 삼아 제법 쌈을 크게 싸 주원의 입 앞으로 내밀었다. 주원은 말없이 입을 벌려 받아먹었다. 맛있지 않냐고 몇 번이고 채근하는 연우 때문에 맛있다고 고개를 끄덕여주었다. 오순도순 쌈을 나눠 먹으며 주원과 연우의 저녁이 저물고 있었다.

먹은 것을 모두 정리하고 연우와 주원은 근처를 산책하기 위해 개울 앞을 걸었다. 자갈들이 깔려 있고 졸졸 흐르는 물소리와 시원하게 부는 산바람이 달콤하기 그지없다. 특유의 물 냄새와 함께 자갈 밟는 것이 좋아 연우는 겅중겅중 잘도 뛰어다녔었다.

그 사이 바람이 서늘하게 불어댔다.

"옷 입고 오라니까."

주원이 챙겨온 가방엔 연우의 긴팔 점퍼, 속옷, 그리고 여벌의 옷까지 참 살뜰히도 챙겨왔더랬다. 물론 연우의 엄마가 챙겨준 것이라고 했다.

우리는 가족에게나 서로에게나 참 스스럼이 없었다. 엄마도 주원과 어딜 간다고 하면 걱정을 하지 않으셨다. 물론, 친구라는 전제가 깔려 있긴 하지만 주원이 자신의 사위가 되면 좋겠다고 매번 넌지시 자신의 마음을 드러내곤 했다.

주원이 자신의 점퍼를 벗어 연우의 어깨에 걸쳐주었다.

"나한텐 흑기사가 있잖아."

"너 그 흑기사 없으면 어쩌려고?"

"어디 안 갔댔잖아. 항상 있겠다며."

단호하게 내뱉는 연우의 말에 주원이 한쪽 입꼬리를 올려 웃음을 지었다. 그러곤 연우의 어깨를 끌어당겨 품 안에 가만히 안았다.

"그래. 그럴게."

연우의 등을 다정하게 어루만지며 주원은 차마 끝까지 웃을 수 없었다. 마음을 드러냈지만 증폭되는 소유욕까지 드러낸 것은 아니었다. 검은 마음을 정당화하기엔 그에 비해 연우는 너무 순수했다.

다른 누군가와 이야기하며 웃는 연우를 보는 것도 싫은데, 이제는 그 마음들이 점점 더 커질 거 같다.

품 안에 완전히 가두어 아무도 못 보게 하고 싶다. 아무도 보지 않게 자신만 볼 수 있게 자신의 품에 오로지 두고 싶었다.

하지만 이런 마음을 연우는 추호도 모를 것이다. 자신은 그녀의 기사같이 반듯하고 다정한 남자이니까.

솟아오르는 검은 마음을 눌러 담으며 연우를 더 꽉 안았다. 같은 곳에서 공명하는 그 심장의 울림을 더 듣고 싶어서.

텐트 안으로 들어가는 길에 주원이 화로에 던져두었던 고구마를 꺼내 접시에 담았다. 포일을 벗겨 고구마를 반으로 나누자, 잘 익은 고구마가 모락모락 김이 났다.

검게 그을린 껍질을 떼어내 연우에게 건네주고, 남은 고구마
도 껍질을 벗겨 그릇에 올려두었다.

아직 열기가 가시지 않은 고구마를 호호 불며 연우가 잘도 먹
었다.

"조금 더 있다 왔으면 단풍도 볼 수 있었을 텐데."

연우가 아쉬운 듯 말하자 주원이 담백하게 대답했다.

"또 오면 되지."

"시험 기간이거든?"

"언제는 네가 시험을 신경 쓴 것처럼 말한다?"

정곡을 찌르는 주원의 말에 할 말이 없어지는 것은 왜일까.
쳇, 고개를 홱 돌리며 남은 고구마를 오물오물 먹어댔다.

오랜만에 느끼는 여유였다. 그동안 냉전 아닌 냉전을 펼쳤던
탓에 주원과 연우는 감정 소모가 심했었다. 서로를 생각할 수 있
는 계기, 그것이 생긴 것은 좋았지만 가장 소중한 사람을 잃는
것은 역시나 슬픈 일이었다.

유라가 늘 말했었다. 남녀 사이에 미묘한 감정이 생기는 순간
친구 사이는 허물어지는 것이라고.

우리는 그 허문 감정들을 그저 인정하고 싶지 않아 피해왔던
것은 아니었을까. 이미 진작 허물어지고 또 허물어진 감정들을
자존심 때문에 또는 두려움 때문에 외면했던 것은 아니었을까.

두려움, 우리를 멀어지게 할 요인이었지만 극복해낸 두려움
은 우리를 다시 만나게 할 계기가 되었다.

"너는 내가 왜 좋았어?"

연우가 제법 진지한 얼굴로 물었다.

"넌 그동안 내가 좋았던 적이 없었어?"

자신이 먼저 한 질문을 되레 받아버렸다. 그동안 주원이 좋았던 적이 없기는 왜 없겠는가. 항상 자신의 마음과 같았고 항상 좋았다. 그저 자신의 옆에 있기만 해도 좋았다.

편안함, 불같이 활활 타오르는 사랑은 아니어도, 편안하고 안정된 느낌이 있었다.

자신을 바라보는 연우의 머리를 천천히 쓰다듬으며 주원이 말했다.

"네가 날 좋아했던 거 보다, 그리고 난 네 옆에 있으면서 항상 널 좋아했어."

"거짓말."

새치름하게 고개를 돌렸지만 사실은 빨개진 얼굴을 감추려는 행동이었다. 가슴이 달음박질치듯 쿵쾅거리며 뛰었다.

주원이 반대로 돌린 연우의 양 뺨을 두 손으로 잡아 자신을 보게 했다. 그러곤 눈높이를 맞춰 연우의 입술에 가볍게 쪽 키스했다.

촉촉하게 젖은 눈망울이 연우의 심장을 더 요동치게 만들었다. 잘 뻗은 콧날이, 붉은 입술이, 젖은 눈망울이, 연우의 눈에 차례차례 들어왔다. 흔들리는 눈으로 주원을 계속 쳐다봤던 거 같다.

"너는?"

대답을 요구하는 주원의 목소리가 가라앉아 있었다.

"으, 응?"

"나 안 좋아하냐고."

웃음기가 담뿍 담긴 주원의 눈망울이 사랑스럽기 그지없다. 거칠게 요동치는 심장 사이로 연우가 마른침을 꿀꺽 삼키며 고개를 돌리려 했지만 꽉 잡은 주원의 손이 그녀를 놓아주지 않았다. 대답을 요구하는 것이다.

"나, 나도……."

우리는 항상 붙어 있었다. 볼 거 못 볼 것도 다 본 사이다. 우리에게 설렘이라는 감정은 느껴지지 않는 것인 줄 알았다.

그런데, 어째서, 주원이 바라보는 저 눈빛이, 자신을 다정히 어루만지는 저 손이, 자신에게 내뱉는 저 그윽한 목소리가, 왜 이렇게 설레고 떨리는 것일까.

수줍게 대답하는 연우를 힘주어 끌어안았다.

"우리 연우 귀엽네?"

"이거 놔!"

부끄러워 되레 큰 소리를 냈다. 하지만 꽉 안은 그 손길이 싫지 않아 앙탈을 부리면서도 연우는 주원을 꽉 껴안았다.

귓가에 들리는 심장의 울림이 싫지 않다. 코끝에서 느껴지는 주원의 체취도 달콤했다.

우린 진작부터 서로를 사랑하고 있던 것은 아니었을까, 연우는 주원의 품에서 살포시 눈을 감으며 생각했다.

캠핑장은 매우 한적하고 고요했다. 공용 샤워실에서 가볍게 둘이 씻고, 이너텐트 안으로 들어갔다. 처음 뭣도 모르고 캠핑했을 때, 등에서 느껴지는 한기 때문에 고생을 좀 했었다. 해서 그 이후부터는 캠핑할 때마다 엠보싱매트를 꼭 챙겨갔다. 그 위에 폭신한 요까지 깔아놓으니, 등 배김이나 바닥에서 올라오는 한기를 막을 수 있었다.

연우가 침낭 안으로 꼬물꼬물 몸을 넣었다. 9월이라 아직 날이 더웠지만 산속이라 그런지 선득선득 찬기가 한껏 돌았다. 주원은 연우의 침낭 위에 이불을 하나 더 덮어주었다.

"근데 우리 내일 가?"

연우가 감기려는 눈을 깜빡거리며 물었다.

"하루 더 있을까?"

"그래도 돼?"

"안 될 게 뭐 있어."

연우가 공감을 표하며 고개를 끄덕거리자, 그 모습이 못 견디게 귀여웠다. 주원이 연우의 입술에 쪽 입을 맞췄다.

"그럼 일요일에 올라가자."

"알았어."

주원이 연우의 옆에 팔을 괴고 누워 꽤 그윽하게 그녀를 바라봤다. 그 촉촉하게 젖은 눈빛이 연우의 가슴을 흔들어 놨다.

탁하게 가라앉은 목소리, 그윽하게 바라보는 눈빛, 괜스레 얼굴이 또 빨개진다. 병이라도 생겼나, 연우는 한숨을 푹 내쉬었다.

그 동그랗게 접힌 입술을 보고 다시 쪽, 그리고 떼어졌던 입술이 바로 쪽, 입을 가볍게 몇 번 맞췄다.

"안 돼."

"뭐가?"

다시 입을 쪽 맞추자 연우가 인상을 찌푸렸다.

"여기는 공공장소니까, 그러니까 안……."

연우의 항변을 막아버리며 조금 더 진득하게 입을 맞췄다. 입술을 가볍게 빨아들이며 연우의 왼쪽 뺨을 느릿하게 쓰다듬었다.

고개가 비스듬하게 꺾이며 혀가 조심스럽게 얽혀들었다. 타액과 타액이 넘나들고 열기가 더해질수록 연우는 숨을 제대로 쉴 수가 없었다. 심장이 거칠게 뛰고 열기가 점점 치달았다.

맞닿았던 입술이 떼어지자 주원이 꽤 농염하게 귀에 속삭였다.

"네가 소리만 안 내면 가능할 거 같은데."

"서주원!"

연우의 항변에도 아랑곳하지 않고 다시 쪽 입을 맞췄다. 토라진 표정을 지어도, 화를 내는 척해도 주원은 그녀의 말을 가볍게 묵살했다.

16년을 함께한 사이인데 주원이 이렇게 능글맞아질 줄은 차마 예상치 못했다. 이것을 새로 발견해서 좋아해야 할지, 아니면 길을 다시 들여야 할지, 연우는 곰곰이 고민을 해보기로 했다.

연우의 이마에 부드럽게 입술이 닿고 콧날로, 그리고 양 뺨과 입술에 차례대로 주원의 입술이 닿았다. 무언가를 원하는 허락을 구하는 애원의 눈빛에 연우는 순간 다졌던 의지가 와르르 무너짐을 느꼈다.

"대신 살살해야 해."

"그건 장담 못할 거 같아."

야! 하고 야멸차게 소리를 치려 했다. 하지만 입술은 막혀버렸고 연우의 등에 폭신한 감촉이 느껴졌다.

연우의 머리칼을 천천히 쓰다듬으며 주원이 입술을 막아버렸다. 느릿하고 느긋했던 조금 전 키스와는 사뭇 다른 느낌이었다. 성급하고 격렬한 키스였다.

주원의 혀가 그녀의 입 안을 점령하고 타액을 남김없이 빨아들이며 키스를 이어나갈 때마다 연우의 발끝이 찌릿했다. 전기가 오듯 온몸이 빳빳하게 굳으며 심장이 거칠게 뛰었다.

입술이 떼어지고 뇌쇄적인 눈빛을 봤을 때도 그랬다. 발끝부터 짜릿하게 올라오는 전율에 연우는 가쁘게 숨을 내쉬었다.

주원이 이리 섹시했던가, 아니면 이렇게 그윽했던가. 그동안의 생각들을 모두 깨버리듯 주원은 친구가 아닌 남자로 다가오고 있었다.

이름에 묶이지 않아도 괜찮다고 생각했던 것들이 있었다. 우리는 그만큼 가치가 있다고. 하지만 묶인 이름의 작용 때문인지 주원의 마음이 훨씬 더 잘 와 닿았다. 아니, 불안한 연우의 마음이 더 안심됐다고 해야겠다.

언젠간 헤어질지 모른다는 막다른 공포심이 연우를 짓눌렀고, 이제 그 짓눌렸던 공포에서 해방이 된 느낌이다.

연우는 주원의 뺨을 오른손으로 다정하게 어루만졌다.

내 거. 완벽한 내 거였다. 아무에게도 빼앗기지 않을 내 남자.

자신이 주원을 이만큼 좋아하는구나, 새삼 깨닫고 있었다. 떠밀리다시피 받은 고백인 줄 알았다. 하지만 주원과 함께한 시간을 곱씹고, 주원과 함께 하면서 그것이 아니란 것을 완벽하게 알았다.

"나 너를 꽤 좋아하나 봐."

촉촉하게 젖은 눈망울로 자신의 위에 있는 주원을 올려다보며 연우가 말했다. 주원은 대답 대신 자신의 뺨을 쓰는 연우의 손바닥에 열망에 가득 찬 숨을 불어넣으며 가볍게 입을 맞췄다.

"화 안 나? 널 사랑한다고 말하는 게 아닌데?"

연우가 짐짓 걱정스럽게 물었다. 주원은 연우의 물음에 픽 웃음을 지었다.

"왜 화가 나. 말했잖아. 한 발짝만 오라고."

이 정도면 충분했다. 자신을 사랑하지 않는 만큼 자신이 사랑하면 되는 것이었다. 완벽하게 꽉 맞물리는 퍼즐 같은 사랑은 없었다. 그것을 조금씩 채워가며 맞춰가는 것일 뿐.

연우는 용기를 내주었고 자신에게 다가올 한 발짝만 오면 됐다. 나머지는 자신이 가면 되니까.

주원의 진지한 눈빛에 연우는 괜스레 감동이라는 것을 받고 있었다. 주원이 연우를 그동안 살뜰하게 챙겼어도 사실 큰 감동은 없었다.

익숙함, 우리에게 있던 것은 습관 같은 익숙함이었다. 하지만 사랑이라는 관계는 조금 다른 것이었다. 그 습관 같은 익숙함을 설렘으로 바꾸고 있었다. 가슴속이 울렁거리며 아랫배가 간질거렸다.

"왜?"

주원은 흔들리는 눈빛으로 자신을 바라보는 연우에게 물었다.

"나 아무래도 진짜 네가 생각하는 거 이상으로 널 좋아하는 거 같아. 네 말 한마디에 여기가 막 뛰어."

쿵쾅쿵쾅 뛰고 있는 가슴 위에 손을 대며 연우가 말했다. 주원은 그 모습에 연우의 뛰고 있는 가슴골에 입을 맞췄다. 연우의 마음을 온전히 느껴보고 싶었다. 자신과 같은 곳에서 똑같이 뛰고 있는 연우의 감정을 고스란히 느끼고 싶었다. 한 발짝은 절대 헛된 것이 아니었다. 어렵사리 뗀 만큼 그 감정들을 소중히 지켜 나가고 싶었다.

"우리 연우가 오늘 참 예쁘네."

주원이 연우의 뺨을 다정하게 쓰다듬으며 말했다.

"그걸 이제 알았어?"

"항상 알았지만 오늘이 제일 예쁘다."

연우의 목덜미에 가볍게 입을 맞췄다. 초롱초롱한 눈망울에 눈을 맞추며 천천히 입술을 옮겼다. 쇄골을 이로 깨물며 가볍게 빨아들였다. 내 것이라는 도장, 아무도 접근하지 말라는 도장이었다.

"간지러워."

까르르 웃음을 터트리는 연우의 모습을 아랑곳하지 않고 연우의 티셔츠를 벗겼다. 그리고 하나씩 자신의 흔적들을 만들어 냈다.

아무도 볼 수 없는 은밀한 곳에 자신의 흔적들을 남겼다. 제일 처음 가슴언덕에 빨간 꽃을 만들고, 팔 안쪽, 그리고 허벅지 안쪽까지 온전히 자신의 흔적들로 채워나갔다. 처음엔 이러려고 시작했던 것은 아니었다.

하지만 한 번 열중하고 시작하다 보니 스스로의 만족감을 느끼며 연우의 몸 곳곳에 빨간 도장을 찍었다. 자신의 작품이 완성됐을 때 주원이 만족감에 미소를 지었다. 연우는 그 모습이 어이 없어 풋, 웃음을 지었다.

"좋아?"

한심하다는 눈초리의 연우에게 주원은 악마 같은 미소를 씨익 지었다. 그 미소가 제대로 말하고 있었다.

이제 놀이는 끝이라고.

주원은 연우의 소담한 가슴을 움켜쥐고 입 안에 담뿍 담았다. 정점을 이로 살짝 깨물며 혀로 강하게 빨아들였다.

"으웃."

성감대가 충만한 곳에서 느껴지는 짜릿한 느낌에 연우는 저도 모르게 신음을 질렀다. 주원이 검지를 입술에 대며 피식 웃었다.

연우는 그 모습이 얄미워 주원의 가슴팍을 주먹으로 때리려 했지만 곧 손이 잡혀 들었다.

손안에서 가슴이 밀가루 반죽처럼 속수무책으로 뭉그러지고 가슴을 아이처럼 빨아들였다. 타액이 얼룩덜룩해질 정도로 빨아들이는 느낌에 연우가 허벅지를 비볐다.

9월이지만 산속에는 여름의 열기는 전혀 찾아보기 힘들 정도로 서늘했다. 하지만 텐트 안의 열기는 후끈했는데 그것이 주원이 불어넣는 숨 때문인지, 아니면 몸이 달아올라서인지 연우는 도무지 알 수가 없었다.

가슴을 움켜쥐었던 손이 아래로 내려가 연우의 허벅지 사이를 천천히 쓰다듬었다. 그리고 불시에 바지 안으로 손이 들어가 여린 숲을 헤치고 여성을 문질렀다.

갑작스러운 이물감에 연우가 벌어져 있던 허벅지를 모으려 했지만 겹쳐진 주원의 다리 때문에 움직일 수 없었다.

주원이 몸을 일으켰을 땐 빳빳하게 솟은 가슴이 타액으로 얼룩덜룩해진 뒤였다. 주원은 입고 있던 티셔츠를 벗고 자신의 바지까지 벗어 던졌다. 그리고 연우의 바지와 속옷까지 한꺼번에 발목 아래로 밀어버렸다. 갑작스러운 한기에 연우가 몸을 바르르 떨었다.

"괜찮아."

주원은 연우의 뺨을 쓰다듬으며 다시 몸을 겹쳤다. 여성을 헤치고 배회하던 손이 불시에 안으로 침입하자 연우가 낮은 신음을 흘리다 얼른 입을 막았다.

두 눈이 동그랗게 뜨며 주원을 바라보는데 그 모습이 어찌나 사랑스럽던지, 입술에 다시 쪽 입을 맞췄더랬다.

걱정하던 연우의 마음을 알고는 있지만 자신의 행동을 숨기고 싶지는 않았다. 불룩하게 솟아오른 남성의 중심을 연우의 허벅지에 비비며 침입한 손을 천천히 움직였다. 아무 방해도 없는 이곳에서 느긋하게, 또 완전히 자신의 것인 연우를 느끼고 싶었다.

연우를 안고, 연우와 키스하고, 연우와 사랑을 나누고, 이 모든 것은 우리가 늘 해왔던 일이었다. 하지만 지금 주원은 완전히 연우를 갖는 것만 같았다.

마음이 움직여서 하는 행위와 습관적인 행위와는 판이하게 다른 것이었다. 그것을 이제는 완벽하게 알아버렸다.

오물오물 손가락을 조일 때마다 주원의 남성이 팽창하듯 빳빳하게 곤두섰다. 짜릿한 쾌감과 얼룩진 욕망 사이에서 주원은 잠시 고민했다. 손끝에서 퍼지는 쾌감에 정신이 혼미해져 오지만 아직은 참을 수 있었다.

그 속에서 손가락이 천천히 움직이며 클리토리스를 비비자 연우의 허리가 공처럼 튀어 올랐다.

"흐흣."

"쉬이."

허벅지를 비틀며 움직이는 연우의 마음을 가라앉히듯 연우의 허벅지를 천천히 쓰다듬었다. 하지만 이것은 완벽한 역효과였다.

느릿하게 허벅지를 쓰다듬는 그 손길에 연우는 더 몸을 비틀어댔다.

주원은 손을 빼고 자신의 옷가지를 모두 벗었다. 연우가 한계인만큼 자신도 이미 한계에 도달했다. 팽창한 남성이 해방을 요구하며 연우의 품으로 넣어 달라 아우성이었다.

주원은 연우의 허벅지를 벌려 천천히 침입했다.

익숙하지만 익숙해질 수 없는 행위. 우리의 섹스는 좋아서라기보다 그저 서로를 좀 더 느끼고 싶었던 행위였다.

"하앗."

"윽."

합쳐진 몸의 느낌에 둘은 낮은 신음을 흘렸다. 지독히 서늘했던 그 냉기가 온기로 바뀌고, 온기는 열기로 바뀌었다.

땀방울이 또르르 주원의 가슴팍 사이로 흘러 연우의 위로 투두둑 떨어졌다.

그 안을 완전히 차지하고 완벽하게 맞춰질수록 사랑하는 사람과의 행위가 얼마나 달콤한 것인지 이제야 깨닫고 있었다. 우리는 서투르고 섣부른 행동을 했지만 그 행동들을 후회하지는 않는다. 단지, 서로를 알고 깨닫는 시간이 조금 길었을 뿐이라고 생각했다.

느긋하게 움직이던 허리가 더 강하게 밀려들어오고 연우는 주원에게 거의 매달리다시피 안겨 있었다. 벌어진 다리가 한껏 아려왔지만 느껴지는 그 쾌감은 아린 것에 비할 것이 아니었다.

쿵, 멀어졌던 몸이 다시 몸 안으로 강하게 밀고 들어왔다. 마치 자신의 소리가 아닌 거 같은 낮은 신음, 그리고 열기가 연우

네 입술이
닿을때

와 주원을 쾌락으로 밀어 넣고 있었다.

연우의 몸이 속수무책으로 뒤집혔다. 뒤집힌 상태에서 뒤에서 강하게 밀고 들어오는 주원의 남성에 연우의 엉덩이가 속절없이 흔들렸다.

"연우야."

끙 소리를 내며 주원이 연우의 엉덩이를 잡고 허리를 움직였다. 정자세로 움직일 때보다 주원의 남성이 더 깊고 크게 느껴졌다.

연우의 등에 키스를 내뿌리며 주원이 조금 더 깊게 자리를 잡았다. 그러면서 연우의 가슴을 움켜쥐고 정점을 문지르며 그녀의 쾌감을 부추겼다.

"윽……."

그 순간 여성이 그의 남성을 더 세게 조여 왔다. 주원은 끙앓는 소리를 냈다. 온전히 연우를 느끼고 싶었다. 지금 순간 자신이 완전히 차지하고 있는 사람이 연우라는 것을 더 알고 싶어서.

"연우야……."

뒤에서 허리를 잡고 주원이 격렬하게 움직일 때마다 그렇게 자신을 불렀던 거 같아, 사랑한다는 그 말보다 더 달콤하게 마음을 담아서.

다시금 몸이 겹쳐졌다. 내려다보는 자신을 그윽하게 내려보는 주원의 얼굴을 한 손으로 쓰다듬었다. 쓰다듬는 손에 자잘한 키스를 뿌리며 한쪽 손을 겹쳐 손을 맞잡았다.

맞잡은 손끝에서, 그리고 입술로 나누는 키스에서 서로의 마음을 느끼며 몸을 더 격렬하게 겹쳤다.

서로의 몸과 열기를 느끼며 아슴아슴 그 밤은 그렇게 끝이 나고 있었다.

눈을 떴을 땐 주원의 가슴팍에 안겨 있었다. 한기가 밀어닥치는 느낌에 연우는 꼬물꼬물 그 품으로 잘도 파고들었다.

간밤의 일 때문에 허벅지가 아려왔지만 그것도 떨쳐버릴 수 있을 정도로 주원의 품이 좋았다.

품에서 꼬물꼬물 움직이던 연우가 갑자기 번뜩이는 생각을 해냈다. 곧 회심의 미소를 지으며 주원의 가슴팍을 꽉 깨물고 혀끝으로 훑었다. 그리고 그 위치를 조금 옮겨 목덜미도 같은 방법으로 붉은 상흔을 남겼다. 주원이 그 밤 열중했던 이유를 이제야 조금 알 거 같다.

만족감. 자신의 것이라는 도장을 찍어나갈 때마다 그 만족감에 연우는 우쭐한 기분이 들었다. 그리고 주원의 유두 쪽을 혀로 살짝 훑었을 때 연우는 깜짝 놀라 소리를 질렀다.

"으악!"

주원의 몸이 연우의 위로 올라탔기 때문이다.

"뭐, 뭐야?"

"아침인사가 격하네, 우리 연우?"

"아니, 그게……."

갑자기 민망해져 그 눈을 피하려 했지만 주원은 요염한 미소까지 지으며 항변하려는 입을 막아버렸다.

단숨에 파고드는 입술에 연우는 속수무책으로 당하고 말았다. 늘 주원과 하던 것은 부드럽고 달콤한 키스였다.

하지만 요즘 키스는 격렬했는데, 자신의 소유권을 주장하듯 입 안 곳곳을 훑을 때면 야릇하고 짜릿한 느낌이 연우의 온몸을 강타했다.

그리고 둘의 입술이 떼어진 것은 전화 한 통 때문이었다.

"이따 기대해."

가볍게 베이비키스를 하며 주원이 찡긋 윙크를 했다. 왜 자다 일어난 모습까지 저리 섹시해 보이는 걸까. 이건 정말 중증이었다.

"네, 엄마."

엄마라는 단어에 연우의 귀가 쫑긋 세워졌다. 주원이 가장 존경하고 사랑하는 분이었다. 자신의 엄마보다 더 믿고 따랐던 분이기도 했다.

ㅡ어디야?

"캠핑 왔어요."

ㅡ연우랑? 엄마 지금 막 한국 도착했어. 우리 아들 딸 얼른 보고 싶네.

주원이 난처한 표정을 지으며 연우를 돌아봤다.

"아줌마! 곧 갈게요. 조금만 기다리세요!"

주원의 엄마 목소리가 들리자 연우가 재빠르게 대답했다. 그 목소리에 주원의 엄마는 소리 내어 웃었다.

-딸, 그럼 기다릴게!

끊긴 전화를 보며 주원이 허탈한 미소를 지었다. 느긋하게 하룻밤 더 지내겠다는 계획은 깨지고 연우는 엄마라는 단어에 신이 나서 벌써 갈 채비를 하고 있다.

엄마한테도 질투를 느껴야 하나 주원은 심히 고민을 해야만 했다. 과연 엄마의 방문이 득인지 실인지, 주원을 갈피를 잡을 수가 없었다.

12.

하늘은 가을 하늘답게 청명했고, 코끝에 스며드는 공기는 깨끗하기 그지없었다. 가을 아침의 서늘함은 온데간데없고 여름의 한낮 불볕더위처럼 뜨겁고 따사로웠다.

연우와 주원이 이곳에 도착했을 때는 이미 오후가 지난 시각이었다. 부랴부랴 준비를 하고 왔어도 주말이라 막히는 차들 때문에 어쩔 수가 없었다.

연우는 설렘으로 가득 차 있었다. 일 년 만에 만나는 주원의 가족이었다. 어려서 자신을 거의 키워주다시피 하신 분들이라 연우에겐 추억도 남달랐다.

부모님과 함께해야 할 일들을 모두 주원의 가족과 즐겼다. 그들에게 연우는 딸이나 다름없었다. 연우도 부모님처럼 여겼고, 그들도 그녀를 마음으로 받아주었다.

"아줌마!"

주원의 집에 들어서자마자 주원의 엄마가 팔을 벌리며 연우를 가볍게 안았다.

"우리 딸 잘 있었어?"

"그럼요!"

"어이쿠, 우리 딸 왔구나."

"아저씨!"

주원의 아빠와도 가볍게 포옹을 하고 반가운 듯 연우의 입가엔 웃음이 연신 걸려 있었다. 정작 이 집 아들인 주원은 캠핑 장비만 묵묵히 옮겼다. 아무도 주원에겐 큰 관심을 두지 않았다.

빼앗긴 것이 부모의 관심인데, 어쩐지 주원은 다른 의미로 기분이 나빴다. 연우는 주원의 부모님과 반가운 조우를 하느라 주원은 관심 밖이었다.

"우리 딸은 더 예뻐졌네?"

"아줌마 아저씨는 항상 그대로신데요? 세월이 아무래도 비켜가나 봐요."

"어머, 얘 좀 봐. 능청이 늘었네?"

다들 소리 내어 웃음을 터트리며 아직도 현관문 앞에 그대로 서 있었다. 가는 시간도 아깝다는 듯 바로 그곳에서 이야기꽃을 피웠기 때문이었다.

"앉아서들 얘기 나누시지 그래요?"

그제야 시선이 주원에게 모아졌다. 하지만 그것은 아주 잠시였다.

"아들 오랜만이다. 가서 커피 좀 내와. 연우야 우선 앉자."

연우의 손을 꼭 잡고 소파로 가면서 주원에게 한마디 던졌다. 베란다에 캠핑 장비를 모조리 넣고 온 주원은 실소를 흘렸다.

누가 보면 자신은 다리 밑에서 주워온 줄 알겠다.

"제가 할게요."

"아니야. 난 주원이가 탄 커피가 먹고 싶어. 당신은 어때요?"

"나도, 우리 아들이 오랜만에 끓여준 커피가 먹고 싶네."

그냥 타오라는 말보다 더 무서운 말을 내뱉으면서 부모님은 참 죽이 잘 맞았다. 주원은 고개를 절레절레 흔들며 잠시 쉬지도 못한 채 주방으로 갔다.

"그런데 딸 팔이 왜 이래?"

"⋯⋯교통사고 당했어요."

잠시 머뭇거리며 연우가 대답하자 예리한 눈초리로 주원의 엄마가 그녀를 살폈다. 10년 넘게 키우다시피 한 아이였다. 연우의 곪은 마음이 보이지 않을 리 없었다.

주원의 엄마는 연우의 깁스한 팔을 속상한 듯 어루만지며 한숨을 푹 내쉬었다. 말 안 해도 알 거 같았다. 연우가 이곳에 왔을 때 얼마나 큰 상처와 기억들을 안고 있었는지 주원의 엄마는 똑똑히 기억했다. 그리고 아직 완전히 치유되지 않았다는 것도.

아니, 어쩌면 이 상처들은 절대 치유될 수 없는 것들인지도 몰랐다. 하지만 아주 나중에 연우가 결혼을 하고 아기를 낳고 자신의 가정을 꾸릴 때쯤, 행복으로 물들어 그 기억을 지워지길 바랐다.

"연우야."

"네."

"괜찮은 거지?"

걱정과 애정이 담뿍 묻어나는 말에 연우는 담담하게 웃으며 고개를 주억거렸다. 아줌마는 연우의 머리를 다정히 쓰다듬었다. 주원의 부모님이 걱정하는 의미를 연우는 잘 알고 있었다.

공평한 사랑은 주지 못하겠지만 공평해지려고 노력했던 분들이었다. 주원만큼 연우를 챙겼고, 주원도 그것을 당연하게 받아들였다. 연우에게 이들은 가족이었다. 어떤 마음으로 자신을 바라보고 아파했는지 뻔히 아니까.

"그나저나 우리 아들 딸 어디로 다녀왔어?"

"가평이요."

커피 배달을 마친 주원이 겨우 자리에 앉으며 말했다.

"다음에는 엄마 아빠도 같이 가자."

"저야 좋죠! 근데 이번엔 얼마나 있다가 들어가시는 거예요?"

"이번엔 아쉽지만 2주. 이것도 안 들어오려고 했는데 너희 얼굴이 너무 보고 싶어서 잠깐 휴가 내서 왔지."

"그렇게 일찍이요?"

연우가 아줌마 품에 안기며 말했다. 그런 연우의 어깨를 다정하게 쓰다듬어 주었다. 어려서 주원의 가족과는 참 추억이 많았다.

삼척에 계시던 주원의 외할머니댁에 여름마다 놀러 가서 그곳에서 한 달 가까이 생활했을 때도 있었고, 가정적인 아저씨를 따라 한강에도 자주 놀러 갔었다. 감히 자신의 집에서는 해볼 수 없는 추억들을 연우는 이곳에서 쌓았다. 아마 이들이 있었기에 연우가 지금껏 버텼던 것은 아닐까.

"아들, 딸. 저녁 먹으러 나가자. 엄마가 맛있는 거 사줄게."

엄마가 자리에서 일어났기 때문에 주원과 연우는 어리둥절한 표정으로 따라 일어날 수밖에 없었다.

집에서 오붓하게 저녁을 즐길 줄 알았더니 외식이란다. 다소 이상하긴 했지만 그조차도 좋았기 때문에 연우는 얼른 주원의 엄마 팔에 팔짱을 쏙 꼈다.

주원의 가족과 연우가 도착한 곳은 근처 한정식집이었다. 외식을 하기엔 조금 무리가 있고, 보통 상견례 장소로 많이 쓰이는 곳 같았다. 연우와 주원이 짧게 눈을 마주쳤다. 도무지 부모님의 생각을 알 수 없었기 때문이었다.

마침 예약도 했는지 도착하자마자 방으로 안내되었다. 여기 왜 온 것이냐고 묻기도 뭐해 연우는 그저 입을 닫고 애꿎은 물만 마셨다. 하지만 곧 그 이유가 밝혀졌다.

"어서 오세요."

"잘 지내셨어요?"

연우가 물컵을 반쯤 비웠을 때 도착한 손님들 때문이었다.

"오랜만에 뵙겠습니다."

풀었던 양복 단추를 여미며 연우의 아빠가 아저씨에게 손을 내밀었다. 이 우스운 광경을 뭐라 설명해야 할까. 한 달에 한 번 얼굴조차 보기 힘든 아빠였다.

그런데 이런 식사 자리를 나오다니, 연우는 자리에 앉아서 실소를 머금었다.

"잘 다녀왔어?"

연우의 옆에 앉으며 엄마가 물었다.

"어."

무뚝뚝하게 한마디를 내뱉고 다시 물을 한 모금 마셨다. 가식적인 얼굴. 허허 웃으며 인자한 아빠를 가장하고 있지 않은가. 순간 오스스 소름이 끼치는 거 같았다. 아무래도 오늘 식사 자리는 연우에게 고욕이 될 거 같았다.

사람들이 모두 자리에 착석하자, 식전 죽이 나왔다. 식전 죽은 전복죽이었는데 작은 숟가락으로 그것을 떠먹으면서도 도무지 무슨 맛인지도 알 수 없었다.

"주원이는 날로 멋있어지네. 오랜만이야."

주원과 인사를 하는 것을 아줌마는 탐탁지 않은 표정으로 쳐다보았다.

"딸하곤 인사 안 하세요? 오랜만에 만나신 거 같은데."

"아, 해야죠. 우리 딸 많이 예뻐졌네. 남자친구라도 생긴 거야?"

다정하게 묻는 아빠의 말에 도무지 뭐라 대답할 말이 생각이 나질 않았다.

우리 딸.

메이리 치듯 울리는 아빠의 낯선 목소리에 연우는 딱딱하게 굳은 표정으로 정면만 응시했다.

네 입술이
닿을 때

우리는 평소 살뜰한 사이가 아니었다. 아니, 우리는 남보다도 못한 존재였다. 가족이라는 이름 아래 묶이지 않았다면 우리는 서로 얼굴조차 보지 않았을지도 모른다.

연우는 그저 대답 없이 묵묵히 죽을 비워나갔다. 가슴속에 막힌 응어리 때문에 가슴이 꽉 막히는 거 같았지만 그래도 꿋꿋하게 죽을 목구멍으로 밀어 넣었다. 그렇게 하지 않으면 도무지 견딜 수가 없었기 때문이었다.

"여전히 바쁘신가 봐요."

아줌마가 우회적으로 물었다.

"먹고사는 일이 바쁘다 보니 이렇게 되네요. 하나뿐인 딸 얼굴도 제대로 보지 못할 만큼."

"그러니까요. 하나뿐인 딸인데……. 얼굴 볼 시간 정도는 만드시는 게 어떠세요? 나중에 결혼이라도 하게 되면 정말 서먹해져요."

아줌마는 조근조근 하고 싶은 말은 꼭 해야 직성이 풀리는 성격이었다. 하지만 그것이 듣는 사람으로 하여금 기분 나쁘게 들리지는 않았는데, 그게 아줌마의 장점이었다. 연우의 아빠는 멋쩍은 듯 그저 웃기만 했다.

그 어색한 분위기가 음식이 나오면서 잠시 끊어졌다. 연우는 실소를 흘리며 아빠 쪽으로 고개도 돌리지 않았다. 주원의 부모님에겐 굉장히 사근사근한 아이지만 실상 자신의 부모님에게는 그러지 못했다. 아니 그러고 싶지 않았다. 이기적인 사람. 연우에게 아빠는 그저 그런 사람일 뿐이었다.

식사 자리는 예상했던 대로 불편하기만 했다.

"이거 먹어. 좋아하잖아."

앞에 놓인 불고기를 주원이 연우의 그릇에 덜어주며 말했다. 연우의 상태를 살피느라 막상 주원은 제대로 밥도 먹지 못했다.

잘 아는 사이이면 이게 또 문제가 되었다. 한때는 부모님 원망을, 또 한때는 주원에게 질투를, 또 한때는 부러움을, 느꼈었다. 이제 모든 것을 초월해 그저 주원의 가족과 한가족처럼 지낸다 생각했다.

하지만 막상 그 상황들이 맞닥뜨리니 자신의 치부가 들킨 것처럼 부끄럽고 창피하기만 했다.

다정하고 가정적인 아빠, 항상 살뜰한 엄마, 자신의 부모님과는 너무 비교되는 대상이었다. 이기적이고 자기만 아는 아빠와 울기만 했던 엄마가 어린 시절 너무 싫었었다.

물론 지금도 마찬가지였다. 이기적이고 일만 아는 아빠는 여전히 이해하기 힘이 들었다.

"종종 이렇게 만나면 얼마나 좋을까요?"

"항상 바쁘신 거 같아서, 한국에 들어와도 자주 뵙지도 못하네요."

술잔을 기울이며 두런두런 말하는 소리에 한숨을 푹 내쉬었다. 한 공간에 있는 것조차도 숨이 막혀왔다. 연우는 자리에서 살며시 일어났다.

"딸, 어디 가게?"

"저 화장실 좀요."

"그래, 다녀와."

문 쪽으로 조심히 넘어와 밖으로 나가자 연우가 숨을 크게 내뱉었다. 그러고는 곧장 신발을 신고 화장실 대신 밖으로 나갔다. 가슴팍에 거대한 돌이 얹어진 듯 갑갑하기만 했다.

어려선 아빠에 대한 애정에 대한 갈구를 커서는 아빠에 대한 원망과 분노밖에 남지 않았다. 가족보다 자신이 더 우선인 사람. 아빠는 결혼을 해서는 안 되는 사람이었다. 사랑을 받는 것조차 익숙하지 않은 사람이라, 남에게 어떤 식으로 사랑을 줘야 하는지도 모른다.

그리고 그 피가 흐르는 자신도 다르지 않을 것 같아, 두렵고 겁이 났다.

밖을 보며 한숨을 내뱉는 연우의 어깨 위로 따뜻한 온기가 느껴졌다. 어느새 따라나온 주원이 그녀의 어깨에 점퍼를 걸쳐줬기 때문이었다.

"왔어?"

담담하게 내뱉는 연우가 오늘 유달리 안쓰러워 보였다. 그녀가 아빠와 여전히 그 상태인 것을 익히 알고 있었다. 그리고 연우가 느끼는 감정들도 모두 다 알고 있었다. 언제가 됐건 풀어야 할 관계라고 생각했었다. 그것은 자신의 엄마도 똑같이 느꼈던 거 같다. 그래서 이런 자리를 만든 것이고.

하지만 어쩌면 그것은 자신들의 오지랖이 아니었을까. 아물어야 할 그 자리는 파이고 파여서 이제 짓무르고 곪아 들었을 뿐이었다.

"괜찮아."

주원의 말은 물음이 아니었다. 괜찮아, 괜찮아. 내뱉는 주문과도 같았다. 연우는 옆에 앉은 주원의 어깨에 머리를 살며시 기대었다. 그녀의 어깨를 두드려주는 손이 다정했다.

"나는 아빠를 봐도 이제 아무렇지 않다고 생각했거든? 가끔 마주칠 때마다 모르는 사람처럼 지나가곤 했으니까. 근데 아니야. 오늘 너희 가족하고 같이 있는데 그게 아니라는 걸 깨달았어."

스쳐지나가는 바람이 소슬하다. 가슴속에 스치고 지나가는 바람처럼 아리고 쓰렸다.

"예전에 말이야. 중학교 때였을 거야. 집 앞에서 누군가와 통화를 하면서 아빠가 크게 웃고 있더라? 우리랑 있을 때는 인상만 쓰고 말 한 마디도 안 하던 아빠가 말이야. 그때 알았어. 저 사람은 우리가 그냥 싫은 거구나. 이곳은 집이 아니라 그냥 의무적으로 방문하는 곳이구나. 우리는 가족이 아니구나, 하고."

모든 것을 주원에게 털어놓던 연우지만 비참한 자신의 모습을 들키기 싫어 누구에게도 털어놓은 적 없던 이야기였다. 그때 느꼈던 참담하고 절망스러운 마음은 아직까지 연우 가슴속에 상처로 남아 있었다.

"내가 어떻게 해줬으면 좋겠어?"

주원이 물었다. 걱정스러운 물음에 연우가 담담하게 웃었다.

"아무것도 하지 마. 그냥 이대로 있어주면 돼."

그것이 연우는 솔직한 마음일 것이다. 하지만 가슴속 한편에 응어리처럼 남아 곪은 저 상처를 그대로 연우가 안고 살 수 있을지 주원은 그것이 걱정이었다.

평생 짊어져야 할 상처가 연우에게는 너무 많다. 해결할 수도 없는 상처들이. 연우 주위에 아무리 좋은 사람들이 많아도 그것은 가족과는 다른 것이었다.

차라리 그 상처들을 자신이 안을 수 있는 것이었으면 좋겠다. 웃고 있는 연우가 어떤 마음일지 주원은 너무 뻔히 알고 있었으니까.

다정하게 연우의 팔을 어루만지면서 주원은 잠시 상념에 빠졌다.

식사 자리가 모두 끝나고 연우와 주원의 가족들은 서로에게 인사를 나누었다.

"다음에 또 봬요."

"네, 너무 반가웠어요."

서로의 만남을 아쉬워하듯 악수를 건넸다. 연우는 한 발짝 멀찌감치 떨어져 그 광경을 보고 있었고 주원은 그 사이에 있었다.

"딸, 조심히 가."

주원의 엄마가 연우에게 다가와 가볍게 포옹했다. 그제야 딱딱하게 굳은 표정이 풀리며 살며시 웃었다.

"네. 조심히 들어가세요. 놀러 갈게요."

"그래, 알았어."

"갈게."

주원이 연우에게 가볍게 손인사를 했다. 주원의 가족이 먼저 떠나는 것을 보며 연우는 기분이 다시 가라앉았다.

"난 회사 일 때문에 들어가 봐야 할 거 같아."

방금 전 온화한 아빠의 모습은 사라지고 다시 딱딱하게 굳어 있었다.

"알았어요. 가자, 연우야."

마치 남처럼, 우리는 모르는 사이처럼, 그렇게 돌아섰다. 아무것도 아닌 사이처럼. 견고하게 만들어진 거대한 벽이 완벽하게 그들을 감싸고 있는 거 같았다.

우리는 가족은 그저 남이었다.

돌아가는 택시 안, 연우는 재잘거리던 입을 멈추고 창밖만 무연히 바라봤다.

가슴속에 얹힌 응어리가 거대해, 가슴을 짓눌렀다. 아빠는 그녀의 사고 후 회사 근처 오피스텔에서 대부분의 생활을 했다. 명분은 회사와 집이 멀다는 핑계.

하지만 그것이 다가 아니란 것을 안다.

울고 있는 엄마도, 죄책감을 느끼게 하는 딸도, 모두 다 신경 쓰지 않고 홀가분해지고 싶었던 것이다. 주원의 엄마에게 가족은 서로를 보듬어주는 것이라고 배웠다.

그렇다면 우리의 관계들은 다 무엇일까. 씁쓸한 웃음이 입가에 퍼졌다.

"엄마는 아빠가 왜 좋아?"

왜 헤어지지 않아? 라는 질문을 연우는 돌려서 말했다. 성인
이 되면 아빠를 이해할 수 있을 줄 알았다. 하지만 시간이 지날
수록 아빠는 이해할 수 없는 사람이었다.

"나는 아빠가 싫어."

다소 놀랄 줄 알았던 엄마는 담담히 연우의 말을 들으며 그녀
의 손을 말없이 꽉 잡았다. 엄마도 싫었다는 말을 연우는 속으로
겨우 꾹꾹 삼켰다.

※

주원은 연우의 표정과 느껴지는 아픔에 밤새 고민했다. 아무
리 자신이 그 마음을 보듬어주어도 그 자리가 클 것이라는 것을
잘 알고 있었다. 참견하지 말라는 연우의 말을 묵과하며 이런 결
정을 내릴 수밖에 없었다.

"어쩐 일이야?"

서글서글하게 웃으며 연우의 아빠가 주원의 건너편에 앉았다.

"뭐 마실래?"

그는 주원에게 마실 것을 권하며 답답한 듯 넥타이와 양복 단
추를 풀었다.

연우의 아빠는 주원에게도 어려운 존재였다. 가정적이던 자
신의 아빠와는 다르게 연우의 아빠는 자주 볼 수도 없었을뿐더
러 말수도 많지 않았다. 어렸던 마음에 그가 무섭게 느껴지곤 했
었다.

"저 다름이 아니라 연우 때문에 왔어요."

목이 탔는지 물을 비워내던 연우의 아빠 얼굴이 조금 경직됐다.

"무슨 일?"

"저 연우랑 사귀고 있습니다."

"아아."

습관처럼 불이 붙지 않은 담배를 입에 물며 고개를 끄덕였다. 지나가던 종업원이 금연입니다, 라는 말을 한 후에도 물고 있던 담배를 빼지는 않았다.

대신 필터를 잘근잘근 씹으며 주원을 바라봤다.

"축하한다고 해줘야 하나? 아니면 반대? 어째야 하는지도 모르겠군."

불이 붙지 않은 담배를 연우의 아빠는 손가락에 끼우며 머리를 긁적였다.

"항상 궁금했어요. 왜 연우와 마주 보지 않으시는지."

연우의 아빠는 담담하게 내뱉는 주원의 눈을 슬쩍 피하며 살짝 풀린 넥타이를 조금 더 풀었다. 그러면서 앞에 놓인 물컵을 완전히 다 비웠다.

손에 쥔 담배까지 테이블에 내려놓으며 비스듬히 앉았던 자세를 바로잡았다.

"내가 왜 자네한테 이런 얘길 해야 하지?"

다소 신경질적인 반응이었다. 주원은 이런 반응을 예상하지 못한 것은 아니었다. 사귀는 사이라고는 하지만 엄연히 남의 집

가정사였다. 그가 왈가왈부할 자격은 없었다. 하지만 아파하는 연우의 상처를 보듬어줄 사람은 그가 아니었다. 바로 당사자인 연우의 아빠였다.

"연우를 혹시 피하시는 건가요?"

연우의 아빠는 주원의 질문에 담담하게 웃었다. 다소 지친 표정이었다.

"……나는 그 애 보는 게 두려워."

두렵다는 말을 내뱉는 연우의 아빠는 어려서 주원이 봐왔던 무서웠던 아저씨가 아니라 삶에 치이고 지친 무기력한 남자로만 보였다.

"그 애가 납치당했을 때 모두 내 탓 같았어. 딸이 그 큰일을 당했는데 내가 정작 할 수 있던 일이 아무것도 없더군. 정말 어리석어 보이고 졸렬해 보일지 모르지만 난 도망친 거야. 피하는 거라고 생각해도 좋고, 그 아이 아빠 자격이 없다고 해도 좋아. 하지만 그때 나로선 그게 최선이었어. 가장인 내가 아이만 보며 힘들어하고 아무것도 안 할 순 없었으니까."

"하지만 그게 정당화가 될 순 없다는 거 없습니다."

"알아. 정당화할 생각 없어. 나중에 후회할 거란 소릴 하고 싶은 거겠지? 후회는 내 몫이고 넌 신경 쓸 필요 없어. 그건 내가 알아서 할 테니."

그 말을 끝으로 연우의 아빠는 자리에서 일어났다. 마지막으로 주원에게 악수를 건네며 연우와 잘 지내라는 말 한마디만 했다.

그 악수는 어떤 의미였을까. 아마 이런 대화만 아니었다면 연우의 아빠는 여느 아빠들과 다르지 않았을 것이다. 하지만 그의 행동은 어린 연우를 그저 버리고 도망친 것밖에 되지 않았다. 그리고 여전히 도망만 치고 있었다.

아무 해답도 얻지 못한 주원은 답답하기만 했다. 그가 할 수 있는 일은 연우의 말대로 정말 아무것도 없어 보였다.

연우는 당황스러운 표정으로 현관문에 들어선 아빠를 바라봤다. 어려서는 아빠가 저 문턱을 넘어주길 학수고대하고 그 앞에 앉아서 아빠를 기다리곤 했었다. 그곳에서 잠이 들어 있으면 아빠가 안아서 방 안에 눕혀주는 것이 너무 좋았으니까.

주인을 기다리는 가련한 강아지처럼 한참을 그곳에서 앉아 있곤 했었다. 하지만 그런 연우는 이제 없었고, 새벽쯤 돌아오는 아빠도 없었다.

"어, 어쩐 일이에요?"

엄마도 당황한 듯 반찬을 하다 말고 나와 아빠를 맞이했다.

"오랜만에 집에서 저녁 먹을까 하고 왔지."

어색하게 넥타이를 풀며 아빠는 거실 소파에 앉았다. 연우는 그 모습을 굳은 표정으로 쳐다보다 방으로 들어가기 위해 등을 돌렸다.

아빠가 연우를 보고 무어라 말을 하려는 것 같았지만 듣고 싶지 않았다. 닫히는 문은 연우의 마음이었다. 우리의 마음의 문은 굳게 닫혀 있었다.

침대에 누워 멍하니 천장을 쳐다봤다. 조금 편해지려던 집이 갑자기 숨 막히도록 싫어졌다.

우리는 가족이라는 따스한 울타리에 가두어질 사람들이 아니었다. 각자 꿈과 이상을 찾아가야 하는 사람들이었다. 그런 말도 안 되는 구성원들이 만들어낸 가족이라는 이름은 처참하기 그지없었다.

"연우야, 밥 먹어."

엄마가 방문을 열고 말했다. 먹기 싫다고, 괜찮다고 말하려다가 연우가 침대에서 몸을 일으켰다. 엄마가 서운해하는 모습을 보고 싶진 않았기 때문이다.

요즘 들어 새로 안 엄마는 세 식구가 같은 식탁에서 오순도순 밥을 먹는 것을 보고 싶다고 했었다. 오순도순은 안 될지 모르지만 어느 정도 엄마의 바람이 이루어진 것이다.

식탁에 오른 반찬들은 정갈하고 깔끔했다. 부랴부랴 엄마가 접시에 예쁘게 담은 흔적이 보였다. 아마도 아빠가 돌아온 게 좋은 모양이었다.

그 모습에 연우의 입가에 실소가 흘러나왔다. 어째서 엄마는 아직도 아빠 해바라기를 하고 있을까. 차라리 자신처럼 미워하고, 싫어하지.

"어서 앉아. 엄마가 연우 좋아하는 고등어조림 해놨어."

엄마는 소녀처럼 웃으며 연우에게 말했다. 반짝반짝 빛나던 시절의 엄마는 이런 사소한 것에 기뻐하던 사람이 아니었다.

저녁식사 자리에 모두 모인 것만으로 기뻐하는 엄마가 연우는 다소 생소하기만 했다. 지금처럼 이런 자리를 좋아하던 사람은 바로 연우 자신이었는데. 이제는 조금도 기쁘지 않았다.

연우의 입가에 실소가 지어졌다. 짜르르, 작은 격통이 가슴속에서 일어났다.

우리의 저녁식사는 삭막하고 적요했다. 마치 서로 모르는 사람끼리 어색한 식사를 하듯 어느 하나 말을 꺼내는 사람이 없었다. 달그락달그락 접시에 닿는 젓가락과 숟가락의 소리만 들릴 뿐.

어린 시절 부모님에 대한 기억은 늘 싸웠던 기억밖에는 없었다. 늘 같은 얘기, 같은 문제, 서로를 헐뜯고, 하지 않아야 할 말을 하며, 서로를 미워했다.

깊은 밤, 부모님이 싸울 때면 연우는 숨죽여 우는 일이 많았다.

지독한 상념에 빠져 있을 때쯤이었다. 그 적요한 분위기를 깬 것은 아빠였다.

"주원이와 사귀고 있다며."

탁하게 갈라진 목소리에서 얼마나 우리가 고요했는지 알 수 있었다.

"네."

담담하게 대답하며 연우는 숟가락을 놓고 먹은 그릇을 개수대에 담갔다. 그러고는 방 안으로 들어갔다. 어렵사리 내뱉은 말인지도 모르겠다.

아빠가 어떤 마음에서 그 말을 뱉었는지 알 수는 없었지만 머뭉거렸다는 것은 알고 있었다. 하지만 우리 사이는 이런 어쭙잖은 말로 풀어질 사이가 없었다.

우리는 평행선으로 서로를 보고 있다. 접점조차 없이, 벌어진 사이는 건넨 말 한마디로 쉽게 아물어질 상처가 아니었다. 아니, 평생 갈지도 모르겠다.

원망이라는 단어조차 버거웠다. 어찌 마음들을 원망으로 비유할 수 있을까.

가족이라고 해서 모든 것을 용서하기엔 연우의 상처가 너무 컸다. 보듬어주고 사랑을 듬뿍 줘야 할 시기 연우가 가족에게 받은 것은 미움과 서로를 헐뜯는 말이었다. 그리고 그 원인 제공자는 연우가 되어버렸다.

연우의 가슴속엔 커다란 응어리가 여전히 자리 잡고 있었다.

닫힌 문을 보고 연우의 아빠는 말없이 밥을 먹었다. 뒤늦게 오는 회한이 있지만 주원의 말처럼 그것들을 정당화할 수는 없었다.

아마 평생 다가가지 못할 것이다. 견고하게 만들어진 거대한 문이 서로 사이에 있었으니까. 그 문은 절대 열릴 수도 없게 거대해서 감히 올려다보기도 힘이 들었다.

우리는 그저 서로에게 상처만 주는 사람들이었다.

휴대폰을 뒤적이던 연우는 도착한 메시지를 보고 모호한 표정을 지었다.

－집 앞이야.

주원의 연락이었다. 그러고 보니 근 하루 동안 우리는 서로의 존재를 잊고 있었던 거 같다. 연우는 걸어두었던 후드점퍼를 챙겨 걸쳐 입고 밖으로 나갔다. 아직도 식사는 덜 끝난 듯 아빠와 엄마는 말없이 밥만 먹고 있었다.

"나갔다 올게요."

간결한 한마디와 함께 현관문을 닫았다. 밖으로 나오자 서늘한 날씨에 연우는 저도 모르게 바르르 떨었다. 이제는 완연한 가을인가 보다. 낮에 날씨와는 상반되게 밤은 서늘하기 그지없었다.

밖으로 나가자, 주원이 담벼락에 기대어 그녀를 담담하게 쳐다봤다. 연우는 샐쭉한 표정을 짓다, 자신도 모르게 푸스스 웃어버렸다.

"네 짓이지?"

가만히 주원이 연우를 쳐다보자 연우는 그 앞에 서서 주원의 머리를 손으로 크게 헝클었다.

"아무것도 하지 말랬잖아."

"미안."

순순히 인정하는 대답에 연우는 전의를 상실하고 담벼락 밑에 털썩 앉았다. 주저앉아서 다리를 쭉 펴는 연우를 따라 주원도 바닥에 앉았다.

"네 마음 다 아는데 이번엔 잘못 짚었어. 그래도 엄마는 좋아하더라."

검은 도화지같이 새카만 하늘을 바라보며 연우가 홀가분한 마음으로 말했다. 아직도 집에 들어가면 삭막하고 숨이 막혔다. 하지만 한 사람이라도 좋아한다면 된 거 아닐까. 우리는 평행선 같은 관계라 맞물리는 접점 하나 없지만, 그것이 꼭 엄마까지 그러란 법은 없었으니까.

주원은 말없이 연우의 손을 깍지 껴서 잡았다. 주원이 손을 잡자 연우는 스르륵 그의 어깨에 머리를 기대었다.

"내가 너무 쉽게 생각했던 거 같아. 그렇게 쉽게 풀 수 있는 관계가 아니었는데……."

시무룩하게 대답하는 주원이 어쩐지 귀엽다. 연우는 기대었던 몸을 곧추세우고 주원의 어깨를 검지로 톡톡 쳤다.

"왜?"

"이리와 봐."

고개를 돌린 주원에게 손가락을 까딱거리며 가까이 오라는 듯 손짓했다. 주원의 얼굴이 바짝 오자 연우가 쪽 가볍게 입을 맞췄다. 그러고는 주원의 양 뺨을 부여잡고 두 눈을 똑바로 쳐다보았다.

"이제 아무것도 하지 마. 나는 너만 내 옆에 있으면 돼."

단호한 연우의 말에 주원이 그제야 굳은 얼굴을 풀고 피식 웃었다.

"이거 남자가 할 말 아니야?"

"뭐, 어때. 내친김에 자네 나한테 장가오는 게 어떻겠나?"

과장스럽게 말하는 연우 때문에 주원은 다시 웃고 말았다.

"원하신다면 기꺼이."

"아, 또 온다니까 생각 좀 해봐야겠네. 난 비싼 여자니까."

"김연우!"

연우는 배시시 웃으며 손을 깍지를 끼고 다시 주원의 어깨에 머리를 기대었다. 그리고 별조차 없는 하늘을 가만히 올려다보았다.

마주잡은 손이 뜨겁고 간질거렸다. 서로와 붙어만 있어도 기분 좋은 간질거림이었다.

비록 관계의 해결은 불가능하겠지만 완벽한 내 편이 있어서 연우는 괜찮다고 생각했다. 우리는 냉담한 눈으로 서로를 볼 일도 없고 남처럼 굴 이유도 없으니까.

그거면 괜찮을 거라고, 그렇게 생각했다.

그 다음 날, 아빠는 다시 자신의 집으로 돌아갔다. 이곳을 집이라고 부르지만 연우에게 집은 엄마가 있는 공간, 그뿐이었다.

연우는 오랜만에 소파에 앉아 파를 다듬고 있는 엄마를 가만히 쳐다보았다.

반짝반짝 빛나던 시절의 엄마의 손은 참 곱고 예뻤더랬다. 그리고 엄마에게 안길 때마다 은은한 화장품 냄새가 항상 풍겨왔었다.

그 냄새가 좋아, 부러 엄마도 없는 빈 침대에 누워 잔 적도 많았다. 하지만 이제 엄마에겐 아무것도 아닌 그저 엄마의 체취밖에 느껴지지 않는다. 죄책감을 느껴야 하는 건 연우도 마찬가지일지도 모르겠다.

"주원이하고 만난 건 언제부터야?"

엄마는 연우에게 개인적인 질문을 해본 적이 별로 없었다. 기억 속의 엄마는 연우에게 사랑의 관심보다 의무감의 관심이 더 많았었다.

"얼마 안 됐어."

"잘됐다. 엄마는 주원이가 참 마음에 들었거든. 애가 요즘 애답지 않게 예의도 바르고 싹싹하고. 우리 딸 신랑감은 저런 애였으면 좋겠다 생각했는데 잘됐어."

꽤 구체적인 평가에 연우가 담담하게 웃었다.

"엄마도 그런 생각을 했었어?"

"그럼. 당연한 거 아니야? 우리 딸 신랑감인데."

우리 딸. 그 단어가 참 낯설고 어색하면서도 정감이 갔다. 주원의 엄마가 항상 부르던 우리 딸이란 단어를 엄마에게서 들어볼 줄은 상상조차 하지 못했었다.

학교에서 돌아오면 늘 울고 있던 엄마, 아빠와 싸우곤 자신의 방에 와서 항상 말없이 잠이 든 그녀를 보고 갔던 엄마, 그리고 어느 순간부터 말수가 줄어들고 추위를 많이 타던 엄마.

그녀의 기억 속의 엄마는 모두 그런 모습이었다.

"엄마는 날 낳아서 후회했어?"

연우가 기억하는 엄마는 그랬다. 엄마는 연우를 보면 항상 원망 어린 시선으로 그녀를 쳐다보았고 자신을 낳은 걸 후회하게 만든 거 같아서 미안하기만 했다.

"무슨 소리 하는 거야. 내가 널 낳은 걸 왜 후회해."

엄마가 짐짓 화난 표정으로 다듬던 파를 내려놓고 말했다. 단호한 엄마의 말에 이상하게 안심이 되는 것은 왜일까. 가슴속에 크게 박힌 가시 같은 기억들은 엄마가 자신 때문에 날개를 펼치지 못했던 것밖에 없었다. 단호한 그 표정이 퍽 안심이 된다. 이상했다.

연우는 가슴이 짜르르 아려왔다.

"우리 딸 크는 거 보는 게 엄마는 제일 좋았어. 혹시라도 그런 생각 하지 마."

"응."

대답하는 목구멍이 따가웠다. 가슴속에선 응어리가 뭉근해지는 느낌이 들었다.

반짝반짝 빛나는 엄마는 사라졌다. 하지만 그때 일을 기억하고 있는 사람은 오로지 연우 하나였다.

어쩌면 그 시절을 안타까워하고 이렇게 변해버린 엄마를 그 시절에 대입하며 그리워했던 것은 연우 자신이 아니었을까.

연우는 엄마와의 대화를 더 할 수 없어 방으로 들어왔다. 콧잔등이 시큰거리고 눈가가 뜨거워졌다.

※

연우는 주원의 엄마 호출에 설레는 마음으로 백화점에 도착했다. 칙칙한 남자들 빼고 단둘이 데이트하는 게 어떠냐는 메시지 한 통으로 시작된 일이었다.

"딸!"

백화점 로비에서 환하게 웃으며 연우에게 손을 흔들고 있었다. 연우는 달려가다시피 그쪽으로 다가갔다.

"아줌마!"

"우리 딸은 하루가 다르게 예뻐지나 봐. 누굴 닮아서 예뻐지나 몰라."

"아줌마 닮아서요?"

"어머, 애 좀 봐!"

까르르 소녀처럼 소리 내어 웃는 아줌마의 목소리는 낯선 것이 아니었다. 엄마가 웃는 소리는 제대로 들어본 적이 없었지만, 아줌마의 웃음소리는 그녀에게 굉장히 친숙하고 익숙한 것이었다.

"가자."

연우의 팔짱을 끼며 아줌마가 말했다.

아마 멀리서 모르는 사람이 본다면 사이좋은 모녀지간인 줄알 것이다. 연우도 어려서부터 그것을 바랐다. 진심으로 주원의 가족이 되고 싶었다.

그건 이룰 수 없는 바람이었고, 그녀는 아쉽게도 고아가 아니었다. 그저 어려서 울고 있던 엄마에게서도, 들어오지 않는 아빠에게서도 도망치고만 싶었다.

"잠깐 들어가 보자."

에스컬레이터를 타고 식당가로 갈 줄만 알았던 아줌마는 쥬

얼리 샵에서 발걸음을 멈추었다. 누구나 알 수 있는 브랜드라 연우도 이름만 익히 들었던 곳이었다. 연우는 별다른 생각 없이 아줌마를 따라 안으로 들어갔다.

깔끔한 유니폼을 입은 직원의 인사를 받으며 아줌마는 구석으로 가 무언가 이야기를 주고받았다.

그 사이 연우는 그 안을 구경했다. 화려한 보석들이 조명을 받아 현란하게 빛이 났다. 학생인 그녀가 자주 올 곳은 아니었지만 이따금 백화점을 올 때며 구경은 한 번씩 꼭 해보았던 곳이었다.

"딸, 이리 와봐."

아줌마의 손짓에 연우가 그곳으로 다가갔다.

"이거 어때?"

아줌마는 쇼케이스 위에 있는 목걸이와 귀걸이 세트를 가리켰다. 큐빅이 촘촘하게 박혀 있는 왕관 모양 펜던트 위에 하얀 진주가 붙어 있었다. 귀걸이도 그와 마찬가지로 세트였는데, 예쁘긴 했으나 펜던트가 전체적으로 작은 느낌이라 아줌마가 하기에는 조금 약해 보였다.

"예쁘긴 한데……."

연우가 말끝을 흐렸다.

"그치? 한 번 해보자."

"네?"

"어서 해봐."

아줌마는 연우가 대답을 하기도 전에 목걸이를 걸어주었다. 뽀얗게 드러난 목에서 은은하게 빛나는 목걸이는 그녀가 봐도 소담하고 예뻐 보였다. 너무 화려하지도 않았으며 너무 소박하지도 않게 그 빛을 발휘했다.

"어머, 예쁘다."

"따님이 어머님을 닮아서 너무 예쁘시네요."

점원의 말에 연우의 양 뺨이 홧홧해졌다.

"그렇죠? 이거 주세요."

"아줌마, 이건 좀…… 너무 비싸요."

연우가 고개를 돌리며 난감해하자, 아줌마가 까르르 웃었다.

"우리 주원이랑 앞으로도 잘 지내달라는 뇌물이야. 그러니까 받아줘."

"그래도……."

망설이는 연우를 아줌마는 다정하게 안아 등을 쓰다듬어 주었다.

"연우야, 엄마가 너한테 그냥 주고 싶어서 그래. 그 정도는 받아줄 수 있지?"

"네……."

결국 나오는 연우의 대답에 아줌마가 활짝 웃었다. 점원에게 포장된 목걸이를 받아 다정하게 팔짱을 끼고 그곳을 나왔다.

우리 딸.

항상 다정하게 불러주는 그 소리가 좋아 매일같이 주원의 집에 놀러 가곤 했었다. 그것이 폐가 됐을 법도 한데 아줌마는 단 한 번도 그녀에게 얼굴을 붉히는 일이 없었다.

오히려 그녀가 오지 않을 때면 제 엄마보다 더 그녀를 찾아다니곤 했었다. 가슴속에 맺혀진 응어리가 크지만 아줌마의 곁에 있으면 그것이 사르륵 녹아내리는 거 같았다.

'넌 예쁜 내 딸이야. 누구와도 바꾸지 않을 예쁜 내 딸. 그러니 너무 아프지 마렴.'

그 말을 들을 때마다 연우는 펑펑 울었더랬다. 그리고 여전히 아줌마는 그녀에게 따스한 손길을 내밀어주고 있었다.

"연우야, 나는 네가 행복했으면 좋겠어. 그러니까 이제는 그만 아파하렴."

다정하게 잡은 손이, 사랑스럽다는 듯 바라보는 그 눈이, 연우의 가슴속을 파고들었다. 그날도 연우는 아줌마의 품에서 한참을 울었더랬다.

달콤했던 2주가 그렇게 끝났다. 주원의 부모님이 떠나는 날, 연우가 통곡을 하며 울었다. 그 모습이 이제는 너무 익숙해서 아무도 당황하는 사람이 없었다.

겨울에 올 테니 걱정 말라며, 주원의 부모님의 그렇게 다시 미국으로 떠나셨다.

시끌벅적했던 집이 다시금 조용해졌다. 그 조용한 집에는 주원과 연우, 둘만 남아 있었다. 연우의 목에는 작은 목걸이가 걸려 있었다.

"근데 말이야. 아줌마도 아셔?"

"뭘?"

"우리 만나는 거 말이야."

연우의 물음에 주원이 부드럽게 웃었다.

"알고 오신 거야."

"정말? 으악!"

이제 양가 부모님이 모두 다 안다고 생각하니 괜스레 얼굴이 붉어졌다. 이젠 정말 빼도 박도 못할 상황이었다. 연우는 홧홧해진 얼굴을 두 손으로 감쌌다.

"뭐, 뭐라셔?"

자신의 엄마야 주원을 찬성한다 하지만 주원의 부모님은 아닐 수도 있었다. 아직도 가슴속에 박힌 상처들은 그녀를 움츠리게 만들었다.

'더러워.'

메아리치던 그 음성과 그 시선들. 다소 걱정된 마음으로 연우가 묻자, 주원은 얼굴을 가리고 있는 그녀의 손을 떼어서 마주 보았다.

맞춰진 눈높이가 괜스레 가슴이 설레었다.

"우리 딸 울리면 가만 안 둔다던데?"

"정말?"

"정말!"

풋, 웃음을 지으며 연우는 허탈하게 주원을 쳐다봤다. 괜히 긴장했다. 아니, 처음부터 아줌마는 그런 사람이었다.

자신의 아들보다 연우를 더 살뜰하게 챙겼고 다정하게 대해 주었다. 따뜻한 사람. 평생을 다 바쳐도 절대로 만날 수 없을 정도로 따스한 사람이었다.

"들었지? 그러니까 나한테 잘해."

연우가 짐짓 도도한 표정으로 주원에게 말하자, 그가 연우의 뺨에 가볍게 입을 맞췄다.

"얼마나 더 잘해야 하는데?"

"더, 더, 더."

"욕심이 좀 과한데?"

장난스럽게 대답하는 주원에게 연우가 다정하게 웃었다. 그러고는 그의 양 뺨을 부여잡고 쪼옥 다시 입을 맞췄다.

"욕심이 과한 나니까 앞으로 더 사랑해주세요."

까르르 웃는 소리가 청아하고 사랑스러웠다. 마주치는 입술에서, 다가오는 뜨거운 숨에서, 바라보는 다정한 눈빛에서, 내뱉는 사랑스러운 말에서, 서로의 사랑을 느낄 수 있었다.

13.

평소와 같은 무료한 날들이 이어졌다. 그사이 연우는 깁스를 풀었고, 가벼운 팔을 흔들며 해방감을 맛보았다. 자신의 팔에 감긴 묵직한 것이 얼마나 귀찮고 힘들었는지, 연우는 다시 한 번 실감하였다. 역시 가뿐한 몸이 최고다.

좋은 기분은 만끽하고 있을 때였다. 어디선가 들리는 소란으로 연우의 좋은 기분은 와장창 깨져버렸다.

"넌 말을 그렇게밖에 못해?"

"내가 그럼 뭐라고 하는데."

"됐어! 내가 너 같은 놈을 왜 3년이나 만났는지 모르겠다."

멀리서도 들릴 정도로 유라의 목소리가 격양되어 있었다. 연우와 주원은 다급하게 유라에게 뛰어갔다.

"왜 그래?"

유라가 벤치에 털썩 앉아 허망한 표정으로 실의에 빠져 운동장만 보고 있었다. 무슨 일이냐며 민혁을 쳐다봤지만 그답지 않게 굳은 표정으로 말이 없었다. 이어서 유라의 양 뺨을 타고 굵은 눈물이 뚝뚝 떨어졌다.

"울지 마."

무뚝뚝하게 말은 하지만 유라를 달래는 손길은 퍽 다정했다. 도대체 왜 그러냐고 연우는 더 이상 물을 수가 없었다. 울고 있는 유라가 너무 서글퍼 보였기 때문이다.

"이 손 놔!"

민혁의 손을 거칠게 치우자, 그도 이제 어쩔 도리가 없는지 한숨만 내뱉었다. 연우는 난감한 표정으로 주원을 쿡 찔렀다. 네가 어떻게 좀 해보라는 뜻이었다.

"잠깐 음료수 좀 사올게. 가자."

주원이 민혁을 끌고 매점으로 갔다. 가는 민혁의 표정이 참 착잡해 보였다. 연우는 어색하게 유라의 옆에 앉으며 민혁이 했던 일을 대신했다. 유라의 어깨를 다정하게 두드리며 괜찮냐고 물었다.

"민혁이가 군대에 간데."

"아……."

연우는 그 이외의 다른 대답을 할 수 없었다. 사실 어렴풋이 그들과 떨어질 날을 알고 있었는지도 모르겠다. 우리나라 남자라면 누구든 가게 돼 있으니까.

사실 시기로 치면 주원과 민혁은 조금 늦은 것이었다. 언젠가 갈 것이라는 것은 어렴풋이 알고 있었지만 왜 군대라는 단어가 갑자기, 라는 느낌으로 다가오는 것일까.

연우는 덩달아 착잡해졌다.

"언제 가는데?"

"1월. 이번 학기만 마치고 바로 간다더라."

유라는 대답을 하며 크게 한숨을 삼켰다. 답답하고 화가 난 얼굴이었다.

"무슨 일 있는 거야?"

"글쎄, 저 머저리 같은 놈이 나보고 기다리지 말래. 자기는 그런 말 못한다고. 웃기지 않니? 같잖게 멋있는 척하느라 저런 말 뱉는데, 난 그런 말을 바라는 게 아니잖아! 난 단지 날 안심시켜 주길 바라는 거뿐인데 왜 저렇게 내 마음을 모르는지 모르겠어."

민혁이 그런 말을 내뱉으며 무슨 생각을 했을지는 알지만 이건 확실히 방법이 잘못돼 있었다. 만약 주원이 자신에게 그랬다면 연우도 똑같이 이렇게 화가 났을 것이다.

연우는 그저 유라를 달랠 뿐 더 이상 말을 이을 수 없었다. 유라의 마음이 너무도 와 닿아서 자신의 처지 같아서 무어라 말을 할 수가 없었다.

"민혁이도……."

"아니, 이제 정말 필요 없어. 헤어질 거야. 저런 놈을 내가 왜 만나고 있었는지 정말 한심해."

"유라야……."

그사이 주원과 민혁이 돌아왔다. 유라는 민혁을 보자마자 손에 끼고 있던 반지를 그에게 던져버렸다. 그러고는 곧바로 자리를 떠났다.

민혁은 바닥에 떨어진 커플링을 주우며 망연자실하게 유라의 뒷모습을 쳐다보고 있었다. 연우는 그 모습이 답답하고 화가 나 조언을 해주고 싶지 않았지만 두 친구가 헤어지는 것을 볼 수는 없었다.

"뭐해. 얼른 따라가야지."

연우가 머뭇거리는 민혁을 다그치자, 그는 머리를 긁적이며 얼른 유라를 뒤따라서 갔다. 연우는 민혁이 답답하게 느껴지면서도 민혁의 마음을 어렴풋이 알 거 같아 더 착잡했다. 차라리 못된 놈이면 잊으라고 단칼에 말하겠지만 민혁이 어떤 앤 줄 알아서 더 그러질 못하겠다.

주원과 집으로 되돌아오는 길, 연우는 답답한 듯 민혁에 대해 이야기했다.

"난 유라가 이해가 가. 김민혁 가만 보면 정말 머저리 같아. 어떻게 저런 말을 할 수가 있어? 그냥 기다리면 기다리는 거지."

핸들을 잡은 주원은 다소 담담한 표정이었다.

"난 어느 정도 이해가 가던데."

"뭐? 너도 저럴 거야?"

앞만 보고 있던 연우가 고개를 홱 돌리며 주원을 황당한 눈으로 쳐다보았다. 하지만 주원은 대답 대신 앞만 응시했다.

"너 만약에 그러기만 해봐. 가만 안 둬. 기다려주세요, 해도 기다려줄까 말깐데, 뭐? 기다려달라는 말을 못해? 기가 차서. 원."

연우는 계속해서 울분을 토해냈다. 아무래도 같은 여자다 보니 유라의 입장이 백번 이해되는 모양이었다. 주원은 하지만 거기에 더 이상 대꾸를 해줄 수가 없었다.

"민혁이랑 유라랑 화해했대!"

연우가 손뼉을 치며 자신의 일처럼 좋아했다.

"별것도 아닌 걸로 싸우고들 난리야. 안 그래?"

"그러게."

성의 없는 대꾸를 연우는 유라와 메시지를 주고받느라 제대로 알아차리지 못했다.

고작 얼마 떨어져 있는 것도 아닌데 유난 같지만 주원은 자신의 앞일이 걱정되는 것은 당연했다. 언제까지나 주원이 연우의 옆에 있어 줄 수 없기 때문에.

혼자 하는 속앓이일지도 모르겠지만 주원의 입장으로선 당연했다. 한 번 놓친 경험으로 연우는 큰 사건을 겪었고 다시 한 번 놓쳐 연우는 사고를 당했다. 모두 다 제 탓만 같았다.

그 사건 이후 우리에게 작은 변화가 찾아왔다. 차로 다니던 등굣길을 주원과 나란히 버스로, 그리고 지하철로, 오붓하게 다녔다. 과연 이걸 오붓하다고 표현해야 할지, 연우는 조금 난감해졌다.

"40분 정도 걸리니까 늦어도 8시에는 나와야 해. 알았지?"

"알았어."

"1교신데 버스 탈 거면 7시 반에는 나와야 하고. 막힐 거야."

쓸데없는 걱정이 는 것은 아닐까. 연우는 주원의 이런 행동을 좀처럼 이해할 수가 없었다. 나란히 손을 잡고 대중교통으로 등하교하는 것은 즐거웠지만 시어머니처럼 계속되는 저 잔소리는 계속 들어도 도저히 적응이 되질 않았다.

"빙수 먹고 가자."

"감기 들어."

10월 중순에 들어선 날씨가 이제는 제법 쌀쌀했다. 연우는 주원의 카디건까지 걸치고 있으면서도 고집을 꺾지 않았다. 주원의 팔에 매달려 나름 애교라는 것을 부리고 있는 중이었다.

"아직은 괜찮아. 응? 가자!"

촉촉하게 빛을 내며 간절하게 요청하는 저 눈길을 어떻게 외면한단 말인가. 주원은 하는 수 없이 피식 웃으며 연우에게 져주기로 했다.

카페 안으로 들어가 창가 자리에 자리를 잡고 앉았다. 연우가 좋아하는 망고빙수는 시즌이 끝난 터라 아쉬운 대로 눈꽃빙수를 시켰다.

"너 요새 잔소리가 너무 늘었어."

"잔소리라니. 이 정도는 기본으로 알아야 하는 거 아니야?"

"왜 아주 동사무소 업무까지 알려주지그래? 내가 어린애도 아니고 그 정도도 못할까 봐?"

연우가 항변하듯 주원을 나무라자 그가 제법 진지한 표정을 지었다.

"……내가 걱정돼서 그래. 내년엔 너 교생실습도 나가야 하잖아.”

“으아! 정말 그러네. 걱정된다. 안 그래도 담임선생님께 말씀 드려 놓긴 했는데…….”

주원은 담담히 웃었다. 이제는 우리가 정말 취업을 준비해야 하는 기간이었다. 당장 앞에 닥친 것이 시험뿐인 줄 알았더니, 이제 정말 현실이 앞에 와있는 것이다.

이번 학기가 지나고 내년이 지나면 우리 둘은 어떤 모습으로 마주 서 있을까. 연우는 갑자기 걱정이 되었다.

갑자기 시무룩해진 연우를 보고 주원이 그녀의 왼쪽 뺨을 쭈 욱 늘렸다.

“지금 걱정해봤자 아무 소용없거든요.”

“그렇지? 우선 먹자!”

해사하게 웃으면서 빙수를 오물오물 잘도 먹었다. 이가 딱딱 맞물릴 정도로 시린 얼음을 조금씩 녹여 먹으며 연우가 행복한 미소를 지었다. 그 모습에 괜스레 주원까지 흐뭇해지는 것이었 다.

연우가 웃는 것만 봐도 덩달아 기분이 좋아지니 이거야말로 정말 중증이었다.

사건이라는 것은 상대가 안심하고 있을 때 생기곤 한다. 연우 는 유라와 함께 다음 강의실로 이동 중이었다.

“아……. 나 강의실에 과제 놓고 왔어!”

“야, 얼른 가봐!”

"금방 다녀올게."

연우는 유라에게 가방을 맡기고는 얼른 왔던 곳을 되짚어갔다. 가방을 정리한답시고 물건들을 모조리 꺼내놓았던 것이 화근이었다. 이따 넣어야지 했던 것이 미루고 미루던 것이 결국 이리되고 말았다.

연우는 자신의 아둔함을 탓하며 제발 그곳에 아무도 없길 바라며 달려갔다. 연우가 막 복도 모퉁이를 돌았을 때였다.

"안타깝네. 좋은 기회였는데."

"어쩔 수 없죠."

주원의 목소리였다. 연우는 괜스레 주원의 목소리가 반갑게 느껴졌다. 혼자 있었으면 장난이라도 쳤겠지만 교수님과 이야기 중인 거 같아 연우는 아쉽게 입맛을 다시며 다시 가던 길을 가려 했다.

"입대를 미루는 게 낫지 않아?"

낯선 단어에 연우의 발걸음이 우뚝 멈춰 섰다.

"아니요. 그렇게 하고 싶지는 않아서요."

"언제 입대라고?"

"1월이요."

"그래. 잘 다녀와."

"네, 감사합니다."

주원과 교수의 목소리가 멀어지지만 연우는 그곳에 멍하니 서 있을 수밖에 없었다. 주원이 그토록 민혁의 마음을 이해했던 이유, 그녀가 열변을 토할 때 유난히 대답이 없었던 이유, 그리고 하나씩 잔소리를 했던 이유를 이제야 알 것만 같았다.

입가에 허탈한 웃음이 지어졌다. 왜 그녀에게는 미리 알리지 않았을까. 알렸다 해도 달라지는 것은 없었다.

하지만 그래도 그녀도 조금씩 준비라는 것을 하지는 않았을까, 하는 생각뿐이었다.

어쩌면 주원에게 그녀는 미덥지 못한 사람일지도 모른다. 큰일을 상의할 이유조차 없이. 하나씩 차곡차곡 준비하면서 주원은 과연 무슨 생각을 했을까.

버스 옆자리에 앉아서 마냥 좋아했던 그녀를 보며, 지하철에서 꾸벅꾸벅 조는 그녀를 보며, 어떤 생각들이 들었을까.

잠시 이 상황이 아이러니해졌다. 어쩌면 민혁처럼 기다리지 말라는 말을 내뱉을지도 모른다는 불안감, 또 한편으론 혼자 마음의 정리를 다 끝냈다는 분노, 또 한편으론 자신을 항상 생각하는 주원이니 그녀를 위해서라고 혼자 착잡한 마음을 숨기려고 했다는 안쓰러움, 복합될 수 없는 감정들이 뒤죽박죽 뒤섞여 연우를 혼란스럽게 했다.

"여보세요?"

-너 과제 찾았어?

"아…… 지금 갈게."

연우는 유라와의 전화를 끊고 다시 강의실로 발걸음을 옮겼다. 우리는 오랜 시간을 지내왔지만 오랜 시간 떨어져 있던 적이 없었다. 한시도 떨어져 있던 적이 없는 우리가 과연 이 시간들을 적응해 나갈 수 있을까.

모든 것이 불안하고 겁이 난다.

❉

"무슨 일 있어?"

유라가 걱정스럽게 물어왔다.

"아니, 아무것도 아니야."

담담하게 미소를 짓는 연우를 불안한 눈초리로 보는 것은 유라뿐이 아니었다.

"혹시 너 말이야. 주원이 군대 가는 거 안 거야?"

민혁이 말끝을 흐리며 유라와 눈을 짧게 마주쳤다.

"알고 있었구나. 너도."

"나도 민혁이랑 싸우면서 알게 됐어. 주원이가 너한테 말하는 게 맞는 거 같아서 일부러 말 안 했어. 미안해."

유라가 고개를 푹 숙이며 연우의 손을 잡았다. 다른 사람이 다 아는 일은 결국 그녀는 알지 못했던 것이다. 화를 내야 하는데, 이상하게 화를 낼 수가 없다.

우리는 항상 알고 있었다. 우리가 지내온 시간 동안 쌓인 신뢰와 믿음은 그 무엇과도 바꿀 수 없다는 것을. 그래서 더 화를 낼 수가 없었다.

차라리 화라도 내는 것이 더 편한데……. 가슴속에 담아두는 것보다는 차라리 솔직하게 내뱉는 게 덜 힘든데.

"무슨 일이야?"

강의가 끝난 주원이 심각한 표정으로 앉아 있는 연우를 보고 물었다. 민혁은 눈치를 살피며 주원에게 입모양으로 대강 알아들을 수 있을 정도로만 이야기를 했다.

"우리 먼저 가볼게."

민혁과 유라가 조용히 빠져주었다. 연우는 주원이 이곳에 올 때부터 그쪽으로 고개조차 돌리지 않았다.

주원은 한숨을 푹 내쉬며 연우의 옆에 앉아 운동장을 가만히 바라보았다.

"……왜 말 안 했어?"

어렵사리 꺼낸 말이었다. 주원에게 이 질문을 어떻게 해야 하나 하루 종일 많은 생각들을 했었다. 하지만 연우는 그저 담담하게 물을 뿐 주원에게 화를 낼 수는 없었다.

"아직은 말하고 싶지 않았어."

"왜……?"

"네가 울적해하는 걸 보고 싶지 않았어. 언제든 알 일이었지만, 하루하루 그냥 네가 웃는 게 좋아서 나도 모르게 미루게 된 거 같아. 미안해."

"……내가 뭐라고 말해주길 바라?"

앞만 응시하던 시선이 처음으로 주원의 얼굴에 닿았다. 울지 않아야지, 속상해하지 말아야지, 서운해하지 말아야지, 몇 번이고 다짐했었던 거 같다. 하루하루 말 못했을 주원의 심정은 얼마나 어땠을까, 하는 생각들 때문이었다.

우리는 너무 서로를 알았고, 차라리 이럴 땐 서로를 모르는 것이 나았을지도 모르겠다는 생각이 들었다.

우리 사이에 쌓여온 그 많은 습관을 어떻게 하루아침에 바꿔야 할까. 눈을 뜨는 순간부터 눈을 감는 순간까지 우리는 함께 해왔다.

그토록 많은 시간을 함께 해온 것들을 한순간에 바꿀 수나 있는 걸까. 갑자기 서글픈 마음이 들었다.

주원이 없는 날들을 견뎌야만 하니까.

주원은 희미하게 웃으며 그녀의 뺨에 묻은 눈물을 엄지로 천천히 닦았다.

"웃어줬으면 좋겠어."

주원의 눈이 매일 담았던 연우의 얼굴을, 손이 연우의 촉감을 애틋하게 담아냈다.

"내일 다시 볼 사람처럼 잘 다녀와, 웃으면서 말해줬으면 좋겠어."

"······."

주원은 웃음기를 잃지 않은 얼굴로 천천히 연우를 품에 안고는 다정하게 그녀의 등을 어루만졌다.

"앞으로 우리가 함께 할 긴 시간 중 고작 몇 년이잖아. 그러니까 웃으면서 인사하자."

"응."

울먹거리는 목소리로 내뱉는 목소리가 주원의 가슴을 아리게 두드렸다. 하지만 우리가 결혼을 해서 아이를 낳고 아이들이 다 컸을 때쯤이면 그 시간들의 기억들은 내일보다 더 짧게 느껴질 것이다. 우리가 함께 할 시간이 더 많이 남았으니까.

우리가 함께 할 시간보다 결코 길지 않은 시간이니까, 우리는 안녕하고 웃으며 헤어질 수 있을 것이다. 내일 볼 사람처럼. 그리고 그 기다림이 지나면 또 안녕하고 웃으며 만날 수 있을 것이다.

우리에게 주어진 시간은 앞으로도 많았으니까.

시간은 덧없이 흘러갔다. 가을이 지나갔고 우리는 연인이 되어 맞는 첫 번째 크리스마스를 맞이했다. 며칠 전 함박눈이 매서운 한파 속에서 소복하게 내렸더랬다.

이제 그 눈은 퇴색되어 본래의 빛깔을 잃어버렸지만 대신 그 예뻤던 모습들을 눈에 담았다. 서로의 모습을 담는 것처럼. 함께한 시간을 다시 마음에 담아두었다.

주원의 집 창문에 연우와 주원이 함께 붙여놓은 하얀 솜이 눈처럼 붙어 있었고, 크리스마스트리는 작은 전구들이 깜빡이며 아름답게 빛이 났다.

비록 화이트 크리스마스는 아니었지만 연우는 연인이 되어 처음 맞는 이 크리스마스가 어느 때보다 값진 기억이었다.

"하나 둘 셋 하면 부는 거야, 알았지?"

"알았어."

"자, 하나 둘 셋!"

케이크 위에 하나 켜있던 촛불이 하얀 연기를 내며 꺼졌다. 연우는 주원과 행복한 미소를 지으며 서로의 얼굴을 쳐다봤다.

오색 빛으로 물든 크리스마스의 전구만이 은은하게 주위를 밝히고 있었다.

우리가 처음 맞이하는 크리스마스. 연우는 엄마와 초코케이크를 만들기 위해서 몇 날 며칠을 준비했었다. 비록 모양은 엉성하고 두른 크림이 고르지 못하지만, 연우는 자신의 마음을 담아서 케이크를 만들었다.

꺼졌던 불이 켜지고 연우와 나란히 앉아서 케이크를 잘랐다. 칼로 조각내어 서로의 그릇에 담았다.

"내년에는 우리 함께 못 있겠다."

연우가 포크로 케이크를 커다랗게 잘라 입에 넣으며 아쉬운 듯 말했다. 6살 이후로 매년 크리스마스를 함께 했는데 내년엔 조금 쓸쓸하겠다, 생각했다.

주원은 입꼬리를 끌어당기며 연우의 입술에 묻은 크림을 혀로 핥았다.

"대신 낭만 있게 편지를 주고받을 수 있지."

주원의 말에 연우는 피식 웃고 말았다.

"아, 아니네. 유라랑 내년에 둘이 클럽 가야겠다."

연우가 개구진 표정을 지으며 혀를 날름 내밀었다. 연우를 사랑스럽게 바라보던 주원의 눈이 약간 딱딱하게 굳었다. 굳어진 표정이 꽤나 살벌했지만 연우는 자신의 말을 주워 담을 생각이 없었다.

"그러기만 해."

"왜? 아주 영계로 꼬셔야겠어."

주원이 연우의 양 뺨을 쭈욱 늘리며 어디 한 번 해보라는 식
으로 쳐다봤다. 평소 같았으면 뺨이 아프다며 손을 치웠을 텐데
연우는 그저 해사하게 웃으며 주원의 입술에 쪽 키스를 했다.

"우리 주원이 지금 질투하는 거야?"

"아니. 나만큼 멋진 남자는 없다고 경고하는 거다."

"어쭈?"

우리는 서로의 얼굴을 보고 한참 웃었더랬다. 주원은 연우를
꼭 끌어안고는 정수리에 턱을 대고는 다정하게 속삭였다.

"이렇게 예쁜데 어떻게 두고 가지?"

"군화 거꾸로 신지나 마시죠."

주원은 품에서 연우를 떼어내 촉촉하게 젖은 눈으로 그녀를
물끄러미 쳐다봤다. 주원의 손에 연우의 뺨에 닿고 부드럽게 어
루만지는 사이 입술이 닿았다. 아련하게 닿았던 입술이 가볍게
떼어졌다가 다시 닿았다. 떼어질 듯 닿았던 입술을 혀끝으로 핥
으며 격정적으로 입을 맞췄다.

아랫입술을 쭉 핥으며 혀를 세워 입 안으로 넣었다. 뜨거운
숨을 앗아가듯 격렬하게 움직이며 입 안 곳곳을 훑으며 연우의
척추부터 엉덩이까지 느릿하게 손으로 쓰다듬었다.

가볍게 시작했던 키스였다. 어느 순간 등에 카펫 감촉이 느껴
졌고 떼어진 입술에선 타액이 가느다란 실처럼 이어졌다. 이미
주원의 눈은 욕망으로 번들거리고 있었다.

동그란 눈으로 자신을 바라보는 연우의 모습이 귀여워 꽉 깨물
어주고만 싶었다. 주원은 연우의 한쪽 뺨을 다정하게 어루만지며

자잘하게 입을 맞췄다.

"보고 싶을 거야."

귓불을 잘근잘근 씹으며 나직하게 타고 드는 소리가 좋았다. 혀끝을 세워 귓바퀴를 핥았다. 뱃속을 타고 드는 야릇한 감정에 연우가 어깨를 바르르 떨었다.

"너 없는 밤을 매일 그리워할 거야."

천천히 목부터 쇄골을 빨아들이며 격렬하게 자신의 자취를 만들었다. 다른 한 손으론 연우의 봉곳한 맨가슴을 움켜쥐며 정점을 손가락에 끼워 비볐다.

"으응……."

유두를 꼬집고 튕길 때마다 배 아래가 간질거리고 뜨거워졌다.

"그리고 돌아오면 매일 예뻐해 줄게."

가슴 사이에 입을 맞추며 천천히 연우의 몸을 애무했다. 탐스러운 과실을 한껏 입 안에 담고 다른 한 손으론 미끄러지듯 연우의 허리를 타고 엉덩이를 움켜쥐었다.

이로 잘근잘근 씹고 격렬하게 빨아들일수록 허벅지 아래가 뜨거워지고 간질거렸다. 아래쪽이 자잘한 파동을 일으키듯 연우는 허벅지를 비볐다.

주원이 예민한 정점을 거칠게 다룰 때마다 자신의 입가에선 항상 자신의 의지와는 상관없는 소리가 타고 흐른다. 주원의 등을 할퀴듯 어루만지며 연우가 몸을 천천히 비틀었다.

"아앙."

성감대가 충만한 곳을 이로 깨물 듯 게걸스럽게 빨아들이며 손가락 사이에 끼워 움직일 때마다 비음 섞인 목소리가 새어나왔다.

낯설면서도 익숙한 쾌감에 이미 몸은 뜨겁게 달아오르고 있었다.

주원은 연우의 가슴이 얼룩덜룩해질 때쯤에야 입술을 뗐다. 빳빳하게 곤두선 정점이 갑자기 느껴지는 찬기에 더 바짝 긴장을 했다.

연우의 늘씬한 배를 애무하며 주원은 그녀의 청바지를 가볍게 벗겼다. 그리고 망설임 없이 팬티까지 모두 아래로 내려버렸다.

배를 타고 단번에 수풀을 헤치며 손가락이 미끄러지듯 클리토리스를 문지르며 젖은 몸 안으로 들어갔다.

갑작스러운 이물감에 연우가 벌어진 허벅지를 다물려 했지만 곧 저지되었다. 느긋하고 천천히 움직이는 손가락이 무언가 아쉽다.

처음부터 우리가 이렇게 몸을 열고 쾌감을 찾아서 섹스를 즐겼던 것은 아니었다. 단지 더 사랑받고 싶어서 시작한 일인지도 모르겠다.

공들여 주원이 몸을 열어주고 할 줄 몰라서 버벅거리며 서로의 몸을 보듬고 사랑을 나누고 마음을 나누는 것이 좋아 계속 관계를 이어갔는지도 모르겠다.

첫 섹스는 그저 아픔이었고 두 번째 섹스는 뜨거움이었고 세 번째 사랑이었다. 그리고 지금은 온전한 마음을 느낄 수 있어 더 값진 관계였다.

엄지로 클리토리스를 비비며 거칠게 연우의 여성 안으로 들어갔다. 천천히 느긋할 거 같던 움직임이 아쉬움으로 바뀌었을 때, 갑자기 움직임이 빨라졌다.

"아훗."

날카로운 비명 섞인 신음을 지르며 연우가 주원의 팔을 잡고 엉덩이를 비틀었다. 관계를 하듯 손가락이 계속 움직이고 주원은 입술을 비틀며 연우의 클리토리스를 이로 깨물었다.

"악! 주원아……."

발끝을 타고 전율이 온몸으로 타고 흘렀다. 헉 소리 날 정도로 낯선 느낌이었다. 연우의 울음 섞인 목소리가 오늘따라 왠지 듣기 좋았다.

자신의 허벅지 사이가 묵직했지만 당장 원하는 것이 있었다. 주원은 클리토리스를 혀로 핥으며 내벽을 벌리듯 손가락을 격렬하게 움직였다. 가슴을 애무했을 때와는 완벽하게 다른 느낌이었다.

척추를 타고 흐르는 낯선 느낌에 연우는 울음 섞인 비음만 질러댔다. 빠져나갔다가 다시 들어올 때마다 연우의 엉덩이가 들썩거렸다.

머릿속은 백지장처럼 하얗게 변하고 아무 생각도 할 수 없었다. 그러면서도 더 깊은 쾌감을 이미 몸은 바라고 있었다.

"그, 그만……."

애원 섞인 연우의 목소리에 주원은 고개를 갸웃거렸다.

"응?"

이미 자신의 남성은 해방을 요구하며 바짝 곤두서 있었다. 하지만 이 즐거운 광경을 절대 놓칠 수는 없었다. 초인적인 힘을 발휘해 아무렇지 않은 듯 대답하지만 이미 주원도 한계치에 다다르고 있었다.

"얼른 해줘……."

그렇게 많은 관계를 했으면서 연우는 여전히 수줍어했다. 그 모습이 못 견디게 귀여웠다.

연우의 허벅지 안쪽에 입을 맞추며 천천히 손가락을 빼었다. 애액으로 젖은 손가락을 혀로 핥으며 만족스러운 미소를 지었다.

자신의 옷가지를 벗고 연우의 다리를 허리에 걸쳤다. 그리고 이미 딱딱하게 굳은 남성을 연우의 여성에 문지르며 천천히 안으로 들어갔다.

빽빽하게 조여 오는 내벽을 느끼며 주원은 끙, 소리를 냈다. 이미 오래전부터 연우의 몸 안에 자신의 몸을 묻고 싶었다.

연우의 여성 안으로 들어갈 때마다 주원 역시 머릿속이 하얘지는 거 같았다. 뜨겁게 오물오물 조이는 느낌에 도저히 아무 생각도 할 수가 없었다.

"연우야……."

"흐흣."

연우의 울음 섞인 신음을 들을 때마다, 그녀의 몸속으로 파고들 때마다 그 쾌감에 몸이 한껏 달아올랐다.

천천히 빠졌던 몸이 강하게 쿵 밀려들어 왔다. 그러면서 연우의 입술을 찾아 입을 맞췄다. 맞닿은 가슴에서 쿵쿵, 공명하듯 뛰고 있었다.

마치 자신의 소유권을 주장하듯 농밀하게 입을 맞추며 허리를 격렬하게 움직였다.

다시 쿵, 몸이 들어오며 빠져나갔다 들어오는 속도가 조금 더 빨라졌다. 연우의 몸이 속절없이 흔들리며 주원의 입술을 깨물듯 더 격렬하게 매달렸다.

"주원아……."

숨까지 앗아가던 입술이 마침내 떼어졌을 때 연우는 가쁜 숨을 몰아 내쉬었다. 하지만 여전히 맞물려 있는 아래는 연우에게 쉴 틈을 주지 않았다.

연우의 몸이 단번에 뒤집혔다. 연우의 등에 자잘하게 입맞춤을 퍼부으며 빠져나갔던 몸이 다시 밀려들어 왔다. 격렬하게 움직이던 몸 사이로 주원이 손이 클리토리스를 자극했다.

"흐흣……."

목이 쉬어 비명을 지를 수도 없었다. 그 순간 연우의 여성이 더 빡빡하게 조여졌다. 몸 안의 야수가 들끓으며 주원이 더 강렬한 야욕을 원했다.

그 순간 마지막 남았던 이성까지 모두 뚝 끊어지는 거 같았다. 바르르 떨리는 연우의 몸을 챙길 새도 없었던 거 같다. 남아 있는 욕구를 충족시키듯 주원이 거칠게 움직였다.

"주원아……."

오로지 몸에 의지하며 서로의 체온을 느끼며 서로의 움직임을 맞췄다.

완전히 마주 보게 몸을 돌리며 주원이 연우에게 키스했다. 닿을 듯 아쉬움이 느껴질 듯 가볍게 떼어졌다 다시 열정적으로 입을 맞췄다. 뜨겁게 키스를 나누며 몸을 보듬었다. 더 격렬하고 더 달콤하게.

"연우야, 사랑해……."

마지막 속삭임을 주원의 몸이 연우의 몸으로 겹쳐졌다.

주원은 1월, 폭설이 내렸던 다음 날 입대를 했다. 논산훈련소 앞 주원을 보내며 연우는 울지 않으려고 무던히도 애썼다. 어색해진 까까머리를 놀리듯 웃었지만 한편으론 마음이 좋지 않았었다.

"잘 다녀와."

"응. 밥 잘 챙겨 먹어야 해."

"알았어."

주원은 들어가는 그 순간까지 연우를 걱정했다. 마주잡은 그 손이 혹시라도 떼어질까 두려워, 깍지를 낀 채로 더 꽉 잡았다.

누가 보면 연우가 군대 가는 줄 알겠다고 유라가 핀잔을 주었지만 연우는 그저 담담하게 웃을 뿐이었다.

우리가 한 약속 그대로, 잘 다녀오라고, 내일 만날 사람처럼 웃기 위해 아무 말도 할 수 없었다.

울지 않으려고 매일 밤 연습을 했었다. 하지만 막상 닥치니 그것이 마음처럼 잘되지 않았다. 눈물이 떨어지려고 고일 때면 뒤돌아서서 연우는 그 눈물을 몰래 훔쳐야만 했다.

"전화할 테니까 내 걱정은 말고."

"알았어."

울지 않겠다 다짐했는데 목소리 끝이 한없이 메어왔다. 연우는 그러면서도 웃음을 잃지 않기 위해 미소를 지었다. 옆에 있는 유라는 그 모습이 아려서 민혁이 갈 때보다 더 많이 울었더랬다.

"잘 가."

"응."

내일 만날 사람처럼 우리는 그렇게 인사를 했다.

안녕, 잘 가.

안녕. 너한테 편지를 쓸 때마다 인사를 하는 내가 무척이나 어색해. 우리가 안부를 물을 정도로 떨어져 있던 기억이 없었으니까. 그래도 편지에는 인사는 기본이니까, 나는 매일 쓰는 편지지만 매일 할 거야. 그래야 시간이 빨리 지나서 다시 인사를 할 수 있을 거 같으니까.

네가 들으면 깜짝 놀랄 소식이 하나 있어. 네가 이 편지를 받게 되면 이미 진행이 된 상태일 거야. 놀래어주려고 일부러 전화로도 말 안 한 사실인데……

그게 뭐냐면…… 바로…… 내일부터 교생실습을 나가게 됐어!

어때? 굉장하지 않아? 네가 옆에 있었으면 어떤 표정으로 축

하해줬을지 너무 선히 그려져. 그 모습을 못 보는 건 조금 아쉽
지만 네 말대로 우리는 평생 함께할 거니까 그 정도는 내가 양보
하도록 할게.

네가 없는 학교가 조금은 쓸쓸하지만 유라와 나는 꽤 잘 지내
고 있어.

오늘 저녁엔 민혁이하고 통화를 했어. 글쎄 군기가 바짝 든 목
소리로 말하는데, 유라가 그걸 듣고 얼마나 웃고 울었는지 몰라.

한 시간 전에 들은 거 같은데 다시 네 목소리가 듣고 싶다. 투
정 부리지 않기로 해놓고선 또 이렇게 되고 마네. 그래도 주원아
난 네가 늘 보고 싶어.

다치지 말고 훈련 잘 받고. 그럼 내일 다시 편지를 쓸게.

쑥스럽지만 아까 말 못한 얘기해줄게.

사랑해, 주원아.

-연우가-

주원이 간 지 4개월이 되었다. 그사이 연우는 마지막 학년을
준비했고, 교생실습도 나가게 되었다.

하나씩 자신의 이야기들을 빼곡하게 적으며 일주일에 한 번
은 손편지를 썼고, 국방부 홈페이지에도 매일같이 주원에게 편
지를 썼다.

"안녕하세요. 저는 4주간 교생실습을 맡게 된 김연우라고 합
니다."

이렇게 많은 사람 앞에 서 본 기억이 없었다. 아니, 어려서는

잘 나서고 했던 거 같은데 그 사건 이후엔 사람들의 눈을 피해서 살아왔던 거 같다. 고작 인사 하나에 연우는 심장이 달음박질쳐서 숨을 쉴 수조차 없었다.

인사를 하기 위해 하루 종일 연습을 했지만 자신을 관심 어린 시선으로 쳐다보는 아이들의 앞에 서기란 여간 힘겨운 것이 아니었다.

아이들의 박수소리와 함께 연우가 참아왔던 숨을 내쉬었다. 얼굴이 홧홧해졌지만 담담한 척 담임선생님이 인사하는 그 옆으로 비켜섰다.

낯선 이에 대한 관심을 보이는 아이들의 시선은 그러면서도 여전히 연우에게 닿아 있었다. 어색하게 웃으며 눈을 어디다 둬야 할지를 몰라 허공만 계속 응시했던 거 같다.

"학부모총회 위임장 가져오고. 졸지들 마라."

"네!"

"이만."

반장이 인사를 하고 최 선생님과 밖으로 나란히 나왔다. 최문식 선생님은 연우가 고3 시절 담임을 하셨던 분이셨다.

"어때? 떨려?"

"네……. 좀 많이요."

"하다 보면 별거 아니야."

연우가 숨을 크게 들이마시며 숨 고르기를 했다.

"그나저나 주원인 잘 지내?"

"네. 군대 갔어요."

"그래? 너희 둘 엄청 붙어 있던 게 아직도 기억에 남아."

연우가 하하 웃었다. 그 당시엔 낯도 많이 가려서 최 선생님하고 제대로 얘기도 못 했었다. 아니, 말을 시킬라치면 도망치고 온종일 학교에서 잠을 자거나 조용히 없는 사람처럼 생활했었다. 아마 주원이 아니었다면 최 선생님하고 아직도 연락을 하고 있지도 않았을 것이다. 그때 꽤 다가가려고 노력하셨는데 그것을 연우는 그대로 받아들일 수가 없었다.

웃으면서 마주하는 시간이 그저 신기하기만 했다. 이게 다 주원 덕분은 아닐까, 연우는 생각했다.

선생님이 되자고 마음먹었던 연우를 응원해준 사람은 바로 주원이었다. 그녀의 꿈에 힘을 실어주고 뒤에서 묵묵히 응원해주고 그런 주원이 있어서 자신의 꿈을 향해 걸어갈 수 있었다.

아마 주원이 아니었다면 그녀는 집 밖으로 나갈 수도 없고 어린 시절 트라우마에 시달려 아무것도 할 수 없는 사람이 됐을지도 몰랐다.

모교로 돌아온 연우는 그 감회가 새로운 느낌들을 모조리 적어 주원에게 보냈다. 학창시절엔 제대로 대화도 못했던 선생님들과 웃으며 이야기를 할 수도 있게 되었고, 후배라는 자신의 제자들과도 아무렇지 않게 이야기했다는 것을 빠짐없이 적었다.

주원에게 적어줄 편지의 내용을 하나씩 되새기며 연우는 흐뭇한 미소를 지었다.

봄비가 내렸다. 4주 동안의 실습이 끝나고 정들었던 아이들과 헤어지려니 괜히 눈물이 났더랬다. 아이들에게 대학교 구경시켜 주겠다고 약속까지 하고 번호까지 주고받았다.

자신의 학창시절을 되돌아보면 교생선생님과 그다지 끈끈한 정이 생길까 싶었다. 하지만 막상 자신이 그 상황이 닥치니 아이들 하나하나가 예뻐 보이고 못 친해진 아이들이 있다는 것이 그저 아쉬울 뿐이었다.

눈시울이 아직도 빨개져 있는 연우는 학교 현관에 서서 내리는 비를 손바닥을 뻗어 가늠해보았다. 비가 온다는 말이 있었나, 기억이 잘 나지 않는다.

비가 올 때면 항상 주원이 우산을 챙겨주곤 했는데, 연우의 입가에 씁쓸한 미소가 지어졌다. 하루하루 그 빈자리가 커질 때마다 그것이 참 아렸다.

한 우산을 쓰고 꼭 붙어서 갔단 기억, 커다란 물웅덩이를 둘다 넘어가겠다며 뛰었다가 오히려 비를 옴팡 맞았던 기억, 또 하루는 우산을 챙겨오지 못해 둘 다 빗속을 뛰어다니며 해맑게 웃었던 기억. 우리의 추억들은 함께한 세월과 비례했고 그만큼 거대했다.

작은 일상 속에 파고들었던 그 추억들이 빈자리를 다시금 느끼게 해주었다. 연우는 까만 하늘과 비를 번갈아 보면서 결국 가방을 머리 위에 썼다.

하나 둘 셋 마음속으로 세고 한 발짝 내딛으려 할 때, 검은 그림자가 자신을 덮쳤다. 연우는 가만히 눈으로만 그 상대를 쳐다봤다.

"어?"

검은 우산을 쓰고 군복을 입고 까맣게 그을린 주원이 그녀를 보며 웃고 있었다. 헤어졌을 때보다 좀 더 야위고 살이 타긴 했지만 그 미소만큼은 변함이 없었다.

"왔어?"

"응."

어제 다시 본 사람처럼 우리는 서로를 그렇게 바라봤다. 그 공백들이 전혀 무색할 정도로.

"그리고 이거."

주원이 뒤에 숨겨두었던 하얀 안개꽃에 둘러싸인 장미 꽃다발을 그녀에게 안겨주었다.

"실습 잘 끝냈다고 주는 상이야."

연우가 눈물 섞인 눈으로 활짝 웃으며 주원의 목을 끌어안았다.

"고마워. 그리고 잘 왔어."

추적추적 바닥에 내뿌리는 비와 코끝에 스미는 흙냄새와 그리고 오랜만에 느끼는 주원의 온기를 느꼈다.

연우는 군모를 벗고 사복으로 갈아입고 자신의 옆에 앉은 주원의 머리를 손바닥으로 쓱쓱 쓰다듬었다.

"왜?"

"손에 꺼끌한 게 기분이 이상해."

주원이 어색하게 머리를 자르고 왔을 때도 연우는 이상하다는 말 대신 주원의 머리를 쓱쓱 손바닥으로 만졌더랬다. 까끌까끌 손바닥을 찌르는 느낌이 이상하다며.

그것이 우울함을 숨기려던 행동인 것을 주원은 알고 있었다.

"말도 안 하고."

"놀래어주려고 했지. 교생실습은 어땠어?"

"재밌었어. 애들이 내가 생각한 것보다 더 순진하고 착한 거야. 초롱초롱한 눈으로 날 쳐다볼 때 그 짜릿함이란. 내가 정말 선생님이 된 거 같았어."

연우에게 잘했다는 듯 머리를 큰 손으로 쓰다듬었다. 군대에서 매일 걱정했고 그리워했던 사람이었다. 자신의 앞에 있다는 게 아직도 꿈같기만 했다.

"군 생활은 어땠어?"

"똑같지, 뭐."

"참, 너 내 사진 가져가. 민혁이는 유라한테 사진 보내달래서 사물함에 붙여두고 그랬는데 넌 왜 안 그래!"

연우가 채근하며 샐쭉한 표정을 지었지만 주원은 묵묵부답이었다.

"혹시 걸그룹 사진만 붙여놓은 거 아니야?"

"그랬지."

"뭐? 어쭈, 이것 봐라?"

연우는 주원의 목에 한쪽 팔로 와락 끌어안으며 헤드락을 걸었다. 당장 말하라며, 왜 자신의 사진을 안 거냐고 목을 계속해서 조여 댔다.

주원이 결국 항복의 손짓을 해보이자 연우가 씩씩거리며 팔을 풀었다.

"선임들이 눈독 들일까 봐, 그래서 그랬어."

말을 하면서 다소 양 뺨이 붉어진 주원의 모습이 못 견디게 사랑스러웠다. 연우는 고개를 돌리려는 주원의 양 뺨을 부여잡고 가볍게 입을 맞췄다.

"역시 우리 주원이는 군대에 가도 참 귀여워."

"그게 다야?"

입술을 뗀 주원이 묻자, 연우가 잠시 어리둥절하게 쳐다보다 소리 내어 웃었다. 웃는 연우의 입술에 주원이 다가와 키스를 했다.

갑작스럽게 이어진 키스는 느긋하게 바뀌었고, 혀가 얽혀들었다. 입술이 닿을 때마다 손길이 스칠 때마다 심장이 달음박질쳤다.

입술을 뗀 둘이 서로의 얼굴을 보고 해사하게 웃었다. 바라보고 있어도 좋은 거구나, 이게 바로 사랑이구나, 우리는 너무 먼 길을 왔구나, 다시 한 번 생각되었다.

우리가 함께한 세월을 대부분을 허비했지만 이제는 완벽하게 맞춰진 마음으로 살아갈 것이다.

첫 번째 휴가가 아쉬움으로 끝났다면 두 번째 휴가는 애틋함으로, 반복되는 휴가에선 만날 날을 기약하며 그렇게 인사했던 거 같다.

서로가 다시 함께할 시간을 하나씩 계산해가며 그 아쉬움을
달랬다.

우리의 시간은 다시 흘렀다. 그 가을 빨간 단풍잎이 물들고
코끝에 스미는 바람이 다시 차졌을 때 우리는 다시 만났다. 까
까머리가 이제는 어색하지 않고 그 머리가 익숙해질 즈음이었
다.

앞에서 기다리는 연우는 다소 초조한 마음으로 주원이 걸어
나올 곳을 쳐다봤다. 주원의 부모님은 일이 있어 오지 못해 홀로
주원을 기다렸다. 그들의 시간을 비켜준 것인지도 몰랐다.

주원이 없는 시간 동안 많은 일이 있었다. 연우는 임용고시에
한 번 떨어졌고 12월 임용고시를 다시 앞두고 있었다.

남들보다 준비한 시간이 짧으니 그럴 만하다고 생각했지만
막상 불합격 통지를 받았을 때는 한참을 울었더랬다. 유라는 합
격했지만 불합격 통지를 받은 그녀 때문에 제대로 기뻐할 시간
도 없었었다. 그때도 참 주원이 그리웠다. 자신의 옆에서 항상
보듬어주던 주원이었는데. 하지만 연우는 주원에게 속상해하는
모습 대신 담담하게 불합격 소식을 전했다. 걱정을 끼치고 싶지
는 않았으니까.

지금은 매일 독서실에 앉아서 공부에만 매달리고 있었다. 이
번엔 꼭 붙기를 바라며.

연우는 발을 동동 구르며 멀리서 올 주원의 모습을 그리고 있
었다.

언제쯤 나올까. 아침에 기차를 타고 이곳으로 출발할 때도, 전날 준비를 할 때도 얼마나 설레었는지 모른다. 정해진 시간이 아니라 이제는 예전처럼 함께 할 수 있으니까.

저 멀리서 주원이 걸어 나오고 있었다. 연우는 달려갈까 머뭇거리다 그 자리에 멈춰 섰다. 주원이 미소를 지으며 팔을 벌렸다. 어서 오라는 손짓에 연우는 옅은 미소를 지었다. 그러고는 주원에게 달려가 그 속에 포옥 안겼다.

"안녕."

안겼던 연우가 주원을 쳐다보며 말했다. 처음 헤어졌을 때와 마찬가지로, 안녕하고 우리는 인사했다. 주원의 눈가에 잔잔한 미소가 어렸다.

"다녀왔어."

달콤하게 젖은 목소리가 가슴을 두드렸다. 헤어질 때와 똑같이, 같은 모습으로, 같은 웃음으로, 그리고 같은 목소리로. 공명하는 심장 소리를 들으며, 서로의 체온을 느끼며 한참을 그곳에 있었던 거 같다.

우리가 떨어져 있던 날들을 추억이라는 이름으로 넣어두고 이제 우리는 다시 새로운 만남을 만들어갈 것이다.

우리의 그 겨울은 다시 시작되었다. 그리고 우리 사랑도 여전히 진행 중이었다.

에필로그.

　얼마 전까지 따스한 봄바람이 불었던 거 같은데 이제는 여름 어귀였다. 뜨겁게 내리쬐는 햇볕도 하루하루 달랐고, 불어오는 바람의 느낌도 달라졌다. 제일 많이 바뀐 것은 옷차림이었다.

　불과 얼마 전까지만 해도 칠부 소매를 입고 다녔던 거 같은데 이제는 반팔을 입지 않으면 낮에 견딜 수가 없었다. 특히 체육 수업을 막 끝내고 돌아온 아이들 틈새로 들어가면 그 열기가 한 번에 느껴져 부채질을 몇 번이고 해야만 했다.

　"잘 다녀와."

　"응, 너도."

　쪽, 입을 맞추며 새벽같이 출근하는 서로를 격려했다. 연우와 주원은 그 사이 각자 국가고시를 패스했으며 연우는 지금 고등학교 2학년 담임이었고, 주원은 사법연수원 2년 차였다.

　주원은 며칠 전부터 시작된 실습기간이라 유달리 긴장된 표정을 짓고 있었다. 연우는 그 모습에 자신까지 더 긴장이 되는 것만 같았다.

주원을 보내놓고 연우는 홀로 준비를 했다. 아침을 항상 먹던 주원이었는데 이상하게도 요즘은 아침을 먹으려 들지 않았다. 연우는 기어코 주스를 갈아 주원에게 먹이고는 남은 잔을 개수대에 담갔다.

아침 먹던 버릇이 항상 있던 주원인데 참 이상한 일이 아닐 수 없었다. 일이 힘든가, 하는 막연한 추측만 할 뿐이었다.

널려져 있는 어제의 잔해들을 모두 치우고 연우는 욕실로 들어갔다. 나란히 붙어 있는 칫솔 두 개를 보면 왠지 모르게 뿌듯하다.

우리는 양가 허락하에 동거를 하고 있었다. 물론 결혼 계획을 잡은 후였다. 연우와 주원은 동거라는 것을 별 대수롭지 않게 생각했지만 막상 현실에 부딪히니 그것이 아니란 것을 알았다.

제일 반대가 심했던 것은 예상했던 대로 엄마였다. 엄마를 몇 날 며칠 주원과 함께 설득하고 아빠까지 설득에 가세한 후에, 결국 결혼식 날짜를 3년 뒤로 잡아놓고 동거를 시작할 수 있었다.

아빠가 엄마를 설득한 것은 약간 의외였지만 어쨌든 연우에게는 도움이 된 것이었다.

칫솔을 물고 있던 연우가 갑작스럽게 울린 휴대폰 소리에 거품을 뱉고 얼른 입 안을 대충 헹궜다. 혹시나 주원이 놓고 간 것이

있나 하는 걱정 때문에 서둘러 휴대폰을 받았지만 아쉽게도 전화
는 엄마였다. 연우는 잠시 망설였다.

준비하고 나가야 하는데 아무래도 엄마와 통화를 하다 보면
길어지기 때문이다. 하지만 엄마의 전화를 안 본 것도 아니고 보
고서 무시하기엔 양심의 가책이 느껴졌다.

"여보세요."

결국 전화를 받았고 엄마는 밝은 아침을 맞이하듯이 환하게
말했다.

-연우니?

엄마의 통화 내용은 항상 비슷했다. 반찬은 다 먹었냐, 다른
거 먹고 싶은 거 있냐. 하지만 집 냉장고는 터질 정도로 반찬이
그득했고 연우와 주원은 집에서 밥을 먹지 않았다. 고등학교 교
사인 연우는 야자감독까지 하느라 점심 저녁을 학교에서 때우고
왔고 주원도 역시 다르지 않았다.

어려서도 안 먹던 엄마 반찬을 이제 와서 챙겨 먹으려니 느낌
이 참 모호했다. 하지만 엄마는 반찬을 챙겨준다는 명목으로 일
주일에 한 번씩 집에 왔고 덕분에 냉장고는 포화상태였다.

힘들다고 그만 하시래도 엄마는 들은 척도 하지 않았다. 사실
주원이 사법연수원에 들어간 이후 집에서 밥을 먹는 것보다 밖
에서 먹는 일이 더 많았다.

-반찬은?

피하고 싶었던 질문이 결국은 던져졌다.

"있어요. 아직 많아."

-밥 좀 잘 챙겨 먹으라니까.

이어진 엄마의 잔소리에 연우는 한숨을 푹 내쉬었다.

"엄마 나 출근해야 해."

-벌써 시간이 그렇게 됐어? 그래, 알았어. 먹고 싶은 거 있으면 말하고.

"알았어요."

엄마가 속상해하지 않게 최대한 반찬을 비우려고 했지만 연우 혼자 먹기엔 너무 많은 양이었다.

한숨을 내쉬던 연우는 주말에 엄마가 가져다준 반찬을 도시락 가방에 넣어 챙겼다. 몇 번 학교에 챙겨갔더니 나름 인기 만점이라 연우는 그런 식으로 반찬들을 해치우고 있었다. 하지만 냉장고 문을 열 때마다 연우의 한숨은 계속 나왔다. 이렇게 처리하고 또 처리해도 버리는 것이 반이어서 참 문제였다.

❋

출근길은 항상 막히고 힘들었다. 다행히 집 근처로 발령을 받아 출근시간을 조금 줄이기는 했지만 막히는 건 매한가지였다. 연우는 그사이 운전을 배웠다.

아무래도 낯선 사람들과 작은 공간에서, 그것도 혼자 있는 것은 어딘지 불안하고 두려웠다. 하는 수 없이 운전을 배웠고 지금은 제법 베테랑 운전자가 다 되었다.

주원은 이마저도 대견하다고 하지만 전혀 아닌 것을 연우도 알고 있었다.

"좋은 아침!"

"안녕하세요."

연우는 밝게 인사하며 자신의 자리에 가방을 내려놨다. 그녀의 행동을 유심히 보던 최 선생님은 몸을 바짝 숙이며 그녀에게 할 말이 있는 듯 목소리를 깔았다.

"들었어? 김 선생님 반에 있는 그 영훈인가 걔 있잖아. 걔 어제 사고 친 거 들었어?"

"무슨……?"

영훈이라면 중학교 일진 출신으로 연우도 나름 주의 깊게 보는 학생 중 하나였다. 영훈에 대한 소문을 연우도 익히 들었기 때문에 학기 초부터 나름 신경을 쓴다고 썼지만 그 아이를 볼 때면 저게 문제아가 맞나 싶을 정도로 헷갈리는 아이였다.

문제아면 한결같이 험상궂고 말 안 듣고 반항기가 가득한 아이를 생각하지만 영훈은 좀 달랐다. 반장을 할 정도로 반 아이들과도 잘 지냈고 저게 고2가 맞을까 싶을 정도로 상담을 해보면 해맑고 순수했다.

한 가지 문제가 있다면 바로 담배. 중학교 때부터 피웠다는 담배는 어떻게 해도 절대 끊지를 못했다. 하지만 그거 빼고는 크게 나무랄 것 없는 아이였다. 반 아이들을 괴롭히는 것도 아니고 폭력을 휘두르지도 않았다.

"못 들었구나? 이따 학생주임 선생님 오시면 말할 거야. 그러니까, 이영훈이……."

최 선생은 마치 그녀에게 미리 알고 있으라 언질이라도 주려는 듯 몸을 숙였지만 곧 묻히고 말았다.

"오, 김 선생 출근했구먼. 나 좀 잠시 봅시다."

"아, 네, 네."

최 선생님은 잘 다녀오라는 듯, 한쪽 눈을 찡긋거렸다. 연우는 한숨을 푹 내쉬며 자리에서 일어났다.

학생주임 선생님 자리에만 가면 이상하게 자신이 꼭 혼이 나는 학생이 된 느낌이었다. 괜스레 마음이 숙연해지고 착잡해지는 것이 혼나기만을 기다려야 할 것 같았다.

"이영훈이가 어제 술 먹고 남의 차 백미러를 세 개나 부쉈어요."

"네?"

숙연해진 마음이 이내 놀라므로 바뀌었다.

"아니 왜……. 저한테 연락을 안 하시고."

"김 경장이 그 녀석들 때문에 하도 나랑 연락을 해서 이번에도 당연하게 나한테 연락한 거죠. 뭐 김 선생이 그 새벽에 뛰어오는 것보단 낫지 않아요?"

연우는 뭐라 할 말이 없었다. 그렇게 주의를 단단히 주었지만 7살짜리 애들처럼 이리 튈지 저리 튈지 도저히 모르니, 알 수가 있나.

"죄송해요. 저희 반 애 때문에 새벽에 경찰서까지 다녀오시고."

"한두 번이어야죠. 그놈의 자식들 말을 더럽게 안 들어 처먹어서. 물론 김 선생을 원망할 생각은 없어요. 워낙 그런 놈들이니까. 하지만 최대한 주의는 주세요."

"알겠습니다."

연우는 미안한 마음에 한숨만 푹 내쉬었다. 9시까지 야자하고 나서 새벽에 일을 저질렀다는 말인데 도무지 황당해서 말이 나오질 않았다.

연거푸 죄송하다는 말을 하고는 연우는 출석부를 들고 교무실을 조용히 나갔다.

이 자식들, 이번엔 이 담임이 얼마나 무서운지 똑똑히 보여줄 테다!

굳은 의지를 다지지만 사실 잘될지 모르겠다. 분명 학교에 오기 전에는 친구 같은 선생님이 되고 싶었고, 문제아 모범생 할 거 없이 똑같이 사랑을 주고 싶었다.

그저 자신을 기억할 때, 아 그 선생님 참 좋았어, 라는 기억으로만 남겨줬으면 좋겠다 싶었다. 그것이 연우의 목표이기도 했고. 하지만 도무지 친구 같고 좋은 선생님은 어떻게 해야 하는지 모르겠다.

연우는 답답한 마음에 휴대폰을 들고 주원에게 전화를 걸었다. 하지만 익숙한 기계음뿐 주원은 받지 않았다. 이럴 때 의지하고 어리광이라도 부리고 싶은데 그러기엔 주원이 너무 바빠졌다.

연우는 시무룩해진 어깨를 펴고 주먹을 꽉 쥐었다.

자신은 김연우였다. 어린 시절 살인마에게서도 살아나온 김연우!

아자, 아자! 파이팅! 구호를 속으로 외친 후, 자신의 반으로 들어갔다. 그녀의 등장에 아이들이 잠시 멈칫하자, 연우는 없던 카리스마까지 끌어모아 출석부를 책상에 쾅 내려놨다.

"전달사항 없고, 다들 자습하고 있어. 그리고 이영훈! 상담실로 당장 따라와!"

나름 카리스마 있게 문까지 쾅 닫고 나온 연우는 거칠게 심호흡을 했다.

화내는 일 진짜 너무 어렵다.

주원은 그사이 전화가 온 줄도 모르고 있었다. 살인사건의 피해자 사체 부검을 보고 오는 길이었다. 주원은 스스로가 어지간한 강단이 있다고 생각했지만, 많이 부족했던 모양이다. 사체 부검하는 모습을 다 보지도 못하고 화장실에 가서 구역질을 해댔기 때문이다.

"마셔."

화장실 앞에서 대기하고 있던 이주영 검사가 자신에게 물을 건넸다. 표정은 한심하다는 표정이었지만 어쩐지 하는 행동은 그를 싫어하는 거 같진 않았다.

"감사합니다."

이주영 검사는 주원의 말에 그의 어깨를 한 번 툭 치며 앞으로 걸어갔다. 속이 매슥거려서 도저히 아무것도 먹을 수 없을 거 같지만 받은 성의를 생각해 물을 넘겼다. 한 모금 두 모금 차례차례 들어가자 속이 이상하게도 달래졌다.

속이 괜찮아지자, 그제야 사체 부검실에서 느껴졌던 진동이 생각이 났다. 주원은 얼른 가슴팍에 있는 휴대폰을 꺼내어 발신 인을 확인했다.

연우였다.

아침부터 전화를 하다니 무슨 일이 있는가 싶어 주원은 얼른 연우에게 전화를 걸었다.

—응.

"무슨 일이야?"

—아니, 아니야. 나 지금 학생하고 상담 중이라 이따 내가 다 시 걸게.

"어, 알았어."

통화는 참 간단했다. 하지만 목소리가 쫙 깔린 것을 보니 아 무래도 학교에서 무슨 일이 있는 것이 분명했다.

괜스레 마음이 불편해졌지만 어쩔 도리가 없어 주원은 얼른 이주영 검사의 차 있는 곳으로 뛰어갔다. 아마 조금 더 지체하면 불호령이 떨어질 것이 분명했기 때문이다.

연우는 주원과의 통화를 끝내놓고 앞에 앉은 생글거리는 영 훈을 바라봤다. 매섭게 노려본다고 했지만 아쉽게도 연우의 눈 매가 그다지 사나운 편은 아니었다.

"도대체 너 어떻게 된 거야!"

"우와, 선생님 화내니까 완전 귀엽네요?"

"야! 이영훈!"

364 네 입술이
당을때

"아, 쌤. 화내면 이마에 주름 생겨요."

능글능글, 구렁이 담 넘어가듯이 요리조리 잘도 빠져나가는 틈에 연우는 제대로 화도 내지 못했다. 체념한 듯 한숨을 푹 내쉬자, 영훈이 다시 생글거리면서 웃었다.

"너 이번만은 그냥 못 넘어가! 알지?"

"아, 쌤! 아침부터 왜 이러실까."

"부르지도 마! 내가 너 때문에 기가 막히고 민망했던 걸 생각하면! 내일까지 부모님 모시고 와!"

"안 돼요!"

연우는 들은 척도 하지 않으며 나가라는 듯 문을 턱짓으로 가리켰다. 영훈이 최대한 어깨를 축 늘어트리면서 불쌍한 표정을 지었지만 소용없었다.

이번만큼은 절대 넘어가지 않겠다는 것이 학생주임의 뜻이자 연우의 뜻이었다.

"네……."

연우는 영훈이 나가자, 지끈거리는 머리를 한 손으로 짚었다.

그저 좋은 선생님이 되고 싶었다. 친구 같고 때론 미래를 같이 걱정해주고 또 바른길을 인도하는 그런 좋은 선생님이 되고 싶었다. 하지만 연우가 이상과 현실이 다르다는 것을 이제는 조금 알아가고 있었다.

항상 누군가에게 기대고 의지하기만 했던 자신이 누군가의 버팀목이 된다는 거 자체가 얼마나 힘든 일인지도.

오랜만에 민혁과 유라 커플과의 만남이 있는 날이었다. 직장인이 되어서 불금이 얼마나 소중하고 아리따운 것인지 절실히 느끼고 있는 중이었다.

"야, 왔어?"

학교 근처를 최대한 피한다고 피했는데 오면서도 인사를 몇 번이나 받았는지 모르겠다. 호프집 안으로 들어가자, 유라가 자리에서 일어나며 물었다.

"어. 힘들어 죽을 거 같다!"

연우가 의자에 털썩 주저앉으며 테이블 위에 쓰러지듯 엎드렸다. 오늘 종일 영훈의 애절한 눈빛과 학생주임의 눈총에 시달리느라 하루가 어떻게 지나갔는지도 모르겠다.

"그래, 그 마음 다 내가 이해하지."

유라가 씁쓸하게 웃으며 연우의 잔에 맥주를 가득 따라주었다. 유라는 연우보다 일 년 먼저 임용에 합격한 나름 선배 아닌 선배였다. 그때까지만 해도 유라가 힘들다는 말이 그저 투정 같기만 했는데 이제는 비로소 실감 중이었다.

"말도 마. 우리 반 애 하나가 오늘 사고를 쳐서 내가 그거 때문에 여기저기 사과하고 다니느라고. 아오!"

"그래도 너흰 공학이라 다행인 줄 알아. 우린 왕따 때문에 골치야."

유라의 학교는 여고였는데 아무래도 남자애들처럼 대놓고 싸우는 것보다 몰래 뒤에서 괴롭히는 경우가 많은 모양이었다.

"그나저나 서주원은 왜 안 와?"

여자들의 한탄에 조용히 술잔만 비우던 민혁이 물었다. 연우는 그제야 생각난다는 듯 휴대폰을 열었다. 역시나 문자가 와있었다.

"늦는다네?"

"그럼 우리끼리 먹고 있자."

민혁이 알았다는 듯 고개를 끄덕이고 유라는 배가 고팠는지 안주를 잔뜩 시켰다. 그러고 보니 요새 유라가 살이 좀 붙은 느낌이었다.

"너 요새 잘 먹는 거 같다?"

"흠……, 뭐?"

유라는 새치름하게 웃으며 술 대신 음료를 시켜 홀짝홀짝 마셨다. 그때까지만 해도 그저 술이 먹고 싶지 않은 날인가 보다 생각했다.

술자리는 곧 무르익었고 연우와 민혁은 주거니 받거니 하며 잘도 마셔댔다. 분명 익숙하고 낯익은 목소리를 듣기 전까지는 그랬다.

"정말? 너희 담임 되게 어리숙하게 생겨서 의외로 깐깐한가 보다?"

"야, 말도 마. 나 내일까지 부모님 모시고 오래. 아오! 어쩌냐."

담임은 자신을 지칭하는 말일 것이고, 부모님을 모시고 오라고 저 말을 하는 건 자신의 반 학생일 것이다.

"야, 갑자기 어디 가?"

유라가 갑작스럽게 일어난 연우를 보며 물었다.

"기다려봐."

또각또각 하이힐 소리를 내며 익숙한 놈이 있는 곳으로 한 발짝 한 발짝 다가갔다. 저 아이의 손에 들린 것은 술이요, 입에서 내뿜는 것은 담배렸다.

연우는 화가 머리끝까지 치솟았다.

"이영훈!"

"아아아, 쌤!"

영훈의 귀를 잡아당기며 연우가 입술을 바들바들 떨었다.

사고친 지 몇 시간이나 지났다고 벌써 또 술집을 제집 드나들듯이 드나든단 말인가.

"따라와!"

"아, 쌤! 귀는 좀 놓구요!"

"너 부모님한테 그대로 말할 줄 알아."

"아아아아, 쌤! 아파요."

유라와 민혁은 서로의 얼굴을 보며 기막힌 웃음을 지었다. 김연우에게도 저런 모습이 있다니, 새삼 놀랍기 그지없었다.

연우는 민혁을 끌고 호프집 주인 앞으로 갔다. 민혁은 제발 한 번만 봐달라고, 친구들이 이 집 걸린 거 알면 자신을 가만두지 않을 거라고 싹싹 빌었지만 연우는 조금도 봐줄 생각이 없었다. 미성년자에게 술을 파는 술집이라, 뿌리를 뽑을 생각이었다.

"사장님, 얘 미성년자예요. 아셨어요?"

"어머, 미성년자라니요. 우리 집 미성년자 안 받아요. 이 학생 내가 올 때마다 민증 검사 다 했는데?"

호프집 사장님이 난색을 표하며 말했다.

"내놔."

"뭐, 뭘요."

"가짜 민증 내놓으라고!"

연우가 윽박지르며 영훈에게 손을 내밀자 어쩔 수 없이 주머니를 뒤적거려 위조한 민증을 연우의 손 위에 올려놨다.

호프집 사장님은 오히려 펄쩍 뛰며 누구 가게 말아먹을 일 있냐고 영훈을 나무랐다. 아무리 꼼꼼하게 확인한다 해도 이런 애들이 있으면 도저히 사장 입장에서도 어쩔 수가 없다고 했다.

"너 진짜 이런 짓까지 할래?"

"아, 쌤! 어린 나이에 호기심에……. 그런 거예요. 한 번만 봐주세요!"

"시끄럽고. 나도 이번만은 너 못 막아줘. 최소한 반성의 기미는 보여야지. 뭐 하는 거야!"

정말 제대로 화가 났다. 아까도 학생주임한테 그런 짓 다시는 안 할 거라고 따끔하게 혼내겠다고 손이 발이 되게 빌며 그렇게 애원했는데 영훈은 반성조차 하지 않은 것이다.

"무슨 일이야?"

"어, 왔어?"

주원이 의아한 마음으로 안으로 들어왔다. 밖에서까지 연우의 고함소리가 들렸던 것이다. 무슨 일이 생긴 것은 아닌지 다급하게 달려왔더니 그녀의 앞엔 웬 남학생이 서 있었다.

"누구야?"

"아, 우리 반 학생."

"쌤 남자친구시구나? 이야! 정말 잘생기셨네요."

넉살 좋게 영훈이 주원의 얼굴에 엄지 두 개를 쳐들었다. 주원은 그 모습에 어이가 없어 픽 웃어버렸다. 하는 짓이 학창시절 민혁과 참 흡사했다.

"쌤, 좋으시겠습니다!"

"어물쩍 넘어가지마. 나 화 안 풀렸어."

"에이, 쌤 왜 이러세요."

갖은 애교를 부려가며 연우의 마음을 풀어보려고 하지만 소용없었다.

"저녁도 안 먹었을 거 같은데 이쪽으로 오지 그래?"

"누구? 쟤? 안 돼!"

"누가 술 준데? 이리 와 앉아."

주원은 유라와 민혁이 있는 테이블로 다가가 가까이 오라는 듯 말했다.

"이야! 쌤 남자친구 멋쟁이!"

연우는 하는 수 없이 주원을 따라갔다. 도무지 무슨 생각인지 모르겠다.

"이모, 여기 메뉴판 좀 주세요."

주원이 손을 들어 메뉴판을 시키고 연우의 옆에 영훈이 앉았다. 연우는 영훈이 얄미워 눈을 있는 대로 흘겼지만 주원은 크게 신경 쓰지 않았다.

유라는 그런 둘의 모습에 자신의 학생들이 오버랩되며 답답한 한숨만 흘렸다. 아마 자신의 반 학생이었다면 이 자리에서 가만두지 않았을지도 모른다.

이것저것 주문했던 것이 마침내 나왔다. 영훈은 한껏 들떠서 술이라도 한잔 주나보다, 하며 초롱초롱한 눈빛으로 주원을 쳐다보았으나 그의 손에 들린 것은 요구르트 하나였다.

"미안하지만 난 미성년자한테 그런 거 줄 생각 없어."

"네네. 알겠습니다."

영훈은 아쉬운 입맛만 다시며 요구르트를 쪽쪽 빨아 마셨다.

주원이 영훈을 그 자리에서 보내지 않은 것은 단 한 가지 이유였다. 영훈은 어차피 지금 보낸다고 해도 집으로 돌아가지 않을 것이다. 어두운 밤거리를 헤맬 것이 농후했고, 그런 영훈 때문에 연우는 좌불안석일 것이다. 그럴 바엔 친구들과 잠시 있다가 영훈의 집 앞까지 손수 데려다 주는 게 낫겠다는 판단에서였다.

그걸 알 리 없는 연우는 영훈만 세차게 노려보고 있었다.

"나 할 말 있어. 야, 어린애 넌 귀 막아라."

"넵!"

넉살 좋은 영훈은 얼른 귀를 막으며 눈까지 감았다. 이럴 때는 정말 영락없는 어린애였다.

"뭔데 그래?"

중대 발표가 있다더니 바로 그것인 듯 보였다. 영훈 때문에 유라에게 캐물을 생각조차 하지 못했던 것이다.

"나 임신했어. 6주래. 결혼은 다음 달이야."

"헐 대박!"

연우가 토끼 눈으로 쳐다봤다. 유라는 흡족한 미소를 지으며 자신의 배를 만졌고 민혁도 그런 유라의 어깨를 다독였다.

"축하해!"

"뭐, 고마워. 이제 일어나자. 어린 양 얼른 데려다 줘야지."

갑자기 끼어든 영훈 때문에 제대로 회포도 풀지 못했다. 연우 성격에 당장에 집으로 끌고 가 감시를 부모님에게 부탁하고 싶었지만 지금 당장은 참았다. 하지만 미성년자로서 술은 절대 안 될 사항이었다. 처벌은 아쉽게도 피해갈 수 없을 것이다.

영훈을 집에 고이 모셔다 주고 밤길을 주원과 연우가 나란히 손을 잡고 걸었다. 그러고 보니 가장 친한 친구이자, 유일한 여자친구인 유라의 결혼을 쓸쓸해 할 겨를도 없었다. 그곳에 누군가가 끼워준 게 어쩌면 다행일지도 몰랐다. 정신없이 중대 발표를 듣고 말았으니까.

"우울해?"

"응? 뭐가?"

"유라랑 민혁이 결혼 말이야."

"좀······?"

아니라면 완벽하게 거짓말일 것이다. 가장 친한 친구가 결혼한다는 소릴 했을 때 그 감정은 미묘했다.

시원섭섭한 느낌? 마치 딸을 시집보내는 느낌 같기도 했다. 하지만 그 둘은 잘 살 것이다. 여러 고비가 있었지만 서로를 여전히 사랑하고 있었기 때문에.

"우리도 할까?"

"응?"

주원이 제법 그윽하게 물었다. 밤공기를 음미하며 연우가 느릿하게 되물었다.

"결혼."

"뭐야, 갑자기."

샐쭉하게 대답하긴 했지만 그 표정이 꼭 진지해서 기분이 가히 나쁘지는 않았다. 주원은 맞잡은 연우의 손을 자신의 입술에 가져다 대고 네 번째 손가락에 쪽 입을 맞췄다.

"여기다 꼭 끼워줄게."

연우는 그 모습에 풋 웃음을 지었다. 사법연수원에 들어간 후에 우리는 제대로 된 데이트를 즐긴 적이 없었다. 연우는 연우 나름대로, 주원은 주원 나름대로 너무나 바쁜 생활이어서 서로의 얼굴도 제대로 보기가 힘들었다. 오늘도 피치 못할 상황으로 느긋하게 데이트를 즐기지 못하지만 이렇게 옆에 있는 것만으로도 행복하고 즐거웠다.

연우는 주원의 어깨를 두어 번 두드렸다.

"그럼 다이아반지 기대하겠습니다!"

"노력해보지요."

풋, 웃음을 지으며 서로의 얼굴을 다정하게 바라보다 주원이 연우의 입술에 입을 맞췄다. 가볍게 떼어진 입술은 다시금 쪽 입을 맞췄다. 자잘하게 키스를 나누면서 우리는 다시 웃었다.

"사랑해, 연우야."

"사랑해, 주원아."

그윽한 밤공기와 시원한 밤바람을 맞으며 달콤하게 서로에게 속삭였다. 조금은 서툴고 조금은 어색하고 또 조금은 이상할지도 모르는 우리였지만 우리는 모든 것을 극복했고 여전히 사랑하고 있었다. 우리의 사랑이 영원하길 빌면서.

작가후기.

와~ 드디어 끝이 났네요! 끝은 항상 기분 좋은 거 같아요. 근데 후기를 쓸 때면 이상하게 시원섭섭해요. 왜일까요?ㅎㅎㅎㅎㅎㅎ

우선 간략하게 네 입술을 닿을 때를 설명을 하자면, 나름 순정남과 상큼 발랄하지만 아픔을 가진 여대생의 사랑이야기? 라고 저 혼자 정의를 내리고 있습니다.ㅎㅎㅎㅎㅎ

주원이는 여태껏 썼던 캐릭터와는 좀 다른 캐릭터예요. 바람둥이 순정의 남주도 순정남이긴 했지만 좀 능글거리는 캐릭터였고, 이 아이는 순정파면서 나름 묵직한?(아이라고 전 당당히 말하고 싶습니다!) 아이였던 거 같네요. 요새 한창 나쁜 남자에 꽂혀서 허우적거리고 있었는데 다정 순정남이라니ㅜㅜ(다정 순정남 맞죠? 그런 거겠죠?ㅎㅎ) 그래도 나름 신선한 경험이어서 즐거웠습니다~^^

375

사실, 처음 시작할 때 굉장히 풋풋한 아이들이겠구나, 했었는데 시놉을 짜며 연우의 어린 시절의 이야기를 덧입히며 쓰다 보니 조금은 잔잔하고 무거워지지 않았나 생각합니다. 그래서 애기가 좀 더 잔잔하게 그려진 거 같아요.

　연우의 어린 시절을 쓸 때 순간순간 울컥하기도 했고, 그런 연우의 감정선을 전달해보려고 나름 노력하긴 했는데 그게 잘 됐는지 잘 모르겠습니다. 그래도 최대한 잘 전달됐으면 좋겠네요~!

　이제 제 손을 떠났으니 아이들이 행복하게 살길 빌겠습니다.

　행복하렴, 애들아~!!

　마지막으로 예쁜 책 만들어주신 조은세상 출판사분들 감사드리구요~ 항상 언급되는 은영 언니~ 사랑합니다~ 우리 그린나래 작가, 회원분들 항상 감사드려요^^

　그럼 전 다음에 더 즐거운 글로 찾아뵙겠습니다~^^

2015년 10월 어느 날 민희서